개들의 왕

하밀 퓨전 판타지 소설

개들의 왕 2

하밀 퓨전 판타지 소설

초판 1쇄 찍은 날 § 2006년 6월 9일
초판 1쇄 펴낸 날 § 2006년 6월 19일

지은이 § 하밀
펴낸이 § 서경석

편집장 § 문혜영
편집책임 § 심재영
편집 § 이재권 · 서지현

펴낸곳 § 도서출판 청어람
등록번호 § 제1081-1-89호
등록일자 § 1999. 5. 31
어람번호 § 제1-0713호

주소 § 경기도 부천시 원미구 심곡1동 350-1 남성B/D 3F (우) 420-011
전화 § 032-656-4452 팩스 § 032-656-4453
http://www.chungeoram.com
E-mail § eoram99@chollian.net

ISBN 89-251-0162-9 04810
ISBN 89-251-0160-2 (세트)

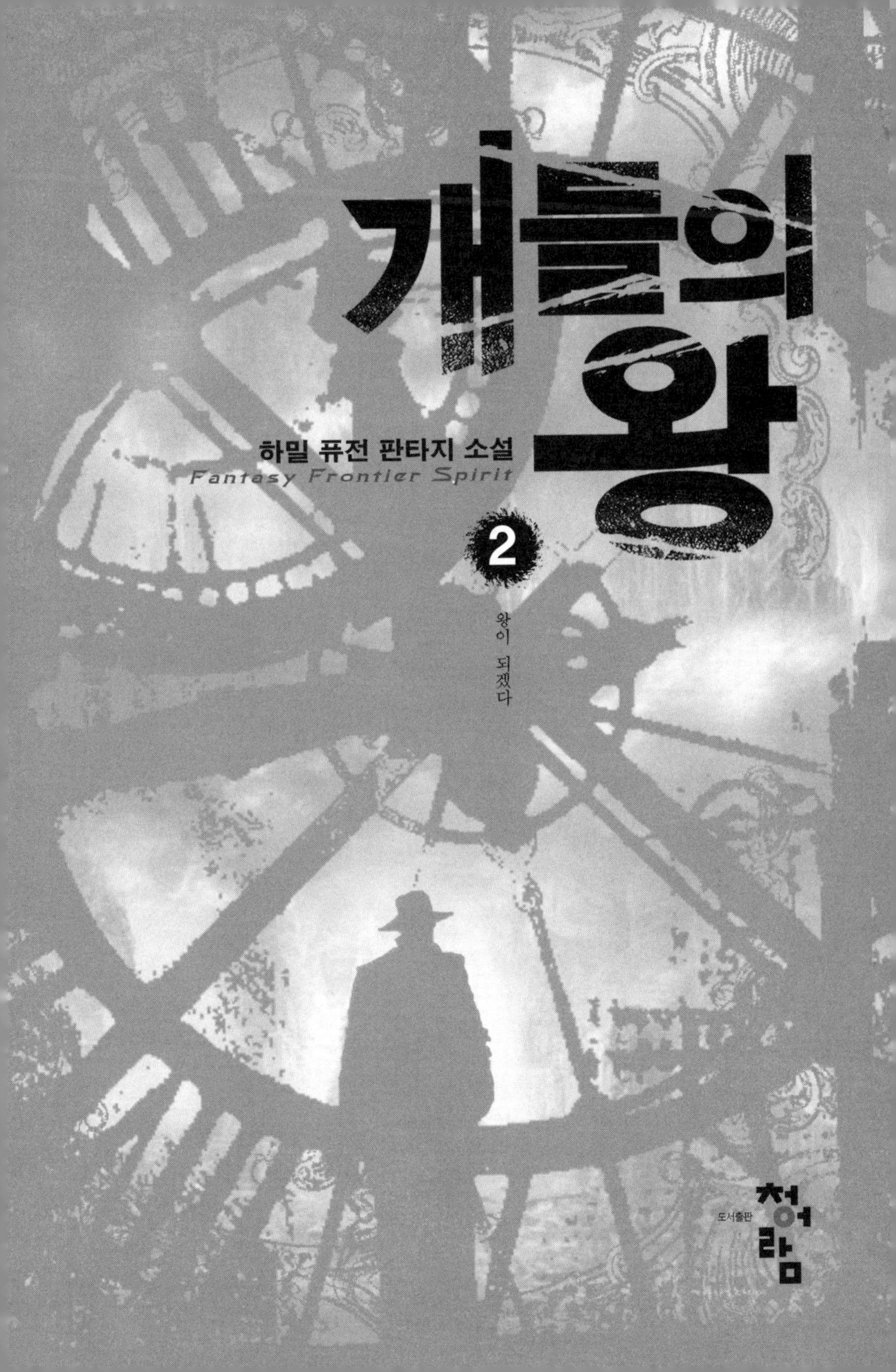

개들의 왕

하밀 퓨전 판타지 소설

Fantasy Frontier Spirit

2

왕이 되겠다

도서출판 청어람

CONTENTS

Chapter 10

반갑지 않은 손님

잦은 사건들이 겹쳐 있던 순간들이 무척이나 느리게 지나갔다면 그에 비해 아무 일도 없는 일상은 너무나도 **빠르게** 지나갔다.

시간의 흐름과 관계없이 항상 그래 왔던 것처럼 신전 뒤 공터에선 스캇과 노노미야가 대련 중이었다.

"내일 사냥에 같이 가요, 스캇 선생님."

노노미야와 스캇은 말을 하는 와중에도 서로 공격을 주고받고 있었다. 보통 사람의 눈으로는 따라갈 수도 없을 정도로 **빠른** 움직임이었다.

"내가?"

"괜찮다고 생각해요."

바디 밸런스를 완성한 스캇은 조각 같은 몸을 가지게 되었다. 그 몸은 마치 잘 훈련받은 오크 전사처럼 약간의 군살도 없이 완벽한 근육의 굴곡을 가지고 있었고, 어느 한 부분 튀는 곳 없이 유연성과 근력의 균형을 위한 최고의 균형을 이루고 있었다. 큰 키와 벌어진 어깨가 더욱 돋보여 여느 오크 전사와 비교해서도 전혀 부족하지 않은 몸매였다.

"난 이제야 노노미야 양의 공격을 간신히 받아낼 수 있게 됐다. 이런 수준으로 사냥에 참여하는 것이 정말 괜찮을까?"

"내 공격을 받아낼 수준이면 사냥꾼들 중에선 선생님의 속도를 따라갈 수 있는 자가 없을걸요."

그들의 공방은 훨씬 더 빠르게 오가기 시작했다. 배틀 스태프를 선택했던 스캇은 어느 날인가부터 무기를 버리고 맨손 격투를 하게 되었다. 그것이 메시지를 사용하는 그의 능력에 더 걸맞은 것이기도 했고 무기 자체를 그다지 좋아할 수 없었던 그의 취향 탓도 있다. 하지만 그런 부분들이 결국 그에게는 더 좋은 쪽으로 작용해 현재 스캇의 격투 능력은 발군의 성장을 거듭하고 있었다.

"그나저나 정말 빠르게 성장하셨어요. 잠도 안 자고 24시간 내내 훈련을 거듭하셨으니 가능한 결과였겠지만……."

"아직 멀었다. 타핫!"

그의 돌려차기가 허공을 갈랐다. 거칠지만 파공음을 일으킬 정도로 빠른 공격이었다. 하지만 그녀는 조금의 힘도 들이지 않고 상체를 유연하게 뒤로 젖혔고, 그것만으로 스캇의 공격을 완전히 회피했다. 찰나의 정적이 흐르자 노노미야가 어깨를 으쓱였다.

"이만 내려가죠?"

"그럴까."

오늘의 훈련을 마무리한 그들은 신전으로 내려가기 시작했다. 노노미야는 스캇에게 사냥에 관한 설명을 해줬다.

"사냥할 녀석들은 타글리스라는 들소의 아종이에요. 아세요?"

타글리스. 그 역시 잘 알고 있었다. 그간 밤마다 읽어온 수많은 서적들 덕분이다.

"신장이 기본 3m, 몸무게가 수 톤에 육박한다는 지상 괴물 말이군."

"그 녀석들은 광야 전체를 무리 지어서 순회하는데 1년 중 딱 이맘때 우리 도시의 근처를 지나요. 그 수가 수천 마리는 될 거예요."

숫자를 언급하는 그녀의 말에는 조금도 과장도 담겨 있지 않았다. 과연 그런 녀석들을 사냥한다는 말인가.

"잘못 도발하면 큰일나겠는데?"

"맞아요. 보통 전문 몰이꾼들이 가서 오십 마리 정도 빼오면 도시의 근처까지 유인해서 잡아요. 운반도 해결할 수 있고 기운도 빼둘 수 있으니 일석이조지요."

스캇은 충분히 이해할 수 있었다. 그만한 녀석을 끌고 오는 것은 보통 힘든 일이 아닐 것이다.

"그럼 내가 맡을 임무는 뭐야? 기다리고 있다가 소들을 때려잡는 것?"

"나와 함께 타글리스를 몰아오는 것."

생각지 못한 대답에 스캇의 표정이 굳었다. 그럼 달리기로 소 떼를 유인하며 도망가야 하는가…….

"표정을 보아하니 다 이해하셨군요. 좋은 훈련이 될 거예요. 실수하면 정말 죽을 테니까."

노노미야는 농담 같은 이야기를 진지하게 말했다. 스캇이 질린 표정을 짓자 그녀는 걱정 말라는 듯 밝은 웃음을 지었다.

"요새 제 공격도 곧잘 받아내시고 긴장도 안 하시는 것 같아서 특별히 준비했어요."

"전문 몰이꾼이 몰아와야 한다면서?"

격투를 배운 적은 있어도 사냥감을 모는 일은 경험해 본 일도 없다. 스캇은 내심 걱정이 들었다.

"죽이는 것은 더 전문가가 해야 해요. 흉포한 녀석들이라 생포는 어렵고 먹을 양식으로 써야 하니 함부로 공격할 수 없어요. 몇몇 포인트가 정해져 있지요. 어차피 맨손 격투가가 할 수 있는 건 뇌사를 노린 일격인데… 지금 연충이나 강격을 쓸 수 있으시겠어요?"

노노미야는 지극히 현실적인 문제를 이야기했다. 아직 공격기 훈련을 제대로 받지 못한 스캇이 그만한 덩치의 녀석들을 일격에 쓰러뜨리는 것은 결코 쉬운 일이 아니었다.

"…그냥 도망만 잘 치면 되는 거지?"

스캇이 걱정스럽게 묻자 노노미야는 싱긋 웃으며 거듭 그를 안심시켰다.

"우후훗. 몰이는 제가 해올 테니 저만 잘 따라오셔도 될 거예요. 그 녀석들, 의외로 순하고 착하거든요."

그는 눈앞에 일고 있는 먼지구름이 커져 가는 것을 지켜보고 있었다. 그 중심에는 동물의 피를 뒤집어쓴 노노미야가 자신을 향해 뛰어오고 있었다. 그의 정신으로는 강렬한 메시지들이 전달되고 있었다.

'동포를 죽인 놈! 동포를 죽인 놈! 동포를 죽인 놈!'

"이거, 이거… 들은 말과 영 딴판인데."

자신이 바람의 기운을 이용한다 해도 노노미야보다 빨리 달릴 수 있을까. 그녀는 평소에 보지 못했던 핏발이 선 모습을 하고 있었다. 그야말로 전사, 그 자체였다. 스캇은 자신의 온몸에 바람의 기운을 넣기 시작했다.

"풍(風)."

그 속도가 어찌나 빠른지 대지를 울리는 소리가 급작스럽게 커지기 시작했다. 그녀가 몰고 온 타글리스는 백 마리는 족히 넘는 듯했다. 한 마리, 한 마리가 뭉쳐 마치 거대한 산이 그녀를 향해 달리는 듯했다.

"순하고, 착하다고?"

스캇은 혼잣말을 중얼거렸다. 노노미야가 일부러 백 마리를 넘게 몰아온 것 같진 않았다. 그의 머릿속으로 타글리스들의 메시지만큼이나 강렬한 메시지가 들려왔다.

'바보처럼 있지 말고 뛰어요, 선생님! 우리 진짜 죽을지도 몰라!'

스캇의 등에 한줄기 식은땀이 흘렀다. 그는 더 말할 것도 없이 도시를 향해 뛰기 시작했다.

'그래. 산, 산까지만 가면 다른 사냥꾼들이 해결해 줄 거야!'

그는 발바닥에 불이 나도록 뛰었다. 바람의 기운을 온몸에 담은 그의 달리기는 평범한 인간은 흉내도 낼 수 없는 속도였다. 하지만 그 이상의 속도로 노노미야와 타글리스가 돌진하고 있었다. 스캇은 앞만 바라보고 달리며 큰 소리로 외쳤다.

"이렇게 빠르다는 이야기는 왜 안 해줬어!"

"도발을 위해 죽인 타글리스가 다 늙은 녀석이 아니라 우두머리급이었어요! 이놈들은 평범한 타글리스가 아니라 선별된 전사들이에요! 훨씬 크고, 강하고, 세다구요!"

그래도 뛰면서 친절하게 설명까지 해주니 용한 일이었다.

그녀는 나름대로 여유가 있어 보였다. 과연 이 도시 최강의 전사다운 모습이었다.

그런데 제일 앞에서 뛰고 있던 스캇과 그녀의 거리가 점점 좁혀지기 시작했다. 아직 도시까지 달리기 위해선 한참을 더 달려야 했다.

"선생님! 속도가 떨어져요!"

이대로라면 그녀의 지적대로 얼마 안 가서 타글리스들에 게 따라잡힐 것이 분명하다. 스캇은 악을 쓰듯 외쳤다.

"이게 내 한계야!"

"그거 써봐요! 전에 대변자님이랑 실습한 거!"

분명 스캇에게는 카라포엔과 개발한 새로운 능력이 있었 다. 하지만 실전에서 직접 사용해 본 적이 없는 그에게는 모 험과 다름없었다.

"실패하면 어떻게 하라고!"

그는 자신도 뻔히 답을 알고 있는 질문을 던졌다. 실패하면 저들의 발밑에 깔리겠지. 그의 등 뒤에서 노노미야의 짜증 섞 인 외침이 들려왔다.

"그럼 이대로 죽던가!"

<u>크르르르르!</u>

노노미야와 타글리스 떼의 거리 차이는 스무 걸음 정도였 다. 이미 그녀에게 따라잡힌 스캇이 그들의 발아래 깔리는 것 은 시간문제였다. 스캇은 결국 모험을 하기로 했다.

"은신(隱身)."

바람의 기운으로 달리던 몸이 은신을 사용하자 갑자기 느려져 버렸다. 느려진 그의 몸과 타글리스 떼가 충돌하는 것은 그야말로 순간!

"제발 성공하세요!"

"풍체(風體)!"

그의 몸이 순간 총알처럼 앞으로 튀어나가기 시작했다. 그의 몸은 순식간에 노노미야를 제치고 앞으로 달려나갔다, 바람과 같은 속도로!

"성공했다!"

속도를 조절한 스캇은 그녀의 곁으로 다가갔고 그녀는 좀 더 속력을 내기 시작했다. 일부러 타글리스들에게 맞추고 있던 것일까. 노노미야의 얼굴은 시종일관 여유있었다.

"유리 같아요! 선생님!"

스캇의 몸은 전체적으로 반투명한 모습을 하고 있었다.

"이 녀석들이랑 부딪치면 깨진 유리가 되겠지!"

그간 새롭게 익힌 능력 중에 한 가지인 풍체는 기존의 바람의 기운을 담는 풍과 자신의 기척을 없애는 은신을 조합한 것이었다. 기존의 기술이 바람의 흉내를 내는 것이었다면 풍체는 본디 가지고 있던 인간으로서의 성질 자체를 더 없앰으로써 전신을 바람에 가깝게 만드는 능력이었다. 공기 저항으로부터 자유로워진 그는 마치 하늘을 날 듯 달리고 있었다.

"우리 사냥꾼들이 보인다!"

그들의 눈앞에 도시의 입구가 나타났다. 다른 사냥꾼들이 그들을 기다리고 있는 곳이었다.

"더 빨리 달려요! 덫의 위치는 기억하시죠?!"

"흠!"

스캇은 대답 대신 속도를 더욱 올렸다. 그들과 타글리스 떼의 거리는 점점 더 벌어졌고 마침내 그들이 도시로 올라가는 길목에 들어서자 사방에 배치되어 있던 덫들이 타글리스 떼를 향해 쏟아져 내렸다.

늦은 밤, 도시 대부분의 불이 꺼진 이 시각에도 신전의 거실은 그 빛이 여전했다. 거실에선 이야기가 끊이지 않고 있었다.

"에… 그러니까 요컨대 다른 개체에게 의지나 생각을 전달할 수 있는 것처럼 좀 더 강압적인 전달 방식으로 '명령'을 할 수도 있다, 라는 것이지."

카라포엔은 흔들의자에 앉아 이야기를 하고 있었다. 늦은 밤답게 그의 눈이 반쯤 감겨 있었다.

"동물에게 위압감과 공포를 주면서 '앉아!' 라고 하는 것 말입니까."

스캇은 맞은편에 앉아 그와 대화를 하고 있었다. 카라포엔과 스캇은 늘 이런 식으로 매일 밤늦게까지 대화를 나눴다.

"그래. 사람이든 오크든 본능이 있기 때문에 자신의 통제를 뛰어넘는 위압감 앞에는 굴복하게 될 것이야. 물론 자네의 능력이 그 메시지의 밀도에 따라 반경 폭이 좁아지는 것을 알겠네만, 지금도 일인을 대상으로 보내는 위압이라면 굴복시키지 못할 상대가 없을 테지."

스캇은 이미 공포를 이용한 능력을 여러 차례 사용했었다. 공포나 위압은 타인에게 자신의 영향력을 끼칠 수 있는 가장 효과적인 방법이었다. 그가 고개를 끄덕이자 카라포엔은 다시 말을 이었다.

"요점은 막연한 공포심을 주는 것이 아니라 보내는 사념을 최대한 구체화시키고 날카롭게 다듬는 훈련이 필요하다는 거야. 날카로운 못을 박기 위해 수 톤의 코끼리가 발로 밟는 것보다 소년의 한 손에 들린 망치가 더 좋은 효과를 발휘하듯이 말이지."

분명 이 도시에서 가장 바쁜 이들 중 한 명일 터. 하지만 카라포엔은 저녁 늦게까지 스캇에게 도움을 주기 위한 연구를 하고 있었다. 스캇은 그의 연구와 함께 자신의 능력을 개발시키고 있었다.

"음… 무생물에게 의지를 부여하는 것은 가능할까요?"

"신이라도 될 생각인가. 아니, 뭐… 자네 말처럼 돌멩이 같은 녀석들에게도 메시지가 있다면 가능할 수도 있지. 하지만 잊지 말게. 공포에 위압당하는 건 공포가 뭔지 알고 있는 대상뿐이라네."

카라포엔의 말이 끝나자 통로의 문이 열리며 누군가 들어왔다.

"스캇! 한잔할까?"

문을 열고 들어온 것은 바라쿠였다. 일을 마친 그는 모처럼 스캇과 술을 마시기 위해 늦은 밤을 무릅쓰고 찾아온 것이다.

"잘 왔네, 친구."

"어서 오게나."

둘의 인사를 받은 바라쿠가 비어 있는 의자에 앉자 카라포엔은 갑자기 진지한 표정을 하고선 스캇에게 속삭였다.

"해보게."

"…바라쿠에게 말입니까?"

스캇은 한쪽 눈썹을 찡그리며 되물었다.

"……."

카라포엔은 대답 대신 고개를 끄덕였다. 바라쿠는 영문을 모르겠다는 표정을 지었고, 스캇은 고도의 집중력을 발휘해서 하나로 집결된 메시지를 뽑아냈다.

"흐음."

예전의 능력이 대상이 모호하고 그저 사방으로 퍼지는 물결과 같은 것이었다고 한다면, 지금의 것은 날카롭게 한 점으로 응축된 밀집체와 같았다. 날카롭게 가다듬은 메시지가 바라쿠의 정신을 꿰뚫자 바라쿠는 갑자기 술병을 놓치고 떨기 시작했다.

"저, 저… 저 주전자 치워! 아, 아니! 저 주전자님 치워! 나, 날 잡아먹으려고 한다!"

바라쿠는 그 자리에서 벌떡 일어나 거실 밖으로 달려나갔다. 바라쿠가 손가락질하던 주전자는 카라포엔이 즐겨 마시는 차를 담아두던 평범한 것이었다.

"메시지는 자네에게서 출발하지 않았나? 근데 왜 그가 공포를 느끼는 대상이 다른 거지?"

스캇이 어떤 메시지를 보낸 건지 알아챈 카라포엔은 궁금한 점을 물었다.

"간단합니다. 메시지에 한 가지 내용을 추가했죠. '나는 주전자다'라는 내용. 뛰어난 전사에게 공포감을 주기 위해선 실력과 능력을 알고 있는 친구보다 이해할 수 없고 비정상적인 대상이 더 큰 효과를 줄 것 같았습니다."

그의 말대로 큰 효과가 있었다. 스캇은 능력을 사용해 오며 단순히 의지만 전달하는 것이 아니라 다른 사람의 심리를 꿰뚫는 수준으로까지 발전하고 있는 것이다.

"음… 응용력이 좋구먼. 오늘은 이쯤에서 끝내지. 어서 친구를 데리러 가게나. 민망해서 못 들어올 수도 있잖나."

"주전자에 겁먹은 족장. 동화로 써도 되겠습니다. 하하핫!"

그들이 즐거운 담소를 나눌 때 바라쿠는 신전 밖 계단에 앉아 떨고 있었다.

"나는 이 도시의 '방패의 족장' 바라쿠 호휀이다. 절대 도망치지 않아… 덤벼라! 정체를 알 수 없는 마물 녀석……!"

광야의 계절은 알아채기 힘들다. 몇 번째 찾아오는 차가운 북풍일까. 간신히 묶을 수 있던 스캇의 머리카락은 어느새 허리 근처까지 내려와 찰랑거리고 있었다. 이곳에 머무른 것이 햇수로 셋인지 넷인지는 모르겠지만 그는 일찌감치 그런 것에 관심을 두지 않았었다.

"오늘은 몸 상태가 유난히 좋군."

그는 여느 때처럼 수련을 위해 공터로 뛰어오르기 시작했다. 새벽부터 나와 방금 전까지 계단을 쉴 새 없이 오르내리는 훈련을 하고 온 그였다. 이미 몸은 따뜻하게 데워져 있었다.

이 도시에서 스캇의 입지는 그 누구도 예상할 수 없을 정도로 높아져 있었다. 더 이상 무리한 활동을 하기 힘든 대변자의 또 다른 대변자로서 도시의 대소사에 조언을 했고, 보수와 개혁을 아우르는 폭넓은 도량과 사상은 족장들이 인정할 수밖에 없는 능력이었다. 그는 도시를 위해 무엇이 최선인지 알고 있었고 그것은 바로 무의미한 전쟁을 종결시키는 것이었다. 바라쿠와 단둘이 하던 술자리는 어느샌가 모든 족장들이 함께하는 월례행사로 자리 잡았다. 그는 보수와 개혁의 화합을 이끄는 카라포엔의 역할을 스스로 도맡아 했다.

겸손한 그의 자세 덕분일까. 시민들이 다른 족장들과 사제들을 어려워하는 반면 스캇에겐 동네 청년이나 형처럼 편하게 대했다. 그는 쉬는 날이면 어김없이 도시를 활보하며 이곳저곳에 끼어들었고 자신의 능력을 이용해서 여러 가지 일들을 해결해 주기도 했다. 그가 공원 한편에 앉아 바깥 세상 이야기를 해주고 있노라면 어느새 공원이 가득 들어찰 정도로 많은 이들이 모여들었다. 그가 바라는 평화로운 도시는 이곳에 있었다.

하지만 어두운 부분도 분명 있을 터, 그를 시기하는 이들도 분명 있었다. 종족의 성향상 개인의 이익보다 단체 생활을 더 중요시한다지만 범죄도 존재했고 살인(의역—Kill Orc)도 빈번하게 일어났다. 그래도 인간의 생활과 비교하면 비교할 수 없을 정도로 낮은 수치였다. 오크 특유의 자발적인 통제는 그들의 장점이요, 단점이었다. 이런 안정된 생활을 얻음과 동시에 상대적으로 낙후된 문화를 가져온 그들은 여전히 미개한 낮은 수준의 관습을 많이 가지고 있었다. 스캇과 족장들은 항상 그런 문제를 해결하는 것에 많은 관심과 노력을 기울였다.

그의 실력은 예전과는 상상도 할 수 없을 정도로 향상되어 있었다. 자신의 능력을 타고난 전투 센스처럼 이용하는 덕분에 다른 사람들이 각고의 노력을 거듭하여 얻어내는 기술들을 상대적으로 쉽게 취득해 왔다. 특히 '길'을 다루는 기술만큼은 노노미야보다 훨씬 더 발전되어 있었다.

최근의 수련은 노노미야가 전력을 다해야 스캇의 공격을 어느 정도 받아낼 수 있었다. 그만큼 스캇이 뛰어난 성장을 거듭했다는 것이다. 스캇은 그녀에게 타격기를 위주로 배웠고 바라쿠에게는 관절기와 그래플링을 주로 배웠다.

"그녀가 먼저 연습이라도 하고 있는 건가?"

길을 오르던 스캇에게 메시지가 느껴지기 시작했다. 그에게 느껴지는 반응은 생각보다 거칠고 빨랐다. 자신에게 전력이라고 말했을 때의 행동도 저보다 빠르진 않았으리라. 스캇이 정신을 집중하자 그녀의 곁에서 빠르게 움직이는 또 다른 메시지가 느껴졌다. 분명 누군가와 싸우고 있는 것이 확실했다. 그 느낌은 마치… 어둡고 흐린 안개와도 같았다.

'안개?!'

다급함을 느낀 그는 순식간에 뛰어올라 공터에 도착했다. 그의 기억 속에 선명하게 남아 있는 한 사람이 노노미야와 격투를 벌이고 있었다. 노노미야의 표정은 잔뜩 굳어 있었고 그녀의 몸 곳곳에 남아 있는 혈선이 그녀의 고전을 말해주고 있었다. 더 말할 필요 없이 달려들어 노노미야를 구해내야 했다. 그자는 자신이 이 세계에서 봐온 자들 중 그 강함을 예측할 수 없는 유일한 사람이었다.

"풍체!"

그가 신형을 날리며 그들의 사이를 가로막았다. 숨을 헐떡

거리던 노노미야는 뒤로 빠르게 물러났고 스캇의 주먹과 대치된 그녀가 반가운 표정을 지으며 인사를 했다.

"약골 오빠, 많이 강해졌네?"

작고 귀여운 소녀의 목소리. 하지만 그 목소리에 담긴 무게는 결코 가볍지 않았다.

"그래스런너… 무슨 용무냐."

스캇의 기억은 분명했다. 그녀는 켈리를 데려갔던 그래스런너였다. 나이를 먹지 않는다는 소문만큼은 사실인지 여전히 그때와 같은 모습이었다.

"내가 저 아가씨보고 오크! 오빠보고 인간! 이렇게 이야기하면 기분 좋아? 이름으로 불러달라구!"

스캇은 자신의 실수를 인정했다. 그는 고개를 끄덕이며 이름을 물었다.

"그래, 이름이 뭐냐."

"비밀!"

그녀는 얄궂은 표정을 지으며 빠르게 스캇을 공격하기 시작했다. 그녀는 몇 년 전 베른에서 켈리를 데리고 갔었던 그래스런너였다. 여전히 겉모습은 조금도 변하지 않았다. 노노미야도 이기지 못한 상대를 자신이 쉽게 이길 수 있을 리 없었다. 그는 풍체를 이용하여 최대한 빠른 속도로 그녀와의 간격을 벌렸다.

"동작이 빨라진 건 좋은데 어디 피하기만 해서야 끝이 나

겠냐구!'

짜증 섞인 외침이 들린 후 그녀의 동작이 훨씬 더 빨라졌다.

"후읍!"

스캇은 그녀의 속도를 따라갈 수 없었다. 그녀의 발이 땅에 닿는 것이 느껴지면 바로 자신의 몸에 그녀의 발차기도 함께 들어왔다. 도약과 공격의 시간 차가 눈에 보이지도 않았다.

"이 이상의 속도는 불가능해?"

그녀의 질문에 대답할 겨를이 없다. 풍체의 최고 속력으로 공격을 감행해도 따라갈 수 없었다. 그는 방법을 바꾸기로 했다.

"목체(木體)! 선영(扇影)!"

순간 그의 몸이 땅에 단단히 뿌리를 내리듯 고정되었다. 도망치기를 스스로 포기한 것이다. 그는 두 손을 십자세(十字勢)로 엮으며 반격의 자세를 취했다. 그리고 그의 그림자에서 다른 형상이 빠져나오기 시작했다.

그가 원하는 방향으로 그래스런너의 다음 공격이 들어왔다.

'잡혔다!'

그의 쌍수에 그래스런너의 작고 귀여운 발이 걸렸다. 속도는 노노미야 이상, 파괴력은 타글리스의 돌진보다 강했다.

"흐으읍!"

스캇이 어렵게 충격을 이겨내며 그녀의 발을 옭아매자 옆에 나타난 다른 인영이 그녀의 뒤에서 한쪽 팔과 허리를 감았다. 그것은 다름 아닌 또 다른 스캇이었다. 그의 의지로써 자신의 메시지와 같은 또 다른 분신체를 만들어낸 것이었다.

"어라?"

"지체(地體)! 연충(連衝)!"

달리 고민할 겨를도 없었다. 기회를 잡지 못하면 압도적인 실력의 차이를 누를 수 없다. 그는 자신이 사용할 수 있는 최강의 타격기인 연충을 사용했다.

쿵!

두 종류 이상의 힘을 한 타격점으로 몰아붙이는 강맹한 기술이 펼쳐졌다. 그는 돌과 같이 단단한 신체로 그래스런너의 복부에 무릎과 주먹을 꽂아 넣었다.

"꺄아아!"

그녀의 몸이 충격으로 멀리 날아갔다. 그녀를 껴안은 상태로 함께 날아가던 스캇의 분신체는 공중에서 그래스런너의 두 다리를 엮었다. 그의 느낌상 기술은 완전하게 먹혀들어 갔지만 분명 그 정도로 끝날 상대가 아니었다.

"염체(炎體)! 선파(禪罷)!"

스캇은 아직 떨어지지 않은 그녀의 몸에 달려들며 한 손을 내뻗었다. 그의 손에는 붉은색의 기운이 일렁이고 있었다.

"연선파(連禪罷)!"

어느새 일어나 자세를 바로잡은 노노미야는 그와 함께 달려들며 같은 기술을 사용했다. 선파라는 기술은 외부 타격기가 아닌 충격주입형 기술로서 내부에 직접적인 타격을 주는 효과를 가지고 있었다. 스캇은 자신의 능력을 최대한 활용하여 불꽃의 기운을 담았고 노노미야는 연충과 조합한 선파를 찔러 넣었다. 그녀는 손가락 하나로 선파를 사용할 수 있을 정도로 숙련된 전사였다.

쿠르릉!

그래스런너의 몸이 충격을 이겨내지 못하고 날아가 커다란 나무에 부딪치자 충격의 여파로 나무가 부러지며 땅으로 무너졌다.

"허억, 허억……."

순식간에 여러 개의 기술을 써버린 스캇은 숨을 몰아쉬었고 노노미야 역시 지친 기색이 역력했다. 과연 효과가 있었을까. 나무가 무너진 덕분에 피어오른 먼지구름 속에서 그녀의 목소리가 들려왔다.

"이히히힛. 다 끝났어?"

그들의 기대와는 달리 그녀는 태연하게 자신의 몸을 털며 일어났다. 스캇과 노노미야는 암담한 표정을 지었다. 이래선 끝이 안 난다. 차라리 무릎 꿇고 빌기라도 할까?

"우릴 죽이러 온 것 같지는 않으니 이만 해줘. 동생은 못 이기겠어."

노노미야는 생각을 먼저 실천했다. 강함의 격차는 지금까지 상대해 온 그녀가 가장 잘 알고 있다.

"언니는 그런 무지막지한 공격을 넣고도 태연하게 잘도 이야기하네. 아마 이 대륙에서 방금 전의 공격을 전부 맞고 무사히 서 있을 수 있는 사람은 몇 없을걸?"

스캇은 머릿속으로 자신이 가지고 있는 다른 능력들을 떠올리고 있었다. 만약 다시 덤벼든다면 사용할 수 있는 몇 가지 조합을 이미 짜둔 상태였다.

"오빠는 계속할 생각인가 봐?"

그런 그의 의중을 알아챘는지 그녀가 고개를 까닥거리며 묻자 스캇은 애써 시선을 피했다.

"…내키지 않는다."

"말이 틀렸어. '못 이길 것 같다'라고 해야지. 어머, 내가 또 번번이 여자 앞에서 망신을 주네."

스캇은 그녀의 너스레를 무시하고 아까 전부터 궁금했던 말을 꺼냈다.

"켈리는 어디에 있지?"

"일 끝나고 빠이빠이 했지. 당연한 거 아냐? 무슨 내가 납치라도 한 듯 이야기하네."

분명 납치였잖아. 스캇은 내뱉고 싶은 말을 억지로 삼켰다. 그간 심성 수양도 많이 거쳤다. 이 정도 일로 발끈하지 않는다. 그녀는 아무렇지도 않은 표정으로 나무에 기대어 앉아 콧노래를 흥얼거리기 시작했다.

"흥, 흥……."

연갈색 단발머리, 오동통한 볼, 마치 유치원 가방 같은 작고 귀여운 가방에 간편한 여행용 복장을 하고 있는 그녀는 겉모습만 보자면 무척 귀여운 여자 아이였다. 특이한 구석이라곤 조금도 없었다, 조금도.

"뭘 그렇게 쳐다봐. 설마 이쪽 취향이었어?"

그녀는 미간에 인상을 쓰며 스캇을 노려봤다. 질색이라는 투였다.

"궁금한 게 많은데, 알려줄 것 같진 않군."

"알려주려고 여기까지 왔는데? 그냥 갈까?"

말장난을 즐겨도 너무 즐긴다. 이런 타입에 발끈하거나 무너지면 더 장난을 걸기 마련이다. 스캇은 온화한 표정을 지으며 이야기했다.

"알려다오."

"물어봐."

짧고 간결한 답변. 그 역시 짧게 물었다.

"왜 왔지?"

"오빠 보려고."

"왜 날 찾아왔지?"

"전에 보러 가겠다고 약속했잖아. 나 목말라. 물 줘."

그녀는 노노미야를 바라보며 아이처럼 울상을 지었다. 노노미야는 스캇의 반응을 보아 구면이고, 할 이야기도 있는 것 같아 눈치있게 자리를 피했다.

"그래. 내가 물 가져올게요."

"고마워."

스캇은 그래스런너의 곁으로 가 그녀가 앉아 있는 나무에 함께 등을 기대고 앉았다. 그의 능력으로 그녀의 심중을 읽는 것은 불가능했다. 어둡고 깊은 안개처럼 아무것도 느낄 수 없었다. 그것은 켈리의 것과는 비교도 할 수 없을 정도로 깊은 느낌이었다.

"난 오빠에 관한 건 다 알아. 어느 곳에서 왔으며 어떤 일을 겪었고 어떤 일을 하려고 하는지."

태연하게 이야기하는 모습으로 봐서 거짓말 같지는 않았다. 스캇은 애써 무덤덤한 말투로 물었다.

"조사라도 한 건가?"

"그쪽 세계에서 넘어온 대부분의 사람들에게 관심이 많지. 그리고 오빠에게 관심있어하는 사람들도 유독 많고……."

무엇보다 속일 만한 이유도 없었다. 스캇은 일단 그녀의 말을 믿기로 했다.

"계속해 봐."

"뭐 나는 'MK' 시리즈를 직접 먹어보기도 했고… 그래서 동병상련의 마음으로 몇 가지 도와줄까 하는 거야."

그녀의 말을 듣던 스캇의 눈이 빛을 발했다.

"내가 마신 '완벽한 의사 지각' 물약을 이야기하는 건가? 날 잠들게 할 수 있어?"

잠들지 못하는 것은 그의 저주이자 숙명, 어쩔 수 없었기에 받아들이며 살았지만 그는 언제나 잠과 휴식을 갈망했었다. 그가 환한 표정으로 그녀를 바라보자 그녀는 코웃음을 쳤다.

"흥. 동네 과일가게에서 사과 한 봉지 사 오는 것 정도로 생각하고 있는 것 같군. 아마 내가 모든 진실을 알려주고 나면 저주를 풀 수 있어도 그럴 수 없을 텐데."

"무슨 소리야?"

그녀는 스캇이 이해할 수 없는 소리를 하고 있었다. 스캇이 되물었지만 그녀는 대답 대신 화제를 바꿨다.

"아니, 뭐 아무튼 그것 때문에 온 건 아냐. 더군다나 오빠는 지금 그 능력을 잘 쓰고 있잖아? 그깟 잠 손해 보고 그만한 능력 얻었으니 행운이라 할 수 있지. 내가 제안하려고 하는 건 말이지……"

그녀의 입에서 나오는 이야기들은 하나같이 엄청난 것들 뿐이었다. 스캇은 그녀의 이야기를 듣던 중 갑자기 그녀의 말을 막았다.

"잠깐."

그리고 무엇보다도 중요한 질문을 했다. 사실인지 아닌지 일단 확인하고 넘어가야 할 문제였다.

"그러니까… 네가 드래곤의 친구라는 거지?"

"좀 더 정확히 말하자면 흑룡 마라드의 대행자. 내가 회색의 마녀를 잡으러 다녔던 것도 같은 이유지. 그녀가 마라드의 레어에 무단으로 침입했었으니까."

대행자라는 것이 어떤 것인지 자세히 알 수 없었지만 스캇은 비로소 그녀의 말도 안 되는 능력이 이해가 가기 시작했다. 무엇보다 그녀의 말대로라면 그녀의 나이는 카라포엔보다 훨씬 더 많을 것이 분명했다.

"그럼 다시 이야기해 보자. 드래곤의 레어를 옮기는 것이 가능한가?"

드래곤이라는 것은 인간이 어찌할 수 있는 수준의 존재가 아니지 않은가. 하지만 그녀의 엄청난 실력은 알 수 없는 신뢰감을 주기에 충분했다. 스캇은 진지하게 그녀의 대답을 기다렸다.

"마라드가 원한다면 가능해. 절차가 좀 복잡하긴 해도 인간들이 이사하는 것보단 쉽겠지. 어때, 좋지 않아? 전쟁을 멈출 수 있고, 물 하나 나지 않는 이 동네를 부분이나마 생명이 넘치게 하는 것도 가능하고… 무엇보다 오빠의 꿈을 이루기 최적의 조건이지. 흑룡 마라드의 비호를 받는 신흥 국가 건설. 캬아… 이거이거, 완전 무용담인데? 내가 생각해도 끝내주는 시나리오야."

"믿기 힘들군."

스캇은 고개를 저었다. 이 정도면 믿고 말고 수준의 문제가 아니다. 그녀는 스캇의 불신감을 느꼈는지 눈을 깜박거리며 그의 눈앞에 얼굴을 들이밀었다.

"이렇게 작고 귀여운 아가씨에게 오우거도 한 방에 때려눕힐 만한 기술들을 몇 개나 써댔잖아? 그러면서 날 거짓말쟁이 꼬맹이로 보고 있는 건 아니겠지? 응? 응?"

그녀는 특유의 동안을 앞세워 스캇의 의심 어린 눈초리를 받아쳤다.

벨이 한 이야기는 바로 드래곤의 레어에 관한 것이었다.

드래곤이 레어로 삼을 수 있는 장소는 한정되어 있는데 그 거대한 마력의 존재가 쉬기 위해선 마찬가지로 마력이 넘치는 장소라야 한다는 것이다. 하지만 그런 장소가 여기저기 널려 있는 것은 아니니 흑룡 '마라드'는 고대 유물 중 하나인 'A.N.P.G(Atomic Nuclear Power Generation)'을 설치하고 그 것을 마력으로 전환하는 일종의 발전소를 만들어냈다. 그리고 용암과 근접한 동굴에 발전소를 설치하고 그곳을 자신의 레어로 삼은 것이다.

그런데 스캇과 그녀가 처음 만났을 당시 휴면—유희기를 보내고 있는 마라드의 빈 레어에 회색의 마녀가 침입해 'A.N.P.G'를 훔쳐 간 것이었다. 뒤늦게 쫓았지만 그녀는 이미 손쓸 수 없이 먼 곳으로 도망갔고 그 후 지금까지도… 쉽게 표현하자면 마라드는 현재 홈리스 드래곤이었다.

지금 오크의 도시가 위치해 있는 '람파이미 스티' 산은 해발 5,000m가 넘는 사화산이었다. 마력의 웅집도 어느 정도 되어 있었고 무엇보다 땅 밑으로 흐르는 지류가 충만해서 'A.N.P.G' 같은 고대 유물을 새롭게 설치하기에 최적의 장소 중 하나였다. 지금 마라드의 대행자로 일하고 있는 그녀가 원하는 것은 '람파이미 스티' 산 자체를 마라드에게 넘기고 그 대신 오크들을 산 밑 평야에서 살게 하는 것이었다. 드래곤이 개입하는 문제라면 인간들도 쉽사리 나설 수 없을 테니 전쟁도 멈출 수 있는 좋은 방법이었다.

"이 황무지가 물이 흐르는 옥토가 되는 것이 그렇게 단시간에 가능한가?"

그녀는 산 밑 광야 지역을 살기 좋은 땅으로 만들어주겠다고 단언했다. 하지만 말 그대로 광야다. 강은커녕 땅 밑으로 흐르는 수맥을 찾기도 힘든 곳이었다.

"음… 'A.N.P.G'와 같은 종류의 고대 유물 중에 땅의 수맥을 끌어내는 시스템도 있어. 이 산의 꼭대기에 있는 화구호에 물의 마력을 모으는 발전소를 설치하고 물꼬를 터뜨리면 멋진 폭포라던가… 꽤나 커다란 강이 생기게 되겠지."

"이 나후리 광야는 해발 100에서 200m 이상의 '대륙암'으로 이루어진 지형이라 강이 흐른다 해도 땅이 힘을 찾는 데까지 오랜 시간이 걸릴 것이다."

나후리 광야는 말하자면 거대한 하나의 암석과 같은 곳이다. 해안선은 모두 깎아지를 듯한 가파른 절벽으로 이루어져 있는 것도 그런 이유였다. 땅의 생명력이 약한 것은 당연했다. 만약 강이 흐른다 해도 땅이 그 기운을 온전히 받아들이는 데 걸리는 시간은 수백, 수천 년으로도 부족할 것이다.

"오우, 오빠 유식하네. 이 산에서 해안까지 거리가 얼마나 되지?"

"한 15km 정도?"

"그 지역의 대륙암을 전부 갈아줄까? 기존의 땅만 남게 해줄게."

아무리 용의 대행자라지만 너무 쉽게 말하는 것 아닌가. 그만한 거리의 땅을 갈아버린다는 말은 쉽게 할 소리가 아니었다.

"너무 말을 가볍게 하는군."

"오빠는 이 세계의 마법이나 고대 유물에 대해서 별로 아는 게 없지? 마라드와 나는 고대 유물 마니아야. 물론 단기간에 되진 않아. 하지만 시간문제일 뿐이라는 거야. 개간을 마친 후엔 마력으로 뒤엎고 오빠가 '소생' 을 쓰면……."

"잠깐. 그건 어떻게 알고 있지?"

스캇은 말을 끊으며 그녀를 향해 고개를 돌렸다. 그의 얼굴은 경악한 표정이었다. 하지만 그녀는 태연하게 대꾸했다.

"난 오빠가 하는 일은 다 알고 있다니까?"

'소생' 은 카라포엔도 모르는 스캇의 숨겨진 기술. 그 스스로도 머릿속으로만 생각하고 있을 뿐 입 밖으로도 꺼낸 일이 없었다.

"내 프라이버시가 얼마나 침해되고 있는 거지?"

"원래 세상이란 건 잘나가는 1%가 마음대로 굴려먹는 거야. 너무 가슴 아파하지 마시고, 지금이라도 늦지 않았으니 1%에 드세요. 네?"

"그래. 아무튼 믿을 수 없는 일들이 대부분이지만 믿어야 한다는 소리군."

그것만큼은 예전의 세계와 다르지 않군. 물론 쉽사리 납득할 수 없었지만 스캇은 그가 납득할 수 있는 사실만 있는 세상이 아니라는 것을 일찌감치 알고 있었다.

"오빠가 허락하지 않으면 세상에 꽤나 떠들썩한 이슈가 될 만한 흑룡의 오크 학살 사건이 벌어질 테니까."

"그런데 왜 그렇게 안 하고?"

그녀는 스캇의 거듭되는 질문에 짜증이 났는지 숨을 크게 몰아쉬고 한꺼번에 말을 쏟아내기 시작했다.

"드래곤이 활동하는 것도 나름대로 그때그때의 타당성이 있어. 집 한 채 뜯어내자고 수만의 생명을 학살하는 드래곤이 다른 드래곤들에게 인정받을 수 있을까? 이쪽은 선심 쓰는 척 하는 거야. 알고 보면 공생 관계라는 거지. 같이 살면서 집도 봐주고 하는 거잖아? 툭하면 정의의 사도가 오셨다! 이러면서 모험가들이 집이나 털려 하고. 아니, 왜 얌전히 살고 있는 남의 집에 들어와서 물건을 훔쳐 가는 게 떳떳하다고 생각하는 건지 이해할 수가 없어. 요새 애들은 드래곤을 무슨 봉으로 알아. 실력만 있으면 레어에 가서 뭘 가져오겠다, 이빨을 뜯어 뭘 만들겠다. 지금 이 대륙에서 가장 악명 높은 녀석들은 다름 아닌 인간이라는 걸 자기들이 알라나 몰라?"

용의 대행자인지 진짜 용인지 구분할 길이 없었다. 그녀는 마치 입에서 불을 뿜듯 짜증을 토했다. 이래저래 유감스러운 일들이 많은 모양이다.

"그래. 일단 내가 해야 할 일이 뭐지?"

"북유적에 같이 가자. 어차피 주인들은 다 늙어 죽었으니까 가져오는 사람이 임자야. 고대 유물 몇 가지랑 괜찮은 것 좀 있으면 긁어올 겸. 일단은 발전소 설치가 우선이니까."

이 대륙에서 가장 위험한 장소 중 한 곳을 가자는 제의. 하지만 이야기하는 그녀나 듣고 있는 스캇은 태연했다. 더 이상 이런 문제로 놀랄 만한 이들이 아니다. 하지만 스캇은 다른 문제를 언급했다.

"너와 단둘이?"

"변태."

바로 이어진 대답. 스캇의 등 뒤로 식은땀 아닌 식은땀이 흘렀다. 가끔씩 내뱉는 말들이 당황스럽고 감당이 되지 않는다. 놀라서 물어본 것은 스캇인데 그녀가 되레 정색이었다.

"아까 그 언니랑 같이 가자."

"세 명으로 북유적에 가는 것이 가능할까? 아무리 네가 강하다고 해도…….”

“나 혼자 가도 되는데 심심해서 그래.”

그녀는 스캇의 말을 끊고 자리에서 일어났다. 완벽한 마이 페이스의 선두 주자였다. 그는 켈리가 무너졌던 과거의 일을 생각하면서 눈앞에 서 있는 소녀의 강력함을 긍정할 수밖에 없었다.

“죽게 내버려 두진 않을 테니까 큰 걱정 말고, 준비 좀 해서 며칠 내로 다시 올게.”

그녀는 말을 마친 뒤 손가락을 뻗어 멀지 않은 곳을 가리켰다.

“조오기 뒤에 숨어 있는 언니도 준비 좀 해둬. 동네 놀이터에서 놀고 있는 애들 사탕 뺏으러 가는 수준이니까 긴장하지 말란 말이야.”

그녀의 말에 그제야 스캇도 나무 뒤에 숨어 있는 노노미야의 기척을 느낄 수 있었다. 무슨 이야기인지 꽤나 내용이 궁금했던 모양이다. 그녀는 겸연쩍은 표정을 지으며 나왔다. 그녀의 손에는 물병과 잔이 들려 있었다.

“진즉에 좀 주지 그랬어? 아참, 날 부를 땐 벨이라고 부르면 돼. 벨!”

“그래, 벨.”

스캇이 그녀의 이름을 불러보자 벨은 만족스럽다는 표정으로 엄지를 치켜세웠고 이내 노노미야를 향해 손을 흔들었다.

"언니도 나중에 보자!"

"어? 어. 잘 가!"

간단했다. 그저 몇 마디 중얼거리는 것만으로 그녀는 그들의 앞에서 사라졌다. 노노미야는 대부분의 이야기를 들었는지 스캇을 보며 어떻게 할 거냐는 듯 난감한 표정을 짓고 있었다. 스캇은 그녀에게 어깨를 으쓱이는 제스처를 보였다.

"뭐… 우리 둘이서 준비를 하거나, 도시 전체가 피난을 하거나. 둘 중의 하나 아니겠어?"

스캇의 이야기를 들은 노노미야 역시 그와 같이 어깨를 으쓱였다. 뭐, 별수있나?

Chapter II

북 유 적 으 로

자신을 벨이라고 소개했던 그녀가 떠난 후 족장들은 긴급
회의를 열었다. 그날 저녁 모든 족장과 노노미야, 스캇, 그리
고 카라포엔까지 모인 자리에선 벨에 대한 이야기가 한창이
었다.

"그녀가 믿을 만한 그래스런너인가? 그 녀석들은 장난을
잘 친다고 하던데……."

주로 벨을 불신하는 내용의 중심에 있는 것은 '창의 족장'
잘칸이었다. 그는 으레 이런 문제에 있어선 가장 답답한 축에
속해 있었다.

"그런 그럴듯한 거짓말을 위해 이곳까지 찾아왔다 사라졌

다는 이야기인가요?"

'그릇의 족장' 하란도가 턱을 쓰다듬으며 되묻자 노노미야가 나섰다.

"저와 선생님이 전력으로 공격을 했는데도 멀쩡했다구요. 흑룡의 친구가 아니라 흑룡이라고 해도 믿을 뻔했어요."

그녀의 얼굴은 진지함이 가득했다. 그녀가 그렇게까지 말한다는 사실에 다른 이들은 경악을 금치 못했다. 노노미야와 스캇이 함께 덤벼도 상대가 안 되는 전사라는 말은 그만큼 그들에게 놀라운 사실이었다.

"그렇다면 그게 사실이라 가정한다면 자네와 스캇 선생님이 가야겠구먼?"

카라포엔은 대수롭지 않은 표정으로 이야기했다.

"그 꼬맹이가 오면 내가 직접 상대해 보겠다!"

자존심 강한 잘칸이 탁자를 내려치며 호언을 하자 노노미야가 애써 웃음 지으며 그를 만류했다.

"그러니까… 저랑 선생님이 동시에 달려들었다니까요? 족장님은 선생님보다 약하잖아요."

"약하다니……! 승부는 목숨을 걸고 하지 않으면 모르는 법! 선생님께서 실력이 많이 좋아지셨다 하더라도 '창의 족장'인 나보다 강할 것이라 생각되지 않소이다!"

노노미야는 애써 웃음을 지었지만 그녀의 입장에서는 현재 이곳에 있는 족장들 중 스캇과 싸워 이길 수 있는 자가 없다고 단언했다. 그들이 각자의 임무에 충실할 동안 그는 오직 훈련만을 거듭한 전사였다.

"그래도……."

"아, 그래. 좀 조용히들 해보게나."

카라포엔이 손을 들며 정숙을 권하자 떠들썩한 분위기도 순식간에 사그라졌다. 그는 매우 피곤한 듯 고개를 흔들며 말을 시작했다.

"뭐… 길게 이야기할 게 없는 듯하네. 그쪽은 두 명과 함께 갈 것을 요구했고 그 이상의 것은 없었잖은가. 내 생각엔 둘 다 북유적에서 자기 몸 하나 지키기에는 큰 걱정 없을 것 같고 말이지. 그러니까 나머지 족장들은 자기 하던 일을 하고 노노미야 양과 스캇은 한번 다녀오게. 여행으로 생각해도 나쁘지 않을 것 같구먼."

"대변자님! 너무하십니다!"

인상을 잔뜩 찡그린 표정으로 소리를 지른 것은 '방패의 족장'이며 이 도시 최고의 현자인 바라쿠 호휀이었다. 그는 위세나 명망과는 전혀 어울리지 않게 동생에 관한 부분에 있어선 항상 과민 반응하는 것으로 주위에 알려져 있었다.

"제 동생을 어떻게 저런 늑대와 단둘이 여행을 보냅니까! 그것도 상위 몬스터들이 드글드글한 북유적에! 어떤 위험이 있을지 모릅니다!"

카라포엔은 애써 고개를 돌리며 그를 외면했다.

"…개인적인 의견은 듣지 않겠네."

스캇은 불길한 예감이 들어 조용히 자리에서 일어났다. 분명 이런 전개라면 바라쿠가 곧 자신을 붙잡고 몇 시간씩 설교를 할 것이 틀림없었다. 전에 노노미야와 둘이 사냥 임무를 수행할 때도 그랬었다. 용맹하고 기품있는 족장님이 흔들리는 유일한 문제가 바로 그의 동생 노노미야에 관한 것이니까.

"어디 가는가! 친구! 나랑 이야기 좀 함세!"

그날도 어김없이 스캇의 불안한 예상은 맞아떨어졌다. 결국 스캇이 능력을 써서 내쫓을 때까지 바라쿠는 그를 붙잡고 설교를 멈추지 않았다.

북유적은 도시에서 북동쪽으로 도보로 열흘 정도 거리에 있는 고대 유적이었다. 대륙의 전체적인 지리로 치면 가장 북단에 있는 유적이었기 때문에 북유적이라는 이름을 가지고 있었다.

오랜 세월 동안 땅 밑에 묻혀 있었던 그곳은 광야의 사막화와 지각 변동을 거쳐 최근에야 그 모습이 드러나게 된 것이다. 이 근방에서는 가장 크고 거대하며, 위험했기 때문에 대부분의 모험자들은 그곳을 목표로 실력을 쌓아갔다.

그곳에서 돌아온 이들은 하나같이 한밑천 잡고 떵떵거리며 살았지만 무사히 돌아오는 것 자체가 쉽지 않았다. 몬스터의 소굴인 나후리 광야도 문제였지만 정작 북유적 안에는 어떤 녀석들이 살고 있는지 밝혀진 것이 없었다.

벨이 다시 그들의 앞에 나타난 것은 사 일 후였다.

계단 밑에서 손님이 기다린다는 말에 스캇과 노노미야가 내려가자 벨이 기다리고 있었다. 그녀는 혼자서 온 것이 아니었다. 그는 몇 마리의 동물들을 데려왔는데 노노미야는 그것을 보자마자 놀란 목소리로 소리쳤다.

"오스타드(Ostard)! 이 녀석들을 어떻게 구해왔지?"

"나후리 광야를 달리기엔 이 녀석들만 한 게 없으니까. 안장까지 다 채워 왔어. 혼자 가려면 한 마리만 있으면 되는데 내가 뭐 하러 같이 가자고 했나 몰라."

벨은 만사가 귀찮다는 표정으로 푸념을 했다.

께륵. 께륵?

노노미야가 오스타드라 부른 동물들은 타조와 공룡의 중간 형태를 하고 있었다. 그들은 깃털과 비늘이 섞인 몸체, 그리고 새의 머리를 하고 있었다.

"랩터 같군."

스캇은 자신의 기억을 되살리며 그것이 영화에서 봤던 '벨로시 랩터'와 비슷하게 생겼다는 것을 깨달았다. 특히 다리가 발달되어 있는 모습이 인상적이었다.

"친구들, 잘 지내보자."

그가 다가가 말을 걸자 그들은 연신 부리를 까닥거리며 울어댔다.

께륵? 께륵!

"께르르르르르르륵!"

스캇이 그들과 친해지는 것은 어려운 일이 아니었다. 곧 오스타드들은 뒷목을 그의 손에 맡긴 채 갸르륵거리며 기분이 좋다는 표시를 했다. 오스타드는 총 네 마리였는데 다른 녀석들이 연한 갈색을 띠고 있는 반면, 유독 한 마리만 색이 검붉었다.

"벨, 이 녀석은 뭐야? 얘만 색이 이상해."

노노미야가 그 녀석을 가리키자 벨은 손사래를 치며 대답했다.

"조심해. 걔는 자기한테 손가락질하면 기분 나빠해. 자존심이 유난히 강해서 아무도 안 태우려 하고… 그래서 내가 짐을 들어주실 것을 정중하게 부탁했지. 킥킥."

"캬륵, 크르륵……."

붉은 오스타드는 자기를 향한 시선이 느껴졌는지 고개를 돌리며 홰를 쳤다. 거의 퇴화한 날개는 존재의 이유가 그다지 없어 보였다.

"난 말 같은 것도 타본 적이 없는데. 탈 수 있을까?"

오스타드들의 목을 쓰다듬던 스캇이 벨에게 물었다.

"오빠는 역시 바보구나. 승마랑은 달라. 오스타드들에게 정중하게 부탁하고 직접 연습하는 게 좋을 거야. 둘 다 몸이 유연하니 5분이면 끝날걸?"

"좋아요! 빨리 타볼래."

노노미야는 먼저 오스타드에게 고개를 숙여 인사하고 등에 조심스럽게 올라탔다. 안장은 말의 것처럼 재갈을 물리게되어 있는 것이 아니라 날갯죽지에 연결된 것이었다. 그녀는불안해하면서도 곧잘 적응했다.

벨은 날갯죽지를 이용해서 오스타드에게 지시(부탁)를 하는 방법을 그녀에게 알려줬다.

"거기를 만져서 방향을 일러주면 돼."

"으응."

스캇 역시 남은 오스타드에 조심스럽게 올라타 연습을 해봤다. 그는 손으로 하는 것보다 메시지로 전달하는 것이 익숙했기에 특별히 기술을 배울 필요가 없었다.

"둘 다 꽤 익숙해 보이네."

벨은 심드렁한 표정으로 그들을 바라봤다.

"웅! 이 녀석, 굉장히 빨라."

"나도 별문제 없을 것 같다."

그녀가 타고 있는 오스타드는 덩치도 가장 작고 안장도 없었다. 작은 덩치를 고른 것이야 이해하겠지만 그녀는 안장 없이 타도 괜찮은 걸까? 그들의 의문과 관계없이 벨은 자신이타고 있는 오스타드의 목을 탁탁 치며 방향을 돌렸다.

"잘됐다. 바로 출발할래."

"웅? 아니, 대변자님께 이야기도 해야 하고 준비해 둔 짐도 많은데……."

갑작스러운 그녀의 말에 노노미야가 난감한 표정을 지어 보였다. 하지만 벨은 그런 것에 아랑곳할 성격이 아니다.

"짐이라면 내가 3인분 다 챙겼어. 가자! 휘이이이이익!"

벨의 휘파람 소리에 네 마리의 오스타드가 일제히 달리기 시작했다. 갑작스러운 행동에 놀란 노노미야와 스캇은 안장을 간신히 붙잡아 떨어지지 않을 수 있었다.

캬르르르르르륵!

케르륵!

선두에 선 벨의 오스타드를 따라 두 마리의 오스타드가 나란히 달려갔다. 마치 훈련받은 명마처럼 빠른 속도와 관계없이 일정한 대열을 유지하고 있었다.

캬르륵!

하지만 검붉은 오스타드는 맨 뒤에서 여유를 부리며 홀로 휘적휘적 따라왔다. 그는 일행과 뭉쳐 다닐 의향은 없는 듯했다.

"이 녀석들… 엄청 빨라요!"

"한번 달리기 시작하면 웬만해선 안 멈출걸? 이 광야에서 제일 빠른 녀석들이라구, 언니!"

벨은 턱을 치켜들며 웃어댔다. 지나칠 정도로 빠른 속도 때문에 제대로 눈을 뜨는 것도 힘들었지만 그녀는 언제나 그렇듯 여유만만이다.

"선생님은 괜찮으세요?!"

"괜찮아!"

그들은 도시의 시가지를 빠르게 벗어나기 시작했다. 오스타드들은 직선 주행만 하는 것이 아니라 다리 근육의 탄력을 이용해 시민들 사이를 잘도 피해 다녔다.

"뭐, 뭐야!"

"꺄아아아악! 피해요!"

시민들은 갑자기 지나가는 그들에게 놀라 소리를 지르거나 좌우로 흩어졌다. 세 마리의 오스타드는 먼지를 일으키며 빠른 보폭으로 달려가고, 그 뒤를 검붉은 오스타드가 큰 보폭으로 멀리뛰기를 하듯 느릿느릿 쫓아갔다. 분명 그는 제 멋에 사는 타입이었다.

"여러분, 죄송해요오!"

노노미야는 우왕좌왕하는 시민들을 스쳐 지나가며 소리쳤다. 순식간에 시가지를 벗어난 그들은 곧 성문 앞에 도착했다. 오스타드들은 자신들의 기분대로 협곡의 등성이를 타고 성벽을 뛰어넘으려 했고 벨이 그것을 간신히 만류할 수 있었다.

성문을 지키는 병사들은 노노미야와 스캇을 보자마자 고개를 숙이며 깍듯이 인사를 하고 바로 성문을 열어주었다.

다시 달리기 시작한 오스타드들은 오랫동안 달리지 못하기라도 했는지 더욱 속도를 내며 달리기 시작했다. 스캇은 아직 익숙하지 못해 머리가 어지러웠으나 그것도 잠시, 완전히 적응하고 나자 나후리 광야의 웅장한 대지가 그의 눈에 들어오기 시작했다.

그것은 먼 옛날, 텔레비전에서 봤던 사바나 초원과 비슷한 모습을 하고 있었다.

거칠고 마른 광야였지만 그 가운데서도 생명의 뿌리를 내리며 살아가는 많은 초목들이 있었다. 평생 비 한 방울 안 내릴 것 같은 이런 땅에서 살아가는 식물들의 모습이야말로 생명의 귀감이었다. 그들은 약간의 습기도 없을 것 같은 땅의 깊은 곳에 5m든 10m든 내릴 수 있는 대로 깊은 뿌리를 내리며 자신의 생명을 지키고 있었다. 스캇은 사방에서 그런 수많은 생명의 기운을 느낄 수 있었다.

간혹 가다 맹수들이나 거칠고 흉포한 몬스터들과 마주칠 일도 있었지만 오스타드를 타고 있는 일행에겐 그저 관광용에 지나지 않았다. 스캇은 그동안 책을 통해서만 볼 수 있었던 많은 종류의 몬스터들을 볼 수 있어서 즐거웠다. 그는 때때로 벨이나 노노미야에게 질문을 던지며 살아 있는 현장 학습을 체험했다.

"노노미야! 동쪽에 코끼리만 한 사슴이 보여!"

스캇이 가리킨 곳에서는 땅을 울리며 걷고 있는 거대한 크기의 사슴이 있었다. 상당히 먼 거리라 그런지 일행을 발견하진 못한 듯했다.

"세상에나… 저건 '타르캄데프'예요! 코끼리만 한 게 아니라 코끼리보다 몇 배는 크다구요! 나후리 광야에서 전부 열 마리도 안 된다는 영물을 보다니! 벨! 우리 가까이 가보면 안될까?"

노노미야가 환호성까지 질러가며 물었지만 벨의 목소리는 싸늘했다.

"우리를 발견하면 밤새도록 쫓아올걸. 보기 힘든 게 아니라 눈에 걸리면 바로 잡아먹혀서 그래. 저 녀석 겉모습만 사슴이지 잡식성이라고. 송곳니만 몇 미터짜리 괴물이야."

"……."

벨의 말이 끝난 후 타르캄데프의 시야에서 완전히 벗어날 때까지 그들은 한마디도 하지 않았다.

일행은 밤에도 쉬지 않고 달렸다. 나후리 광야에서의 캠핑이라는 건 얼핏 들으면 꽤나 낭만이 있는 듯하지만 실제로는 멋모르는 녀석들 장례 치르기 딱 좋은 행동이었다.

특히나 특유의 체취가 강한 인간이나 오크의 경우 백이면 백, 첫날 밤부터 몇 번이나 습격을 받았을 것이다. 이곳은 고급 마물 빈번 출몰 지역이었다. 한참을 달리던 그들에게도 광야의 밤이 찾아왔다.

"오빠, 눈에 보이는 녀석보다 보이지 않는 녀석들이 더 많은 거 알아?"

벨이 고개를 돌리며 스캇을 바라봤다. 그는 벨의 말을 이해하지 못했다는 표정을 지었다.

"음? 무슨 소리인지 모르겠군."

"방금 전까지 300m 간격으로 쫓아오던 샌드 플레이퍼 네 마리가 나가떨어졌어. 능력으로 느낄 수 없었어?"

벨은 당연히 스캇이 알고 있을 거라 생각했다. 하지만 그는 다른 것에 정신이 팔려 있었다. 무엇보다 땅 밑이라는 사각지대를 염두에 두지 못한 탓이다.

"아니, 잘 모르겠는데. 뒤통수가 조금 불편하더니 그것 때문이었군. 그런데 샌드 플레이퍼가 뭐 하는 녀석들이지?"

스캇은 자신을 오빠라고 부르는 벨의 화법에 익숙해져 있었다. 그녀가 자신보다 나이가 훨씬 많은 것은 분명했다. 하지만 스캇 역시 그녀를 편한 동생처럼 부르기로 했다.

"광야의 사막화 주범이야. 수십 미터에 달하는 긴 신체로 땅속을 파먹고 사는 녀석들이지. 먹는 것은 흙이요, 뱉는 건 모래니 우리 같은 디저트를 발견하면 미친 듯이 쫓아와선 땅 밑에서 '잘 먹겠습니다!'를 외치면서 주변 지형과 함께 통째로 삼켜 버린다구."

한마디로 대형 지렁이로군. 스캇은 고개를 끄덕거리며 이해했다는 표정을 지었다. 그런 게 방금 전까지 쫓아오고 있었단 말인가?

"캠핑이라도 할 생각이었으면 큰일났겠군."

"명망있는 모험가들의 무구들이 이 광야 밑바닥 어딘가에 드글드글할지도 몰라! 정말 많이들 당하거든!"

그들의 대화 뒤로 피곤에 지친 노노미야의 목소리가 들려왔다.

"벨, 우리… 언제쯤 쉬어?"

애초에 잠이 없는 스캇이나 괴물급 캐릭터인 벨과 달리 노노미야는 밤이 되면 잠을 자야 했다. 아무리 오크 족 최고의 전사라고 해도 잠은 이겨낼 수 없는 법일까. 그녀는 안 그래도 아까부터 졸음 때문에 오스타드의 뒷목에 자신의 이마를 부딪쳐 대고 있었다.

"조금만 더 가면 분기점이 나와! 거기서 세 시간 휴식!"

"세 시간?"

노노미야는 울먹거리는 표정을 지었다. 세 시간 자고 피곤해서 어떻게 버틸 수 있을까. 하지만 당장은 그녀를 믿고 지시에 따르는 수밖에 없었다.

"세 시간 이상 쉬게 되면 정말 위험한 녀석들이 찾아오게 되니까. 차라리 오스타드 위에서 잠을 자는 방법을 배우는 게 좋을 거야, 언니."

얼마 지나지 않아 그들의 눈앞에 거대한 바위산이 보이기 시작했다. 벨이 말한 분기점이 그곳인 듯했다. 노노미야가 고개를 돌려 벨을 바라보자 벨은 대답 대신 고개를 끄덕였고 그들은 더욱 빠른 속도로 바위산을 향해 달리기 시작했다.

"좋아. 전에 만들어놓은 쉼터가 그대로 있어!"

바위산의 중턱에 도착한 이들은 벨이 만들어놓았다는 작은 공터에 몸을 풀었다. 그들은 땅에 내려오자마자 후들거리는 다리와 지릿지릿거리는 엉덩이를 느낄 수 있었다.

"나 졸린데… 것보다 배고파……."

노노미야는 이제 칭얼거리기 시작했다. 도시의 시민들이 본다면 기겁을 할 장면이었다. 벨은 그녀의 허벅지를 툭툭 치며 걱정 말라는 표정을 지었다.

"언니, 잠깐만 기다려. 3분이면 요리 하나 나와!"

분명 벨은 자신이 대륙에서 존재하는 최고의 모험가이며 트레져 헌터라 했다. 그녀의 요리 실력을 한번 볼까? 그녀는 검붉은 오스타드의 등에서 몇 가지 짐을 빠르게 끌어 내렸다. 그리고 딱딱하게 군은 빵들과 수통 하나를 스캇에게 던지곤 다른 조리 도구를 펼치기 시작했다.

"야외 조리의 포인트는 속도야. 오빠는 빵에 물을 적당히 발라서 염체로 따뜻하게 데워!"

벨은 말을 하면서도 신속한 손놀림으로 몸을 쉬지 않았다. 그야말로 숙련된 요리사!

"……."

스캇은 염체를 이런 곳에 쓰게 될 줄은 몰랐다. 그는 벨의 센스와 스스로의 능력에 감탄하며 빵을 데우기 시작했다.

"굉장하군."

"으으웅……."

노노미야는 반쯤 감긴 눈으로 스트레칭을 하며 뭉친 근육을 풀어주고 있었다. 벨은 소형 캠프 키트에 불을 붙이고는 종이에 싸여 있던 몇 가지 재료를 프라이팬에 올렸다. 스캇의 눈에 야채와 함께 알아볼 수 없는 고체덩어리가 들어왔다.

"벨, 그건 무슨 재료지?"

"딱 보면 몰라? 계란이야."

그녀는 스캇에게 핀잔을 줬다. 하지만 그가 아무리 봐도 계란처럼 보이진 않았다.

"형체는 좀 다른 것 같은데……."

"알로 된 녀석을 들고 다닐 수 없으니 일단 한번 조리한 것을 상하지 않게 챙겨 다니는 거야. 함정 해제 키트 속에는 야채들도 들어 있어. 열 감지 센서기에 드라이아이스가 달려서 외부 온도와 관계없이 신선함을 유지할 수 있다고!"

이해는 되지만 뭔가 좀 잡다했다. 보통 실력에 자신이 있는 모험가들은 마법무구 같은 것들을 이용한, 더 편한 방법을 선택할 것이다. 더군다나 벨 정도의 실력이라면 그런 선택의 폭은 훨씬 더 넓었을 것이 분명하다.

하지만 그녀는 또다시 인상을 잔뜩 쓰고 자신의 가치관을 펼치기 시작했다.

"모험의 낭만은 캠핑과 약탈이지. 몸이 편하겠다고 수통에 건포만 챙겨 다니는 모험가들이 있어. 그건 자기 수명을 깎는 짓이고 모험의 로망을 없애는 짓이야! 갑옷이나 무기가 중요한 건 전사들이지 모험가가 아냐. 하여간 요새 애들은 전사가 도적이고 도적이 모험가니……."

"나름대로 가치관이 강하구나."

스캇은 충분히 납득했다. 진짜 모험가라는 족속은 이런 생활도 하나의 직업 정신으로 승화를 시킨단 말이군.

"모험의 목적이 부와 명성이 될 수는 있어도 그게 전부가 되어선 안 되지. 삶 자체를, 그 순간을 즐길 수 있는 것이야말로 진짜 모험의 낭만이란 말이야. 알겠어?!"

"……."

스캇은 질린 표정으로 대답을 대신했다. 그녀가 봤다면 또다시 잔소리가 나왔을 것이다.

"다 됐다! 빵 줘."

대화를 나누는 중에도 쉴 새 없이 프라이팬을 뒤적거리던 벨은 스캇에게 데워진 빵을 받았다. 그리고 단검을 이용하여 능숙하게 반으로 가른 뒤 프라이팬에 들어간 것들을 골고루 속에 넣었다.

"자, 특제 '벨' 빵이다."

"노노미야, 빵 먹자. 벨 빵."

"오아아아!"

벨 빵의 소감은… 뭐 영양 만점이라는 것이다. 애초에 맛보다는 빠른 시간 내에 많은 영양소를 골고루 섭취할 수 있는 것을 중점으로 뒀던 것이니 실제로 훌륭하다 할 수 있는 수준은 아니었다. 하지만 하루 종일 제대로 먹지 못한 그들에게는 무척이나 맛있었다.

"정말 맛있어! 이런 것도 잘하는구나."

노노미야는 엄지를 치켜세우며 벨을 칭찬했다. 벨은 무덤덤한 얼굴로 되물었다.

"뭘 잘하는 줄 알았는데?"

"쌈질."

노노미야 역시 무표정으로 대답했다. 그도 그럴 것이 그녀가 평생 이겨보지 못한 유일한 상대였다.

"그건 나의 서른한 가지 특기 중 하나일 뿐이지. 벨 빵이 그렇게 맛있는 건 아냐. 그런데 하루 종일 굶겼다가 먹여주면 다들 좋아하더라구. 좋지?"

노노미야는 고개를 끄덕였지만 스캇은 그보다 다른 문제에 관심이 있었다.

"벨, 세 시간 뒤에 출발하면 또 얼마나 달릴 생각이냐?"

"이 녀석들 컨디션에 따라서 다르지. 아, 맞다! 이 녀석들도 밥 줘야 해."

스캇의 질문에 대답한 벨은 죽을 듯 쓰러져 있는 오스타드들에게도 물과 음식을 나눠 주기 시작했다. 검붉은 오스타드가 지고 있는 짐의 크기가 컸던 것은 다 이유가 있었다.

그녀는 빵을 먹으며 오스타드의 식사를 챙겨 주고 조리 도구를 정리하는 일까지 혼자서 순식간에 처리했고, 스캇과 노노미야는 그저 멍하니 그 모습을 구경했다.

"정말 능숙한데."

"즐기는 것 같아요."

그들이 멍한 표정으로 바라보자 벨은 손을 쉬지 않은 채 그들에게 핀잔을 던졌다.

"다들 그렇게 구경할 시간에 조금이라도 쉬어둬. 오스타드들은 세 시간만 쉬어도 또 한참을 달릴 수 있어. 다음 분기점까진 거리가 더 머니까 힘들 거야."

스캇은 벨이 이야기하는 분기점이라는 것이 궁금했다. 아무도 없을 것만 같은 이 나후리 광야에도 다양한 이정표가 존재하고 있었고 그는 달리던 중에 그것들을 직접 확인할 수 있었다.

"분기점이라는 건 누가 만들어두는 거지?"

"현명하고 속 깊은 모험자들이지, 약탈과 살행을 일삼는 녀석들 말고."

보통은 불침번을 세워야 했지만 벨이 이곳에서 쉬는 것은 다 그만한 이유가 있는 듯했다. 그녀는 한 명의 불침번도 세우지 않은 채 그대로 휴식을 취하게 했다.

세 명은 모두 야간에도 적응할 수 있는 시야와 능력을 가지고 있었다. 그렇기 때문에 어두운 밤이라 해도 빛의 도움을 딱히 필요로 하지 않았다. 반요정인 그래스런너나 야행성에 가까운 오크는 당연했고, 능력을 사용하는 비율이 오감과 비슷한 수준에 달한 스캇 역시 어두움이 큰 문제가 되지 않았다.

'그것보다… 별빛 때문에 밤이 너무 환하군.'

그렇다. 스캇은 시야만으로 주위를 둘러봐도 사방이 훤히 보였다. 노노미야의 아름다운 얼굴이나 벨의 오동통한 팔다리, 온몸을 땅에 붙이고 시체같이 잠들어 있는 오스타드들. 하늘에 떠 있는 너무나도 많은 별빛 때문에 그 하나하나가 그림처럼 선명하게 보였다. 은은한 밤의 정경은 검은색보다는 보라색과 은색에 가까웠고 때때로 떨어지는 별똥별에 스캇은 마음속으로 탄성을 내질렀다.

아무런 소리도, 아무런 기척도 느껴지지 않자 비로소 생명과 자연의 소리가 들리기 시작했다. 사방에서 수없이 움직이는 생명의 물결들, 도시에서는 결코 느낄 수 없는 자연의 축복이었다. 잠들 수 없는 그였지만 그는 그 대신 다른 행복을 누리고 있었다. 몸이 휴식을 취하는 동안 정신은 별빛 하늘 속을 부유하며 자연을 만끽했다. 그것이 그의 휴식이었다.

정확히 두 시간 사십 분 후 기계처럼 일어난 벨은 오스타드와 일행을 깨우며 출발 준비를 하기 시작했다. 빈틈이 전혀 없었다. 아직 해도 뜨지 않은 캄캄한 새벽이었지만 그녀의 말대로라면 더 이상 있는 것은 위험했다.

"출발하자! 일어나!"

"으우우웅······."

무엇보다 가장 힘들어하는 것은 노노미야였다. 그래도 그녀 역시 기초 체력이 튼튼한 타입이라 금세 정신을 차리고 오스타드에 올라탔다. 벨은 출발하기 전 그녀에게 수통을 하나 내밀었다.

"물?"

"꽤 이것저것 들어간 야채 주스. 피곤함을 이기는 데는 야채가 제일 좋아."

벨은 눈을 찡긋거리며 아주머니 흉내를 냈다. 노노미야는 잠에 취해 있던 두 눈을 동그랗게 뜨며 수통을 받아 들었다.

"고마워, 벨."

"같이 가자고 한 건 나니까. 다 나중에 써먹을 데가 있어서 그런 거 아니겠어?"

대수롭지 않다는 듯 인사를 받아넘긴 벨은 능숙하게 자신의 오스타드에 올라탔다. 그리고 일행은 다시 북동쪽을 향해 달리기 시작했다.

스캇은 그사이 별에 많은 관심이 생겼는지 별로 방향을 예측할 수 있는지 벨에게 물었고, 벨은 별뿐만이 아니라 돌이나 나무를 통해 방향을 예측하는 방법까지 하나하나 자세하게 설명해 줬다.

그녀는 자기중심적이고 과격한 성격이지만 모험에 관한 부분에 있어서는 항상 즐거운 어투로 이야기를 했다. 그는 벨과 노노미야의 이야기를 들으며 즐거운 시간을 보낼 수 있었다.

그렇게 하루의 밤을 더 보낸 그들은 날이 채 지기 전에 북유적의 근처에 도착할 수 있었다. 도보나 말을 이용하면 훨씬 더 걸렸을 거리를 이렇게 빨리 도착한 것은 오스타드의 속도와 벨의 페이스 배분이 완벽했던 덕분이라고 할 수 있다.

북유적은 지하로 함몰되어 있는 거대한 석구(石口)의 모양을 하고 있었고 유적이 있는 부분이 다른 땅에 비해서 수백 미터 함몰되어 있었다. 그리고 유적을 중심으로 사방으로 뻗어 있는 균열들이 깎아지를 듯 날카로운 절벽을 만들고 있었다.

마물들의 출현 빈도 또한 눈에 띄게 높아질 것이 틀림없었다. 스캇의 느낌은 막연한 감이 아닌 능력에 의존한 철저한 예상이었다.

"이걸 어떻게 돌파해서 중심부까지 가지?"

스캇의 혼잣말을 이해했는지 벨은 여전히 자신감있는 말투로 그를 안심시켰다.

"걱정 마, 오빠. 내부에 친구도 있고, 나만 알고 있는 단거리 루트도 있으니까."

그녀의 오스타드는 균열의 절벽 중 한 곳으로 향하기 시작했다. 대부분 도저히 내려갈 길을 찾을 수 없는 절벽들이었지만 그녀와 일행이 도착한 곳에는 누군가 인위적으로 만들어 둔 길이 있었다.

오스타드들은 절벽 옆으로 나 있는 아슬아슬한 내리막길도 거침없이 달려 내려가 순식간에 지하에 도착할 수 있었다. 스캇이 고개를 들어 높이를 가늠하자 어림잡아 200m는 더 내려온 듯싶었다.

정확히 대륙암을 모두 뚫고 본래의 땅에 발을 디딘 것이다.

"이곳이 나후리 광야 본디의 모습."

본디의 땅이다. 스캇에게 대지의 충만한 기운이 느껴졌다.

"오빠도 잘 알다시피 나후리 광야는 거대한 운석이 떨어져 생긴 곳이야. 그 이전부터 이곳에 고대 문명이 있었다는 가설은 이 북유적을 통해 밝혀진 셈이지."

그들은 천천히 유적 쪽으로 향하기 시작했다. 어둡긴 했지만 대낮이라서 햇빛이 아주 약간이나마 들어오고 있었고 애초에 어둠에 신경을 쓰는 파티가 아니었다.

"마물들이 곧잘 보이네."

노노미야의 말에 미간을 찌푸린 벨은 숨을 크게 들이마시며 설명을 하기 시작했다.

"후웁! 이 정도는 그냥 작은 동물 정도로 생각해 줘도 될 거야. 이곳의 마물은 여러 종류가 있어. 예전부터 도시에 뿌리를 내리고 살아오던 고대 마물들, 강한 마력에 이끌려 도착하게 된 녀석들, 보물이라던가 찾아오는 모험자들을 노리고 서식하는 지능형 마물들. 종류가 다양해. 살 곳을 찾아오는 녀석들도 있어. 약한 마물들은 항상 지나가는 이들에게 죽임당하기 일쑤니까. 옛날처럼 자신의 실력을 과신하는 마물들은 몇 없지. 백날 선천적인 능력에 의존해 봐야 악바리처럼 노력하고 성장하는 인간 하나에게 섬멸당하기 일쑤랄까."

벨의 시니컬한 목소리가 절벽에 부딪치며 공명을 울렸다. 그녀는 분명 인간들에게 보통 악감정을 가지고 있는 게 아니었다. 실제로 이곳에 있는 마물들은 일행을 공격하려 하기보단 그림자 뒤로 숨기 일쑤였다.

실력의 차를 잘 알고 있다는 뜻일까. 가끔씩 위협적으로 다가오려던 녀석들도 있었지만 스캇의 능력이 먼저 그들을 물러나게 했다. 일행 중에서 가장 피를 보기 싫어하는 것은 다름 아닌 그였으니까.

"이제 친구의 집에 다 와간다. 편히 쉴 수 있을 거야. 간만에 제대로 잠 좀 자보자고."

"잠? 좋아!"

벨의 발언에 감긴 눈을 번쩍 뜬 노노미야는 앞쪽에서 이상한 소리가 들려오는 것을 느낄 수 있었다. 마치 누군가가 싸우는 듯한 소리……

"저기……."

"언니, 나도 들려."

벨 역시 눈치 챘다는 듯 그녀의 말을 끊었다. 스캇은 걱정되는지 바로 방향을 돌렸다.

"가보자."

그의 오스타드가 가장 앞장서서 달리기 시작했다. 누군가의 목숨이 위험한 상황이 분명했다. 다른 일행도 빠르게 그의 뒤를 따랐다.

곧이어 도착한 곳은 도시와 절벽의 경계점으로 굉장히 넓은 공터와 반쯤 무너져 내린 독특한 양식의 건물들이 가득한 곳이었다. 그 한쪽에서 누군가가 싸우고 있었다. 사람으로 보이는 몇몇과 여러 종류의 마물들이 뒤엉켜 있었다.

"리블린! 뒤로 물러나요!"

"알았어! 광역 마법은 아직 준비 안 된 거야?!"

한 여성의 날카로운 외침이 모두의 귀를 자극하고 있었다. 살의가 짙게 담겨 있었다.

"곧!"

쿠웨에에엑!

싸움의 중심에는 은빛 갑옷을 걸친 여기사와 키가 4m는 족히 넘을 법한 거인이 대치하고 있었다. 마치 오우거(Ogre)처럼 보였지만 얼굴에 커다란 외눈이 자리 잡고 있는 것이 사이클롭스(Cyclops)의 변종인 듯했다. 그 거인은 채찍을 휘두르며 여기사의 접근을 막고 있었다.

"버섯같이 생긴 녀석을 조심해!"

거인의 뒤에는 애스코모이드(Ascomoid)가 낮게 부유하고 있었다. 해파리를 닮은 알 모양의 버섯의 일종으로 가까이 가면 신경성 마비를 일으키는 포자를 내뱉기 때문에 조심해야 하는 타입이었다. 이미 인간 중 몇이 당한 듯 몇 명은 뒤쪽으로 빠져 상처를 치료하고 있었다.

"여덟 명이군."

스캇은 사람 쪽의 숫자를 확인했다. 거인 말고도 다른 몬스터의 종류가 많은 듯했지만 모두 시체로 널브러져 있었고 거인이 홀로 남아 버섯을 등지고 싸워온 듯했다.

"카이센이 화염 광역 마법을 시전하면 모두 뒤로 물러나세요! 이상한 버섯 녀석들을 해결하는 대로 거인을 협공합시다!"

노노미야는 인간을 본 뒤로 잔뜩 긴장하고 있었다. 그들이 오크인 자신을 보고 가만히 있을 리가 없기 때문이다. 그녀가 뒤로 숨으려 하자 벨은 그녀에게 눈치를 줬다.

노노미야가 벨의 시선을 좇아 스캇을 바라보자 스캇은 이미 오스타드에서 내리고 있었다. 그에게 맡겨보자는 이야기였다.

"선생님, 뭘 하시려고요?"

노노미야가 걱정스러운 표정으로 스캇에게 묻자 그는 태연하게 대답했다.

"위험해 보이니 도와줘야지."

"오빠, 어느 쪽을 도우려고?"

벨이 다 알고 있다는 표정을 지으며 익살스럽게 질문을 던졌다. 스캇은 사람 좋은 미소를 지으며 화답했다.

"당연히 약자를 도와야지."

그의 몸에서 기운이 일렁이기 시작했다. 구체화된 기운들은 그가 무언가 사용하려 한다는 것을 알 수 있었다. 그의 입에서 짧고 간결한 단어가 흘러나왔다.

"의지(意志). 강압(强壓)!"

그의 몸에서 날카롭고 잘 다듬어진 수십의 빛의 줄기가 그들을 향해 쏟아져 나갔다!

그것들은 서 있는 모든 자들의 몸을 뱀처럼 훑으며 지나갔다. 그 순간 모든 사람들의 동작이 경직되었다.

그들은 하던 일을 멈출 수밖에 없었다. 그 어떤 의지가 명령하고 있었다. 그렇게 멈춘 그들을 향해 스캇이 천천히 걸어 나갔다.

"이런이런, 손님들은 무슨 일 때문에 이 먼 땅까지 오셨습니까?"

그가 본디 이런 성격은 아니다. 하지만 자신의 능력을 백분 발휘하기 위해선 연기력이야말로 그의 필수 조건이었다. 스캇은 여유있는 듯 강자의 웃음을 지으며 그들의 앞으로 다가갔다.

다른 이들의 생각이나 감정을 읽을 수 있는 능력을 갖게 된 지도 여러 해가 지났다. 그에게는 수십 년의 세월과 같았을 터. 그동안 스캇은 다른 사람의 심리를 이용하는 처세술이나 연기를 하는 것에 익숙해져 있었다. 그것들은 무력 충돌을 싫어하는 그가 선택할 수 있는 썩 괜찮은 방법이었다.

지금 사람들의 행동에는 어떠한 제약도 없었다. 하지만 방금 전 스캇이 사용했던 강압이란 기술 덕택에 알 수 없는 긴장감이 형성되어 있어 누구도 쉽사리 움직이지 않는 것이다. 보통 이런 대사를 하면서 나타나는 녀석들은 대부분 강한 놈들이다. 숙련된 모험가들이라 그런지 상대가 적인지 아군인지부터 판별하는 듯했다.

"누구십니까?"

일행의 리더 격으로 보이는 한 중년의 사내가 대표로 물었다. 철제 석궁을 들고 있는 모습이며 허벅지에 달린 많은 단도들이 그가 보통 경륜있는 모험자가 아니라는 것을 알려주고 있었다.

"내 땅에 찾아온 당신들이야말로 먼저 신분을 밝혀주셔야 하지 않겠습니까?"

그나저나, 이 허물어가는 도시를 자기 땅이라고 우기는 스캇의 심보는 뭘까? 내 땅이라는 말을 들은 모험자들은 꽤나 동요하는 듯했다. 여차하면 영웅에서 도둑으로 취급받을 수 있으니 모험가에게 정당성이라는 것은 늘 필요했다. 특히 앞에 서 있던 여기사는 엄청나게 당황스러운 표정을 짓고 있었다.

"농담이 심하십니다. 이 무너질 것 같은 유적이 어째서 당신의 땅이라는 것인지……."

리더는 당황하지 않고 숙련된 경험을 앞세워 차분하게 대답했다.

"도시 정비가 좀 안 된다고 해서 무단 침입자들에게 무어라 한마디 말도 못한다는 겁니까?"

"무슨 소리예요! 이 수많은 몬스터들을 보시라구요!"

뒤에 서 있던 한 남성이 보란 듯 주위에 즐비한 몬스터들의 시체를 가리켰다. 하지만 스캇은 침울한 표정으로 대꾸했다.

"예, 수많은 제 시민들이 죽었군요. 이들은 제 버섯 농장을 관리하는 친구들입니다. 제가 아주 좋아하는 별미지요. 시민들이 죽는 불상사만 아니었으면 여러분께 대접해 드릴 수도 있었을 텐데……."

스캇은 애절한 슬픔의 메시지를 내뿜었다. 의도적이라는 느낌이 들지 않을 정도로 은은하고 깊게 뿌린 그 메시지는 금세 모험가들의 가슴에 와 닿았다.

거인은 상황을 지켜보는 듯 경계를 늦추지 않으며 가만히 서 있었다. 물론 스캇의 말은 거인에게도 메시지로 보내지고 있었다.

"마물이라는 것은 본디 사람을 해치기 위해 존재하는 것입니다. 어찌 시민이라 표현하시는지?"

리더의 말은 그야말로 정론. 하지만 이런 전개야말로 스캇이 바라던 것이었다. 그는 젖은 눈동자로 그들을 바라보곤 천천히 말을 시작했다.

"이들을 가족처럼 생각하고 있는 제게 무시무시한 말씀을 하시는군요. 그렇다면 인간은 모두 똑같은 성격을 가지고 있는 겁니까? 이들이 정말 사람을 해치길 원한다면 인간의 발이 닿지 않는 이 어둡고 음침한 도시 안에 숨어 있을 이유가 있을까요? 마물이라고 해도 본디 자아가 있다면 스스로의 길을 선택할 수 있습니다. 이들은 누구도 해치고 싶지 않아 하는 자들입니다. 누가 먼저 공격했나요? 누가 먼저 달려들었지요? 함께 행복하게 지내오던 가족들이 전부 죽어버린 채 혼자 살아남아 버섯 사이에 숨어 있는 저 친구의 마음을 과연 얼마나 이해해 주실 수 있으십니까?"

이번에는 좀 더 노골적이고 강렬한 슬픔의 메시지가 퍼져 나가기 시작했다. 스캇은 눈물도 나오지 않는 얼굴을 한 손으로 누르며 깊게 통곡하는 듯 어깨를 들썩거렸다. 잔뜩 인상을 쓴 그의 표정이 메시지와 맞닿아 그야말로 한 편의 영화를 연출하고 있었다.

그들 중 마음이 약한 몇몇은 이미 무기를 뒤로 숨기며 눈물을 글썽이고 있었다.

"언니, 어떻게 생각해?"
"음… 선생님은 머리가 좋으신 것 같아."
노노미야는 나름대로 칭찬의 의미로 이야기했지만 벨은 그녀의 표현이 불만이었는지 고개를 저으며 말했다.

"난 저 연기력이야말로 오빠의 본래 모습인 것 같아."

여유가 생긴 노노미야와 벨은 느긋하게 상황을 관전하기 시작했다.

스캇은 이제 눈물까지 흘리며 모험가들을 몰아붙이고 있었다. 전의를 상실한 것은 말할 것도 없고, 이제 선량한 시민들을 공격했던 자신들의 도덕성을 돌아봐야 할 순간이었다.

스캇에게 페이스를 잡힌 그들은 어째서 이곳에 사람이 있는지도 궁금해할 겨를이 없었다. 그저 슬퍼하는 그를 보며 어쩌지도 못하고 있을 뿐이었다.

"아이고오! 이 친구는 두 달 전 나에게 기가 막힌 버섯수프를 대접했던 멋쟁이 요리사 아닌가! 이 친구야! 왜 여기 누워 있어! 일어나 봐! 응? 왜 누워 있는 거야… 아이고……!"

스캇은 쓰러져 있는 이름 모를 한 마물의 손을 잡고 곡을 하고 있었다. 멀리서 바라보고 있는 벨은 웃음을 참지 못하고 배를 잡은 채 끅끅거렸다.

"저……."

그가 그렇게 울고 있자 모험가들 중 한 아가씨가 걸어나와 떨리는 손으로 그에게 손수건을 건넸다. 뒤에서 화염 마법을 시전하고 있던 젊은 마법사였다.

"죄… 송해요. 저희가 무슨 짓을 한 것인지……."

"아닙니다. 이것도 마물로 태어난 운명이라면 운명. 이들은 어차피 평생을 도망 다니며 살아야 할 운명이니까요! 이곳에서 안심하고 살아가려 했던 이 친구들이 실수한 겁니다! 네!"

스캇은 괜찮다 하면서 그녀의 손수건을 건네받았다. 그리고 그 순간 그녀의 손을 통해 강력한 메시지를 보냈다. 다수를 대상으로 하는 메시지보다 직접적으로 전달하는 메시지의 밀도나 수준이 높음은 말할 나위가 없었다.

"…흑!"

그녀는 손수건을 건네자마자 그의 옆에 주저앉아 함께 흐느끼기 시작했다.

"죄송해요! 죽여도 괜찮다 생각하고 있었어요! 으허엉……!"

벨은 얼굴까지 붉어진 채 웃음을 참고 있었고 노노미야는 공용어는 잘 몰랐지만 어느 정도 공부를 해왔기에 정황이 어떻게 돌아가는진 알 수 있었다. 모험가들은 자신들끼리 웅성거리며 어떻게 해야 할지 난감한 표정을 짓고 있었다.

스캇은 한참을 울다가 눈물을 닦으며 자리에서 일어났다.

"흑… 전 이제부터 이들의 장례 준비를 해야 합니다. 무엇보다 다른 곳에서 열심히 일하고 있는 이들의 동족들에게 이 사실을 전해줘야 한다는 것이 너무나 가슴이 아프군요. 될 수 있으면 생명을 보전하기 위해서라도 돌아가 주셨으면… 하고 있습니다. 가족을 잃은 자들의 분노는 저도 막을 수 없는 것이니까요."

그들이 이곳에 도착하기까진 수많은 어려움과 고난이 있었을 터. 아무리 사정을 이해한다지만 그들의 눈에는 그저 마물들로 보일 뿐이다. 스캇은 이제 그들에게 은근한 협박을 넣기 시작했다. 그들 역시 최소한의 전투로 유적 탐사를 하려고 했을 뿐이지, 유적의 모든 몬스터들과 싸우러 온 것은 아닐 것이다.

"아무리 그래도 돌아가는 것은 좀……."

"그렇지. 어떻게 여기까지 온 건데……."

역시 인간의 욕심이란 끝이 없다. 이곳까지 도착한 마당에 더 피를 봐서 뭐 다를 게 있겠냐는 의견이 나오기 시작했다. 어차피 그들의 눈에는 쓰러진 시체들이 그저 괴물로 보일 뿐이다. 다만 도덕적으로 비교적 건전한 양심을 가지고 있는 몇 사람들은 아직 고민하는 표정이었다.

스캇은 이 정도만 되어도 충분히 효과가 있다고 생각했다. 그는 표정을 굳히며 이야기했다.

"그렇다면 별수없지요. 지금 이 시간부터 유적에 존재하는 모든 마물들이 여러분을 향해 달려올 겁니다. 제가 알릴 테니까요."

"우리 목숨을 위해서라도 당신을 막아야겠군."

리더는 목숨을 거론하며 스캇을 칠 것을 유도하고 있었다. 그에게는 이 도시에서 살고 있는 사람이라는 사실 자체가 인정하기 힘들 것이다. 상황을 객관적으로 볼 수 있는 자는 리더뿐인 듯했지만 그의 통솔력이 보통은 아니었는지 모든 사람들이 그의 의견에 움직이기 시작했다.

"하아… 처음부터 우리는 약탈자입니다… 라고 소개하면 좋지 않습니까. 마물이 어쩌니 하면서 자신들을 합리화시키지 말고 제대로 된 악역으로 덤비시는 것이 어떻겠습니까?"

스캇은 고개를 까닥거리며 몸을 풀었다. 완연한 도발이었다.

"네 녀석이야말로 마물이 사람의 형체를 하고 있는 듯하구나! 피 색을 확인해야겠다!"

그의 도발에 여기사가 검을 들고 달려나왔다. 심각한 수준의 멘트를 아무렇지 않게 날리는 것으로 보아 좋은 가정에서 귀하게 자란 타입이 분명했다.

그들 중 몇은 고개를 저었고, 몇은 차라리 잘됐다며 전투 준비를 하고 있었다. 스캇은 다시 한 번 강압을 사용했다.

'강압.'

또다시 빛의 줄기들이 사방을 휘저었다. 마치 수십 마리의 뱀들처럼 서로 뒤엉켜 가며 그 자리에 있던 모두를 뒤덮었다.

그 후, 달려오던 여기사는 물론이고 그 자리에 있던 모든 사람들이 순간적으로 멈췄다. 스캇의 날카로운 메시지가 그들의 본능에 멈추라는 각인을 남겼다. 그는 자신의 앞까지 달려온 여기사에게 다가가 그녀의 어깨에 천천히 손을 올렸다.

"여러분들이 제 앞에서 움직일 수도 없다는 건……."

'의지.'

스캇은 그녀의 신체를 통해 직접적인 의지를 전했다. 공격을 멈추지 않으면 죽여 버리겠다는 간단하고 강력한 메시지였다. 그녀는 손에서 검을 떨구며 그 자리에 무릎을 꿇었다. 이런 타입은 의외로 정신력이 약하다.

채랭!

검이 구르며 땅을 울리는 소리가 그치자 스캇은 고개를 들며 맺지 못한 자신의 이야기를 마저 꺼냈다.

"그만큼 압도적인 실력 차가 난다는 뜻입니다."

분위기가 싸늘하게 식었다. 스캇은 거듭 의지를 사용해서 살의와 분노로 그들의 가슴을 짓눌렀다. 아무도 말하지 않았지만 이미 각각의 마음속에 커다란 두려움이 자리 잡기 시작했다.

무엇보다 그의 바로 앞에 주저앉은 여기사는 갑옷들이 서로 부딪칠 정도로 크게 떨고 있었다.

"아… 아아……."

정적 속에서 그녀의 갑옷이 떨며 부딪치는 소리는 절벽에 공명을 일으키며 사방으로 퍼졌고, 그들의 두려움은 걷잡을 수 없을 정도로 커져 갔다. 스캇은 여유있는 표정을 지으며 모두의 의지를 확인했다. 그리고 그중 단 한 명, 리더만 포기할 수 없는 불굴의 의지로 자신을 노려보고 있음을 알 수 있었다.

"이거… 아무래도 한 명은 잡아야 이야기가 되겠군요. 리더로서 뭔가 보여줘야 하지 않겠습니까?"

이번에는 리더를 향해 노골적인 도발을 걸었다. 상대는 이를 갈며 앞으로 나섰다.

"재수없는 자식… 무슨 기술을 쓴 것인지 몰라도 용서하지 않겠다."

리더는 들고 있던 철제 석궁을 땅에 내던지고 양손에 단검을 꺼내 들었다. 나름대로 실력에는 자신이 있는지 스캇의 모든 강압을 이겨내고 유일하게 앞으로 당당하게 나왔다.

"네 녀석의 목숨을 배려할 생각은 없다."

"좋으실 대로."

한 손은 정수로, 한 손은 역수로 잡은 단검의 폼이 스캇에게는 좀처럼 간격을 좁히기 어려워 보였다. 스캇은 언제나 자신의 손에 감겨 있던 붕대를 굳세게 잡아당겼다.

"수체(水體). 유영(柳影)."

그의 상체는 조금의 미동도 하지 않았지만 그의 몸 전체가 마치 물 흐르듯 부드럽게 움직이기 시작했다. 오직 그의 발이 아무런 소리도 내지 않으며 부드러운 스텝을 밟고 있었고, 몸 전체가 빠르지 않지만 끊임없이 흔들리고 있었다.

"언니, 저거 뭐야. 왜 나한텐 저거 안 썼어?"

벨은 눈을 동그랗게 뜨며 노노미야에게 물었다. 자신도 본

적 없는 기술이었다.

"30초 붙어보고 전 기술 구경했다 생각하면 곤란하지. 선생님은 저것 말고도 더 있다구."

리더는 그런 스캇의 모습에 빈틈이 많아 보였는지 자세를 낮춘 상태로 달려들며 한쪽 단검을 올려 베었다.

일격을 노린 사정없는 한 수! 그리고 그의 다른 손이 그와 함께 횡으로 호선을 그었다. 간격 안에만 들어간다면 결코 피할 수 없는 공격일 터.

바람에 날리는 실크가 그런 느낌일까. 스캇의 몸은 리더의 검이 만들어낸 호선을 부드럽게 지나 마치 물건 위로 천이 흘러내리듯 상대의 몸을 따라 회전하며 움직였다. 이름 그대로 버드나무의 그림자같이 부드러운 동작이었다.

빠르게 시작한 일격만큼 따라오는 경직도 클 터. 큰 반경을 그린 상대의 몸은 그대로 빈틈이 노출되었고 스캇은 그의 뒤에서 마치 연인을 품에 안 듯 몸을 감싸 안았다.

"무, 무슨 짓을……!"

"골파(骨破)."

스캇의 양손은 상대의 오른손 팔꿈치를, 그의 발은 왼쪽 무릎을 눌렀다. 콰직거리는 소리가 상대의 뼈가 온전치 못함을 모두에게 알려줬다. 적은 힘으로 최대의 효과를 노리는 오크 무예 절정의 관절 기술이 찰나에 상대의 몸을 기형으로 꺾어

버렸다.

"크아아아악!"

"다음 손님? 한꺼번에 나오셔도 되긴 합니다만… 전의가 있어 보이는 분이 없군요."

다른 이들은 싸우기 전부터 겁을 먹고 있던 사람들이다. 그가 다시 떠나라는 협박을 강력한 강압으로 내뱉자 그들은 리더를 챙겨 속속들이 밖으로 빠져나가기 시작했다. 스캇은 그들의 등 뒤에 잘 가라는 인사를 남기는 것도 잊지 않았다.

결국 한 명에게 손수건을 받고, 한 명에게는 어깨에 손을 올리고, 그리고 또 다른 한 명을 안은 것으로 모든 상황은 종료되었다.

"멋진데, 인간! 아주 통쾌했어!"

그의 뒤에서 꽤나 편한 자세로 지켜보던 거인은 박수를 치며 스캇을 칭찬했다. 능숙한 공용어를 사용하는 것으로 봐서 보통 거인은 아닌 듯했다. 그는 들고 있던 채찍을 감으며 성큼성큼 걸어와 스캇에게 손을 내밀었다.

"벨이 있어서 안심했더니, 벨보다 훨씬 멋진 방식으로 일을 처리하더군! 크핫핫! 나는 펠루모이테토 카츠카샤다. 벨은 날 '덩치 큰 페루 자식'이라고 불러! 반갑다!"

"스캇이라고 한다."

그는 손을 들어올려 거인의 손바닥을 쳤다. 절벽 구석에서 구경하고 있었던 또 다른 관전자인 노노미야와 벨도 오스타드를 이끌고 곁으로 걸어왔다.

"선생님, 멋있었어요."

"특히 그 와득, 하는 관절기가 좋았어. 나중에 나한테도 알려줘!"

벨은 방방 뛰며 소리를 질렀다. 마치 아이처럼 졸라대는 표정이었지만 실상은 그녀야말로 최강자가 아닌가. 스캇은 씁쓸한 미소를 지었다.

"이봐, 벨! 친구를 보고 인사도 안 하는가!"

페루는 자신의 말대로 벨과 구면인 듯 손을 흔들며 벨에게 아는 체를 했다.

"덩치만 큰 녀석이 소심하긴 엄청 소심하구만. 페루! 우리 삼 일 동안 잠을 못 잤어! 방 좀 줘!"

"가만있어 봐라… 여관에 방이 남았던가!"

페루는 이 북유적에서 단 한 개뿐인 여관을 운영하는 자영업자였다. 뭐, 손님은 기껏해야 벨이 전부였지만.

Chapter 12

언데드의 도시

북유적 안에 편안한 휴식을 취할 수 있는 공간이 있을 거라는 생각은 아무도 못할 것이다. 하지만 자칭 최고의 모험가 벨은 이미 오래전에 자신의 베이스캠프를 구축했다. 그들이 도착한 곳은 예전에 뭔가 대단한 귀족의 집으로 쓰였을 것만 같은 화려한 건물이었다. 뭐, 그것도 옛날이야기지만.

"팔 년 만에 쓰게 되는군."

입구에 도착한 페루는 감회가 새롭다는 듯 중얼거렸다. 벨은 질렸다는 표정을 지으며 짜증을 냈다.

"그동안 다른 손님은 안 받았어? 청소나 좀 하고 살지!"

그들이 오스타드를 입구에 세워두고 집으로 들어서자 가

득 쌓여 있던 먼지들이 폴랑폴랑 피어올랐다. 여관이라고 하기엔 다소 무리가 있어 보이는 모습이었다.

페루는 자신의 거대한 손으로 먼지들을 제치며 앞장섰다.

"여기 오는 녀석들이야 나만 보면 못 잡아먹어서 안달이지. 날 죽이면 내 뱃속에서 마법 아이템이라도 떨어질 거라고 생각하는 정신머리들은 어디서 오는 건지……."

"우히힛, 그게 다 이 시대의 교육 환경 탓이다. 교육이야말로 올바른 가치관의 기틀이거늘!"

1m도 안 되는 키의 벨과 낮은 천장 때문에 고개를 숙이고 걸어가는 페루의 대화는 전혀 어울리지 않는 주제의 것이었다. 뒤를 따라가던 노노미야는 주위를 둘러보다 벨에게 물었다.

"저기… 벨? 여기에 휴식 공간을 만든 것이 얼마나 오래된 거야?"

"내가 대신 대답하지, 오크 아가씨. 저 친구는 나이 이야기 나오는 거 별로 안 좋아하니까. 내가 이곳에서 처음 벨을 만난 게 대충 육십 년쯤 전이다. 아마 대륙 안에 존재하는 그래스런너 중에선 벨이 제일 연장자일 것이다."

페루는 자신의 목울대를 긁어대며 이야기했다. 그의 옆에 붙어 있던 벨은 노노미야를 멀뚱히 쳐다보며 물었다.

"왜? 나… 나이 들어 보여?"

"아, 아냐! 나이 하나도 안 들어 보여."

스캇은 예상했다는 듯 고개를 끄덕였다. 애초에 하루 이틀 살아서 나올 연륜이 아니다. 실력부터 말하는 센스까지. 다만 오빠라니, 언니라니 부르는 것은 그녀의 타고난 성격 때문인 듯했다. 스캇 역시 저렇게 생긴 꼬맹이를 어르신 취급하고 싶은 마음은 없었다.

"어차피 금방 갈 건 아니지? 내가 알기로 평균이 두세 달은 되었던 것 같은데……."

페루가 웬만한 어른의 손목만 한 손가락을 꼽아가며 계산하자 벨이 그의 무릎을 두들겼다.

"이번엔 찾는 것만 찾으면 바로 나갈 거야. 그보다 우리 자는 동안 복도 청소 좀 해줘. 이래서 여관비나 제대로 받겠어?"

복도를 웬만치 지난 그들이 문을 열자 눈앞에 꽤나 커다란 스위트룸이 나타났다. 복도에 비하면 먼지도 없었고 대부분의 가구와 생활품들이 비치되어 있었다. 아쉬운 건 침대가 하나뿐이라는 것 정도일까.

"우와아. 벨, 굉장해!"

"이곳이야 마법으로 충분히 보호받고 있으니까 말이지. 내가 발견했을 때도 이 상태였어. 아마도 이 저택의 주인이 쓰던 방 같지? 여러 보호 마법도 걸려 있고 페루도 있으니까 얼마든지 안전하게 잘 수 있어."

노노미야는 침대로 달려가 몸부터 던졌다. 그녀가 침대에

뒹굴며 볼을 부비자 벨은 정색을 하며 말했다.

"샤워부터 해, 샤워부터!"

"수도 기관이 제대로 남아 있었나?"

스캇이 샤워라는 이야기를 듣고 벨에게 묻자 옆에서 지켜보던 페루가 대신 대답했다.

"카하핫! 나랑 벨이 지하수와 연결되게 하려고 펌프를 설치하는데 엄청 고생했지. 이 녀석 보기보다 완벽함을 추구하는 성격이라……"

아니, 충분히 이해된다. 스캇은 긍정의 표시로 고개를 끄덕이며 주위를 둘러봤다. 아무리 마법으로 보존되어 있다 해도 몇 년간 들어온 적도 없는 방이 이렇게 깨끗하다는 건 납득이 잘 가지 않았다. 그는 이곳에 그만큼 많은 정성이 들어갔기 때문이라고 생각하기로 했다.

"페루, 지도도 가져다줘. 만들어둔 녀석 있지?"

벨은 손가락을 까닥거리며 몇 가지를 지시했다. 어떻게 보면 친구라기보단 부하와 상사의 관계 같았다. 하지만 페루는 항상 친절하게 이야기했다.

"당연히 있다. 이곳을 배회하는 것이 내 일이니까."

삼 일이라곤 하지만 강행군에 지친 그들은 알아서 휴식을 취하기 시작했다. 물론 침대는 여자인 노노미야와 벨의 것이었고 스캇은 별다른 불만 없이 쿠션이 무척 깊은 의자에 몸을 뉘었다.

닫힌 문밖에서 페루가 떠들썩하게 청소를 하는 것이 들려왔다. 메시지로 봐선 가까운 방에 오스타드를 넣어둔 듯싶었다. 그러고 보니 붉은 오스타드가 유난히 페루를 잘 따랐었다. 스캇은 나중에 페루에게 직접 물어봐야겠다고 생각했다.

페루는 유적이 본디 모습인 도시의 기능을 하고 있었을 시절부터 살아가고 있는 거인의 아종으로, 엄격히 따지자면 순수 생명체는 아니었다. 그의 몸은 활성 산소에 노화되지 않는 일종의 바이오테크놀로지 머신이었으나, 그 사실은 본인도 모르고 있었다. 알고 있는 것은 그를 직접 깨웠던 벨뿐이었다.

그의 사고는 지극히 인간적이었고 다른 거인들과 비교해도 그 흉포함이나 성질이 전혀 달랐기에 벨은 그와 친해질 수 있었던 것이다. 그 뒤로 벨이 북유적을 찾아올 때마다 페루는 그녀에게 항상 많은 도움을 줬다. 그 대신 벨은 여관비로 항상 멋진 술을 가져다줬다. 술을 좋아하는 페루는 평소 혼자 있을 때에도 곧잘 유적을 뒤지며 술을 찾고는 했다.

그들이 푹 자고 일어났을 즈음엔 복도의 모든 청소가 끝나 있었다. 반짝거린다던지 빛이 나는 수준은 아니었지만 그런대로 오가기엔 무리가 없을 듯했다.

벨은 노노미야와 스캇에게 장비의 정비를 해둘 것을 지시한 뒤 다른 방에 있는 무언가를 가지러 갔다. 이 집에 보관해 두는 물품들도 있는 듯했다.

"끄으응……."

잠시 후 그녀가 끌고 온 것은 굉장한 크기의 기계였다. 스 캇이 보기에는 자신이 있었던 세계의 물건과 크게 다르지 않 았다. 그는 고대의 문명이 지금보다 여러 가지 측면에서 높은 기술을 가지고 있었다는 것을 알 수 있었다.

"그건 뭐야? 발전기?"

"아니, 와이어롤러(Wire Roller)라고 하는 거야. 이걸 절벽 같은 곳에 박아두면 빠르게 내려갔다 올라올 수 있지. 바퀴가 달려 있어서 나 혼자서도 곧잘 가지고 다녔어. 보통은 페루가 들어주지만… 아무튼 난 이 녀석을 정비해 둘게. 아, 그리고 이건 페루가 준 지도야. 훑어봐 둬."

벨이 준 지도는 페루의 덩치에 맞는 엄청난 크기의 지도였 다. 스캇은 지도를 탁자에 펼친 뒤 살펴보기 시작했다. 자신 들이 들어온 균열과 페루와 만났던 공터, 그리고 지금 이곳의 위치까지 바로 파악할 수 있었다. 이 도시는 오크 도시와는 비교도 안 될 정도로 엄청나게 넓었다.

"내가 보니까 페루는 지상만 다니고 지하는 잘 안 내려간 것 같아. 참고로 지하에는 이곳보다 몇 배 큰 도시가 있어. 나 도 반의반도 못 돌아봤어."

스캇은 지도를 살펴보며 벨에게 물었다.

"주로 노려야 할 포인트가 어디지?"

"음, 지도에서 번개 모양의 표시가 된 곳 있지? 그곳들은 발전소야. 'A.N.P.G'는 발전소 중 한 곳에서 가져온 거야. 그리고 그 외에도 찾을 것이 몇 가지 더 있어. 연구소나 학교 같은 녀석들을 뒤지게 되겠지."

벨은 모터휠을 돌려보며 기름칠할 곳을 체크하고 있었다. 스캇은 지도를 계속 보다가 다른 의문점이 생겼다.

"벨, 마물의 숫자는 많은가? 웬만하면 피해 다니고 싶은 데."

"물론, 운 나쁘면 하루에 오십 마리는 잡아야 할걸? 전에도 설명했지만 이곳의 발전 기관들은 아직도 온전한 것이 대부분이라 마력을 끊임없이 발산한다구. 때문에 마물들이 이곳을 천국으로 여기는 거야. 그리고 지하 도시로 가면… 더 엄청난 것들이 있어."

그녀의 대답은 항상 자세한 설명을 덧붙였다. 한참을 말없이 듣고 있던 스캇은 벨의 마지막 말에 주목했다.

"더 엄청난 것들?"

벨은 물음에 대한 답변 대신 다른 질문을 그에게 던졌다.

"왜 마라드는 여기서 살지 않지? 이곳만큼 마력이 넘쳐흐르는 곳이 없는데 말이야."

스캇은 잠시 침묵한 후 자신이 생각한 가정을 이야기했다.

"음… 다른 드래곤이 이미 살고 있다던가……."

"드래곤만큼 강한 녀석이 있다는 거지. 혹은 그보다 강한."

스캇은 눈을 게슴츠레 뜨며 벨을 바라봤다. 그녀는 장난스러운 어투로 말을 하긴 해도 빈말을 하는 타입은 아니었다.

"정말이냐?"

"궁금하면 직접 찾아보세요."

그녀는 다시 와이어롤러를 수리하기 시작했다. 아침부터 시작한 정비는 오후쯤에나 끝나게 되었고 정비를 끝낸 벨은 다른 일행의 장비부터 복장까지 다 직접 맞춰주었다. 그녀는 신체 활동에 지장을 주지 않는 슈트 계열의 가벼운 옷들을 사이즈까지 맞춰가며 건네줬다.

노노미야가 옷을 갈아입고 오자 벨은 그녀에게 검을 한 자루 건넸다.

"이거 메고 다녀."

노노미야는 환한 미소를 지으며 받아 들었다. 전사에게 명검이란 것이 얼마나 큰 의미인지 표정으로 보여주고 있었다.

"뭐야? 검이야?"

"스파클링 커터(Sparkling—Cutter). 무지막지한 고대 기물 중 하나야."

스릉!

벨은 노노미야의 품에 들린 검집에서 검을 뽑아 들었다. 0.8m 정도의 짧은 검신에 비해 폭이 0.2m는 족히 넘을 법한 넓고 납작한 검이었다.

검푸른 검신에 날만 유난히 검은색이었는데 끝부분은 부

러진 검처럼 한쪽으로 기울여져 있었다. 그녀는 손가락을 들어 날의 끝부분을 눌렀다.

"이 부분이 긁히면 그때의 마찰 에너지로 검신에 전격이 발생해."

벨이 검을 들어 돌로 된 바닥을 긁자 검이 파지직거리는 소리를 내며 불꽃을 튀겼다. 그 뒤 그녀가 검을 들자 전자 에너지가 서로 충돌하며 파직거리는 모습을 볼 수 있었다.

"우와아! 이거에 베이면 엄청 아프겠는데?"

"직접 베여봐야 알걸. 내가 요긴하게 써봤는데 베는 동시에 신경 마비를 일으키고 상처가 까맣게 타 들어가. 그런데 매번 바닥을 긁어야 한다면 그것도 골치 아프겠지? 언니, 검집을 줘봐."

스캇은 영 께름칙한 표정이었다. 검만 봐도 오한이 돋는 그였는데 타 들어가는 모습까지 상상하자니 아무리 정신 수양을 거쳤다고 해도 견디기 쉽지 않았다. 그에게 검이라는 존재는 아직 이겨내기 힘든 모양이었다.

벨은 검집에서 검을 넣었다 뺐다 하면서 검집을 이용한 마찰 발생을 노노미야에게 알려주었다.

"이건, 연습 좀 하면 더 요긴하게 쓰일 데가 많은데… 검집과 날의 마찰 에너지로 전격을 발생시키는 거야. 전격뿐 아니라 검을 뽑는 속도 자체도 굉장한 쾌속이 되는데 다른 대륙에서 건너온 사람들이 쓰는 기술이야. 발도술이라고 해."

그녀는 왼손으로 검집을 잡고 오른손으로 빠르게 검을 뽑아내는 모습을 보여줬다. 그녀가 긋는 검선 뒤로 전기 에너지가 발산되어 허공에 잔영을 남겼다.

"이거, 주는 거야? 고마워, 벨!"

노노미야는 좋아라 하며 검을 들어 자신이 직접 연습하기 시작했다. 확실히 팔다리가 짧은 벨에 비해서 엄청나게 빠른 속도로 방출이 가능했다.

"나가서 쓸 일도 별로 없고 해서 창고에 박아둔 건데 필요할 것 같아서 꺼내 왔어. 한 자루 더 있긴 한데 오빠는 이런 종류 싫어하잖아?"

"거절한다."

스캇은 듣기도 싫다는 듯 바로 정색을 했다.

"저 봐."

노노미야는 그새 정신없이 검에 몰두했다. 센스가 남달라서 그런지 이론으로 설명해 주니까 바로 발도를 사용할 수 있었다. 본디, 양날인데 다가 검집과 검의 조화가 잘 맞지 않은 서양의 검으로는 발도술을 사용하기 힘들었다. 하지만 스파클링 커터의 경우 서양식 검(劍)의 모양보다는 도(刀)에 가까운 형태를 가지고 있었기에 실제로 발도술과 궁합이 잘 맞는 무기였다.

스캇이 벨을 바라보자 벨은 고개를 절레절레 저었다.

"미안해. 오빠 줄 만한 건 없어. 그냥 막노동이나 좀 해줘.

설마 연약한 아가씨들에게 이 괴물을 옮기게 할 생각은 아니겠지?"

짐꾼이군. 스캇은 눈으로 와이어롤러의 무게를 가늠해 보며 물었다.

"이걸 어디까지 옮겨야 하는데?"

"도시의 정중앙. 그곳에서 지하로 내려갈 수 있거든."

잠시 후 일행은 곤히 잠들어 있는 페루를 혼자 집에 둔 채 중앙을 향해 출발했다. 와이어롤러는 벨이 기름칠을 많이 해뒀지만 하도 오래된 물건이라 그런지 연신 끼럭거리는 소리를 냈고 그것은 마물들을 향한 좋은 도발 거리가 되었다.

"으음……."

스캇은 잔뜩 우울한 표정을 지으며 와이어롤러를 끌고 나갔다. 마치 짐수레를 끄는 막노동꾼 같은 이미지였다.

"좋아! 벨, 누가 더 많이 쓰러뜨리는지 내기할까?"

"나와 내기를? 언니 자신있어 보인다?"

그녀들은 다가오는 마물들을 보며 신났는지 내기를 걸었다. 새로운 검을 얻은 노노미야는 꽤나 자신이 있어 보였다. 그녀는 그 대신 벨에게 조건을 한 가지 걸었다.

"그 대신 넌 맨손으로! 끝나는 시간은 선생님이 중앙에 도착할 때까지!"

"오케이. 시작!"

두 여자는 사방에서 나타는 마물들을 볼 때마다 미친 듯 달려들었다. 대부분이 떠도는 사령이나 살의 외의 자아가 없는 흉포하고 무식한 녀석들이라 스캇도 딱히 신경 쓰진 않았다. 하지만 그녀들은 실로 전투를 위해 태어난 병기 같았다.

노노미야의 신속은 자신이 전력으로 맞붙었을 때도 보지 못했던 굉장한 수준이었고 벨은 말할 것도 없는 괴물 그 자체였다.

"아자! 아자! 아자!"

"흥!"

사방에 뇌전을 뿌리며 환호하는 노노미야와 짧고 간결한 동작으로 한 마리씩 처리해 나가는 벨. 그 가운데 수레를 끌고 있는 스캇의 심정은 어떨까. 분명 이곳에서 평화를 누리고 있는 건 오직 그뿐이었지만 본인은 어딘가 서운했다.

그의 머릿속으로 네파드와 바라쿠가 떠올랐다. 페루도 떠올랐다.

"다음엔… 페루를 데리고 와야겠군."

스캇이 도시의 중심부에 다다른 즈음엔 그들을 공격하는 무리들도 거의 눕거나, 도망간 상태였다. 오랜 시간 침묵이 지배했던 북유적을 단 세 명이 깨웠으니 달려드는 마물들의 숫자가 많은 것도 이해가 될 법했다. 스캇이 중심부에 뚫려 있는 커다란 구멍 앞에 도착하자 다른 마물들을 찾고 있던 그녀들도 스캇의 곁으로 다가왔다.

"크기 안 따지고 마흔두 마리."

노노미야는 두 손을 펼치며 자랑스럽게 이야기했다. 하지만 벨은 조금도 주눅 들지 않았다.

"내가 이겼어. 난 그거 두 배는 된다."

"끄으응······."

애초에 벨이라는 괴물과 내기를 하려 했던 쪽이 무리다. 그런데 내기 내용은 뭐였을까? 자기들끼리 숙덕거리는 통에 스캇은 별로 관심을 주지도 않았다.

"휘유우."

그가 직경 수백 미터는 될 법한 어두운 구멍의 밑을 내려다보자 까마득히 깊은 어둠만 보였다. 아무리 생각해도 끝이 없을 듯했다.

"이거 얼마나 내려가야 하나?"

그는 구멍을 바라보며 물었다. 뒤에서 와이어롤러를 만지던 벨은 혀를 차며 말했다.

"쯧쯧, 오빠, 그거 끝도 없어. 다들 착각 많이 하는데 나도 구멍 끝까지 가본 적이 없는걸? 와이어를 타고 내려가다 보면 중간에 지하 도시로 빠질 수 있는 출구가 있다구."

"신기하네. 벨은 어떻게 알았어?"

노노미야가 까마득한 절벽 밑을 바라보며 벨에게 묻자 벨은 와이어롤러를 땅에 고정시키며 말했다.

"얼마나 깊은지 이 녀석으로 직접 내려가 봤지."

벨은 와이어의 고리를 자신의 벨트에 연결했다. 고리 자체에 달려 있는 리모컨이 있어서 사람이 밑에 있으나 위에 있으나 자유롭게 와이어를 움직일 수 있었다.

"좋아. 내가 먼저 내려가서 와이어를 올리면 차례대로 내려와. 방법은 아까 들었지?"

"알겠어."

벨은 능숙하게 벽을 타며 뛰어 내려가기 시작했다. 무작정 떨어지는 것이 아니라 적당히 충격과 속도를 조절하며 이동하는 폼이 그야말로 낙하의 표본이었다.

그녀가 내려간 지 얼마 되지 않아 와이어가 빠르게 되감겼고, 다음은 노노미야가 뛰어 내려갔다. 뛰어난 신체 능력을 지닌 그녀 역시 능숙하게 내려갔다.

그리고 스캇이 마지막으로 그녀들의 뒤를 따랐다. 그가 한참을 내려가다 보니 먼저 도착해서 기다리고 있는 그녀들과 길게 뻗은 동굴이 보였다. 스캇이 무사히 도착하자 벨은 미리 준비해 둔 걸쇠에 와이어를 걸어서 돌아갈 때 이용할 수 있도록 해뒀다.

"풀리지는 않겠지만 만약에 위에서 누군가 와이어롤러를 떨어뜨리면 어떻게 하지?"

노노미야는 와이어롤러를 두고 가는 것이 걱정스러웠는지 가는 내내 뒤를 돌아봤다.

"올라갈 방법은 얼마든지 있으니까 걱정 마. 이게 제일 빠르니까 이 길로 가는 거야. 그리고 위에서 노는 녀석들은 언니랑 나 때문에 당분간 코빼기도 안 보일걸?"

벨이 대꾸하자 앞만 보고 걷고 있던 스캇이 말했다.

"음, 출구가 보인다."

그들이 걷고 있던 통로는 예전엔 기차 같은 것이 오가던 곳이었는지 선로가 길게 깔려 있었다. 스캇이 발견한 출구로 나오자 그의 눈에 믿을 수 없는 광경이 드러났다.

"이… 이게 뭐지?"

그는 보통 놀란 것이 아니었는지 말까지 더듬었다.

"놀랍지? 수십 층의 고층 빌딩들, 낯익은 고가도로와 가로수들. 비슷하지만 이질적인 느낌."

그녀의 설명대로였다. 하지만 그녀가 어떻게 스캇이 있던 세계에 대해서 잘 알고 있을까?

"벨, 어떻게 그렇게 잘 알지?"

"오빠가 있었던 세계에 대해서? 길게 묻지 마. 오빠 말고도 친하게 지내는 사람 많아."

그들의 눈앞에 드러난 것은 현대의 도시와 비슷한 광경이었다. 수 km는 족히 넘어 보이는 거대한 돔의 천장에는 별처럼 많은 빛들이 켜지고 꺼지는 것을 반복하고 있었고, 사방에는 삼사십 층을 가볍게 넘는 기다란 고층 빌딩들이 즐비했다.

다만 오래된 유적답게 생명이 전혀 느껴지지 않았고, 세월의 흔적을 가득 먹은 '유령 도시'의 모습을 가지고 있었다.

"익숙한 모습이라서 그런가… 도리어 을씨년스럽군."

자신이 말한 대로였다. 이곳이 그에게 주는 느낌은 보통의 유적과는 남달랐다. 자신이 살던 세계와 유사한 유적, 그가 다른 세계에서 살고 있다는 것을 실감나게 해주었다.

"자, 모두 10시 방향 하늘을 자세히 보세요."

벨이 익살스러운 목소리로 일행을 불렀다. 먼저 그곳을 바라본 노노미야의 입에서 자신도 모르게 경악 섞인 질문이 튀어나왔다.

"저게 뭐야?"

벨이 가리킨 방향에는 유독 높은 타워가 있었다. 그리고 타워의 주위를 날아다니는 희뿌연 무리들이 보였다. 하도 멀리 떨어진 곳이라서 노노미야나 스캇도 자세히 확인할 수 없었다.

"스펙터(Specter)와 본드래곤(Bone-Dragon). 원래 저렇게까지 많진 않았는데? 이 지하 도시가 완전히 뼈들의 소굴이 되어버렸나 봐."

벨은 자신이 설명하면서도 현재의 상황에 납득할 수 없다는 표정을 지었다.

"무슨 소리야, 그게? 뼈들의 소굴?"

노노미야가 그 말을 되물었다.

"본뱃(Bone-Bat)부터 리치킹(Lich-King)까지 언데드라는 마크를 달고 있는 모든 마물이 총출동하는 이곳, 바로 북유적의 진짜 모습인 언데드 나라! 우히히힛!"

벨은 긴장 속에서 즐거움을 느끼는 것인지 몸까지 부르르 떨어가며 신나게 설명했다. 스캇은 인상을 쓰며 중얼거렸다.

"이런 데서 유물을 어떻게 가져간다는 거야?"

"아, 맞다. 참고로 리치들도 마력 발산 장치들을 엄청나게 좋아해. 아마 발전소당 한 마리씩 붙어서 살림 차려놓고 있을 걸."

이미 한 번 훔쳐본 경험이 있어서 그런가. 벨의 자신감은 지나치게 넘쳐흘렀다. 스캇과 노노미야는 난생처음 보는 언데드들에 잔뜩 긴장했다. 그들은 공중을 배회하는 마물들의 눈을 피해 발전소를 찾기 시작했다.

"벨, 언데드들의 메시지가 켈리와 비슷하다."

"켈리? 아아, 그 중급 메트로콘타임?"

그렇다. 메트로콘타임. 그는 아직 켈리의 정체에 대해서 잘 모르고 있었다.

"그래, 그 메트로콘타임이 뭔지 말해줄래? 언데드 같은 거냐?"

"후천성 마법 생명체지. 일종의 맹약을 걸고 긴 수명과 뛰어난 마법적 능력을 가지는 거야."

이해하기 쉬웠다. 긴 수명을 얻는 대신 뭔가를 줘야 하겠지.

"단점이 있을 것 같은데."

스캇이 되물었다. 벨은 고개를 끄덕이며 말했다.

"봤잖아? 회색의 마녀를 위한 일들을 하는 거지. 뭐 그들은 꽤나 널널한 편이니까 거의 프리랜서처럼 살고들 있지. 신흥 귀족가의 자제들이 흔히들 넘어가. 맹약이라는 것이 그렇게 쉽게 하는 게 아닌데 스스로 반인반마의 길을 걷는 거야. 뭐, 그녀라면 걱정할 것 없겠지만……."

스캇은 그녀에게 사정이 있을 거라는 생각은 했지만 막상 대답을 듣고 나니 씁쓸하기만 했다. 자신의 욕망 때문에 스스로를 파멸시켜 간 그녀의 모습이 떠올랐다.

돈도 능력도 충분히 있는 귀족들이라면 오래 사는 것에 당연히 관심이 많았을 것이다. 하지만 맹약이라니… 몇 년을 끊어온 담배가 피우고 싶었다.

"발전소다."

스캇은 먼저 발전소를 발견하고 나직이 말했다. 노노미야는 신기했는지 그에게 물었다.

"어? 선생님이 어떻게 알아요?"

"여러 가지 이유가 있겠지만 일단은 뭐… 감이 오니까."

스캇은 능력으로 읽을 수 있었다. 그곳은 희뿌연 안개들이 빽빽이 들어차 있었다. 강력한 마력이 발산되는 것도 느껴졌고 그 이상의 존재감도 느낄 수 있었다. 벨은 잠시 그곳을 바라보다가 고개를 저었다.

"음, 다른 곳으로 가자."

"왜 그래?"

노노미야가 묻자 벨은 이유를 설명했다.

"저긴 '람파이미 스티' 산에서 쓸 수 없는 동력이야. 수자원 발전소를 찾자. 지하수에서 마력을 뽑아내는 발전소가 있을 거야."

벨의 센스와 스캇의 능력이 있기 때문에 원하는 곳을 찾는 것은 어려운 일이 아니었다. 그들은 도시를 탐색하며 곳곳에 자리 잡은 기형의 조각들이나 이상한 건축물들도 볼 수 있었다. 그것은 분명 유적 위에 새롭게 지어진 것들이 분명했다.

이곳은 유적 위에 또 다른 문명이 건축된 것일까. 스캇의 눈에는 이질감이 드는 알 수 없는 건물들이 많이 들어왔다.

"오빠, 이상해?"

벨은 그가 느끼는 이질감을 눈치 챘는지 스캇에게 물었다. 스캇은 조용한 목소리로 대답했다

"그래. 내 눈엔 딱 다른 것이 보이니까."

"뭐가요?"

벨과 스캇의 대화가 잘 이해되지 않는지 노노미야가 묻자 벨이 이야기했다.

"리치들은 자아가 비교적 온전한 분들이 많아서 예술이나 건축 쪽으로도 조예가 깊으시지. 취미가 꽤 다양하다구."

"음… 그런 건가."

오래 지나지 않아 그들은 수자원 발전소를 발견할 수 있었다. 도시 외곽에 인공적으로 만들어진 호수 가운데 자리 잡고

있었다. 물론 상상도 할 수 없는 숫자의 마물들이 자리 잡고 있음은 말할 것도 없었다.

그들은 멀지 않은 곳의 빈 건물을 찾아들어가 잠시 쉬기로 했다.

"노노미야, 저걸 어떻게 돌파하는 게 좋을 것 같아?"

스캇은 그녀를 바라보며 물었다. 노노미야는 손바닥을 흔들며 모르겠다는 표정을 지었다.

"벨에게 물어보는 것이 더 낫지 않을까요?"

"다 쓰러뜨리면서 전진하자고 할 것 같다."

벨은 긍정의 표시로 고개를 강하게 끄덕였다. 스캇이 그녀에게 묻지 않은 이유가 다 있다.

"잘 아네. 어차피 숨어 들어갔다가 걸리면 우리에게 몰려올걸. 우리 쪽에서 유리한 위치를 잡고 전력이 뭉치기 전에 속전속결하는 것이 빠를 거야."

노노미야는 걱정이 되는 듯 미간을 찡그렸다.

"리치와도… 싸워야 해?"

이 세계에서의 리치는 전생이 꼭 능력있는 마법사인 것이 아니라 과학자나 연금술사도 있었다. 불사의 생명을 얻는 것이 그렇게 어렵지 않은 것일까. 생명의 비밀을 풀어헤칠 만한 절정의 지적 존재들은 그렇게 다양한 색깔을 가지고 있었다. 하긴 물에서 마력을 뽑아내는 발전기를 돌리는 이들이었으니 과학자 중에 리치가 되어버린 사람이 있다고 해도 할 말은 없지. 이러나저러나 범접하기 어려운 존재라는 건 마찬가지다.

"보통 멀쩡한 리치는 자신의 공간에 누군가 침입하면 이유를 막론하고 마력 발산 장치의 곁으로 갈 거야. 그게 그에겐 목숨일 테니까."

벨의 설명이 부족하다고 느꼈는지 스캇이 말끝을 이었다.

"그래서?"

"뭐, 다른 녀석들 처리하는 동안은 같이 좀 도와주고… 그 녀석과 만나는 건 내가 할게. 둘은 나가 있어."

음, 실력에 있어선 그만한 확신이 있을 테니까. 둘 다 벨의 어이없는 강함을 직접 확인한 뒤였기 때문에 크게 신경이 쓰이진 않았다. 다만 스캇은 한 가지 걱정되는 게 있었다.

"우리가 발전 장치를 가지고 가게 되면 그는 죽는 것인가?"

역시 스캇답게 그의 생존권에 대해서도 고민을 하고 있었다.

"아유… 오빠는 어딜 가나 착한 척이네. 걱정할 것 없어! 장치 없이도 오십 년은 넘게 살아 있을 테니까. 웬만큼 모자라는 녀석이 아니면 지 밥그릇은 알아서 챙기게 되어 있어. 그보다 자기 목숨이나 신경 쓰는 게 좋을걸? 위에서 잠깐 놀아줬던 꼬맹이들하곤 달라."

이 북유적에 쳐들어온 모험가들 중 리치의 생활에 대해서 관심을 가져준 것은 그가 처음이며 유일할 것이다.

"선생님은 뼈다귀들도 생명이 있을 거라고 생각하세요?"

"아니, 그냥… 누군가의 것을 무작정 뺏는 일은 싫었어. 그 뿐이다."

노노미야가 스캇에게 묻자 그는 마음속의 번민을 숨기며 대답했다.

"대부분 살의밖에 안 남은 인공 창조물들이니까 걱정 말고 마음껏 아작 내! 가자."

역시 유적에선 벨이 리더였다. 그녀는 항상 그래 왔듯 자신의 페이스로 일행을 이끌었고 스캇과 노노미야는 군말없이 뒤를 따랐다.

"으음……."

스캇은 고민이 담긴 신음 소리를 흘렸다. 지금의 도전으로 시민들에게 풍요로운 영토를 줄 수 있다. 지금의 모험으로 누군가가 행복하게 살아갈 수 있다. 한번 해볼 만하지 않은가? 스캇은 손에 묶은 붕대를 잡아당기며 마음의 잔고민들을 없앴다.

'고민은 이미 지나칠 정도로 많이 했다.'

이미 약자를 위해, 완성된 미래를 위해 수라의 길을 걷기로 다짐한 그가 아니었는가. 확신을 가진 그에게서 은은한 파장이 뿜어져 나왔고 벨과 노노미야도 그의 확실히 달라진 기질을 느낄 수 있었다.

"저 오빠는 한다고 마음먹으면 참 멋있단 말이야."

"뒤지지 않으려면 열심히 해야겠네. 벨, 이번에도 내기할 거야?"

노노미야는 호기롭게 벨에게 제안했다. 하지만 벨은 두 손을 흔들며 스캇을 가리켰다.

"아니, 언니한테는 이길 자신 있는데 오빠 표정 좀 봐. 혼자서 다 잡아버릴 것 같은데?"

스캇은 말없이 주먹만 두둑거렸다. 애초에 전투나 싸움 같은 것과는 거리가 먼 자신이었다. 하지만 확신과 결단을 가지고 있는 지금, 그의 행동에 주저함은 없었다.

즐기지 않는 성격이었으면 이제부터 즐기면 되는 것이다. 그는 자신의 마음속을 어지럽히는 것들이 모두 변명의 가면을 쓴 두려움이라는 것을 깨달았다. 그의 이빨이 가득 드러났다.

"가자."

"오우케이!"

그들은 호수의 정중앙을 통과하는 다리를 걸어나갔다. 혹시 침입자를 막기 위해 무너지진 않을까 걱정했지만 고대 유적답게 철골을 기초로 만들어진 다리였다. 다리의 끝에는 호수 중앙에 세워진 5층 높이의 건물이 있었다.

역시 기본 구조의 건물에 기괴한 장식이 더해진 것이 리치라는 족속들의 취향이 한결같다는 것을 느낄 수 있었다.

"벨, 언데드는 맨주먹으로 쳐도 잘 쓰러질까? 뼈만 남아서 살아 있는 척하는 것들."

그가 언데드에 대해 가지고 있는 선입견과 실제 그들의 모습은 크게 다르지 않았다. 그는 벨에게 조언을 구했다.

"뭐, 성체(聖體) 같은 기술도 있다면 그게 최고일 텐데……."

"성(聖)? 뭔지는 알겠는데 개념을 못 잡아서 메시지로 만드는 게 힘들다."

사실 스캇이 그동안 시도해 본 속성들은 꽤나 다양했지만 아직 제대로 된 개념을 잡지 못해 이미지를 실제로 구현시키지 못하는 것들이 여럿 있었다. 성(聖) 속성 역시 그런 것 중 하나였다.

"그럼 염체가 좋겠네. 오빠야, 너무 고민하지 마. 못 움직일 정도로 자근자근 밟아놓으면 다 해결되는 거야."

"온다. 많다."

스캇은 희뿌연 안개의 기운들이 입구 쪽으로 몰려오는 것을 느낄 수 있었다. 이상하리 만치 거대하고 알 수 없는 느낌이었다.

그들이 건물의 앞까지 도착하자 정문이 거친 소리를 내며 열렸고, 예상한 대로 그 안에서 마물들이 기어나오기 시작했다. 벨이 먼저 그들을 알아채고 소리쳤다.

"자이언트 스켈레톤(Giant Skeleton)! 가고일도 있다! 가고일은 내가 맡을 테니 둘이서 남은 녀석들 처리하는 거다?"

"알았다."

우르르 몰려나온 자이언트 스켈레톤들은 거인이 언데드화한 것치곤 그렇게 크지 않았다. 스캇은 그들이 페루와 같은 덩치를 가지고 있는 것을 깨달았다. 그렇다. 페루와 동족이었을 가능성이 높다.

"인간! 죽을 시간이다!"

키가 4m 정도 되는 녀석이 여덟 마리나 있으니 마치 공룡박물관에 온 기분이었다. 저마다 가지각색의 무기를 들고 있었는데 주로 철봉 같은 것들이었다. 개중에는 자신의 갈비뼈를 뽑아 손에 들고 있는 녀석들도 있었다.

스캇이 보기에 그들의 동작이 굼뜬 것이 피하는 게 어려워보이진 않았다.

"염체!"

스캇이 염체를 쓰며 간격을 좁히자 이미 공격에 나선 노노미야가 다른 편에서 먼저 발도술을 사용하며 상대를 공격했다. 그녀는 자신의 스승이다. 그가 달리 걱정할 필요가 없었다. 그는 자신의 적에 집중하기로 했다.

바로 눈앞에 크고, 둔한 상대가 보인다. 맞을 리 없는 공격의 강함에 걱정할 필요는 없다. 온몸의 피가 끓어오르는 것이 느껴졌다.

"회축(廻蹴)!"

회전력을 중심으로 한 날카로운 돌려차기! 이 기술의 중점은 타격을 가하는 발이 아닌 축이 되는 발의 회전력에 있다. 축이 되는 발은 검은 연기를 내며 거칠게 돌았고 역시 화염의 기운을 담고 있는 반대편 다리가 상대의 무릎에 적중했다.

퍼어엉!

자이언트 스켈레톤의 무릎에 있던 뼈들 중 몇 개가 충격을 견디지 못하고 허공으로 날아갔다. 뒤편에서 벨의 장난기 섞인 목소리가 들려왔다.

"아아! 3번 타자 스캇! 2루와 3루 사이로 날카로운 적시타! 자이언트 스켈레톤의 무릎 뼈가 날아갑니다!"

벨은 신기한 모양의 석궁을 들고 뛰어다니며 하늘을 날고 있는 가고일들을 유인하고 있었다. 분명 자신의 간격에 들어오면 격투기로 마무리를 짓겠지. 그녀라면 신경 쓸 것도 없었다.

스캇은 쓰러진 상대의 머리뼈를 향해 정권을 질렀다. 솔직하고 군더더기없는 일격!

"강격(剛擊)!"

그의 공격이 명중될 때마다 뼈들이 해체되고 갈라졌다. 그는 머리만으론 안심이 되지 않았는지 양팔까지 깔끔하게 해체시켜 놓은 후 다른 녀석들을 향해 달려가기 시작했다.

왜 다른 녀석들이 안 붙나 했더니 노노미야가 다섯 마리 가운데서 신형을 날리며 뛰어다니고 있었다. 자이언트 스켈레톤들은 지능이 높지는 않은지 하나같이 우왕자왕하는 모습뿐이었다.

"타핫!"

스캇까지 난입하자 그야말로 혼전이 벌어지기 시작했다. 스캇은 그들의 양 무릎을 강격으로 날리며 빠르게 움직였고 그들의 공격은 스캇을 스치지도 못했다.

그들이 하나 둘씩 무너지면 기다리고 있던 노노미야가 발도로 머리뼈를 날렸다. 거대해 보였던 여덟 마리의 자이언트 스켈레톤은 순식간에 해체되었고 팔다리와 머리를 잃은 몸통만이 땅에서 움찔거리고 있었다. 상황이 정리되자 스캇은 벨의 안부를 물었다.

"벨은?"

"우리가 뭐 걱정할 게 있나요."

벨은 다리 쪽까지 가고일들을 유인해 싸우고 있었다. 멀리 있는 녀석들은 석궁으로 잡고, 손톱으로 긁기 위해 가까이 다가오는 녀석들은 어김없이 발로 내리찍었다. 그들이 구경할 틈도 없이 순식간에 상황을 마무리한 벨은 백팩에 석궁을 대충 달아놓고 그들을 향해서 뛰어왔다.

"언니, 오빠, 지친 거 아니지?"

"심심해서 맥 빠질 수준이네."

노노미야가 농담을 섞어 대답하자 벨은 열린 문을 향해 손가락을 가리켰다. 시간을 아끼자는 뜻이었다.

"좋아. 진입하자!"

내부엔 의외로 약한 수준인 인간형 스켈레톤이 가득했다. 일행은 큰 무리 없이 그들을 하나씩 해체시켜 나갔다. 불사의 생명이라지만 일단 사지를 떼어놓으면 그저 귀신의 집 장식용품에 불과했다.

"오빠! 위층으로 가야 해?"

벨은 공격을 쉬지 않은 채 스캇에게 소리쳤다. 능력으로 발전기의 위치를 파악해 달라는 이야기다. 그는 감응을 펼친 후 바로 대답했다.

"음. 발전 기관은 3층이다."

"알았어! 후딱 정리하자!"

일단 침입한 이상 시간 낭비는 생명과 직결된다. 갑자기 소리를 지르며 스켈레톤들의 한가운데로 뛰어들어 간 벨은 어지럽게 공중을 돌며 돌려차기를 난무하기 시작했다.

"후랴앗! 매력적인 벨의 제로사이즈 커터(Charming Vell's Zerosize Cutter)!"

'기술 이름도 참 길다.'

마치 베는 것 같은 날카로운 발차기의 연타! 몰려 있던 스켈레톤들은 순식간에 썰리기 시작했다. 바닥에는 수백, 수천 개의 뼈다귀들이 쌓여갔다.

"좋아! 2층으로 갑시다!"

"간다!"

아직 잔당이 몇 마리 남았지만 일일이 다 잡을 필요는 없다. 그들은 중앙 계단을 타고 2층으로 뛰어 올라갔다. 이번엔 약간 다른 차원의 녀석들이 자리를 잡고 있었다.

기이이이이……

형체는 뚜렷하지 않지만 존재만으로 공포와 살의를 발산하고 있는 스펙터(Specter)들. 뼈 위에 갑주를 걸치고, 롱 소드와 카이트 쉴드를 들고 있는 본 나이트(Bone—Knight). 그리고… 다소 흉측한 모습의 자이언트들이 있었다. 그들은 역시나 이 도시 특유의 작은 사이즈를 가지고 있었다.

"저 녀석들은 뭐야?"

노노미야는 인상을 가득 쓰며 붉은색의 자이언트들을 바라봤다. 피부가 벗겨진 듯 근육 조직과 핏줄이 훤히 드러난 모습이 절로 인상을 쓰게 만들었다.

"내 예감이 확실하다면 생체 개조를 거친 자이언트들이지. 두 눈을 보아하니 정신은 없는 듯하고 참 무섭게 생겼다. 어렵겠는데."

"의논할 시간이 어디에 있어!"

노노미야가 먼저 달려나가기 시작했다. 그녀가 노리는 상대는 바로 하나뿐인 본 나이트였다.

본 나이트는 상대의 행동과 관계없이 검과 방패를 중앙으로 모으며 정중하게 의례를 치르고, 곧 입에서 알 수 없는 쇳소리를 내뱉으며 달려 들어갔다.

기에에에엑!

성대가 없으니 저런 소리가 나는 게 당연한가. 아직 행동을 하지 못했던 벨과 스캇을 향해 스펙터들이 다가오기 시작했다. 그 뒤에 있던 두 마리의 커프스 자이언트(Corpse Giant)도 맹렬하게 그들을 향해 돌진했다. 동작은 스켈레톤 자이언트보다 몇 배는 빠른 듯했다.

고오오… 스펙터들은 스캇의 주위를 돌아다니며 괴성을 내뱉었다. 그들에게서 암적인 에너지가 발산되었다. 사람의 정신을 공격해서 패닉 상태로 빠뜨리거나 겁에 질리게 하는 것이 그들의 주된 능력인 듯했다.

벨은 미소를 지으며 스캇을 바라봤다. 스펙터들의 능력은 그와 같은 전공이 아닌가.

"오빠가 한 수 보여줘!"

"의지. 강압."

스캇이 두 주먹을 불끈 쥐자 가슴에서 황금 빛의 구체가 튀어나왔다. 그것은 스펙터들을 한 번씩 뚫고 간 뒤 커프스 자이언트 중 한 녀석의 몸에 그대로 들어가 버렸다.

키에에엑!

방금 스캇이 썼던 의지는 대지의 의지를 흉내 낸 것으로 삶과 생명에 관한 메시지가 한가득 들어 있었다. 이것은 본디 사람의 눈에 보일 정도로 형상화되지 않았던 것인데 그가 날카롭게 다듬는 것을 배우고 능력의 밀도가 높아지면서 자연스럽게 눈에 드러날 정도로 형상화된 것이다.

그저 생명의 강한 울림인 그것이 다른 평범한 존재에겐 해가 될 수 없어도 그가 예상했던 대로 생명없이 떠도는 유령들에겐 치명적인 정신 공격이 되었다.

"좋아, 마무리는 내가 하겠어!"

벨은 어느새 배낭에서 신기한 모양의 단검을 꺼내 들어 스펙터들을 긋기 시작했다. 어떤 마법적인 효과가 있는 물건인지 모르겠지만 그녀의 검세가 지나간 후 스펙터들은 형체를 잃고 사방으로 흩어져 갔다.

쿠르륵…….

이제 그들의 앞엔 두 마리의 커프스 자이언트가 남아 있었다. 한 마리는 구체를 맞은 충격이 심한 듯 움직일 생각을 못했고, 다른 녀석은 약간의 지능은 있는지 자기편을 바라보며 주저하고 있었다.

그리고 반대편 공간에선 노노미야가 본 나이트와 거칠게 싸우고 있었다. 공격은 호각, 방어는 본 나이트의 압도적 우세였다.

"허억… 허억……."

간격을 벌리지 않는 본 나이트의 공격 방식 때문에 노노미야는 발도를 위해서 검을 검집에 넣을 시간조차도 없었다. 기술이 아무리 좋다고 해도 전투 중에 쉴 새 없이 넣었다 빼기란 쉬운 일이 아니다.

"연충(連衝)!"

쿵!

그녀는 무릎과 검으로 동시에 공격을 감행했지만 본 나이트의 카이트 쉴드를 뚫는 것은 무리였다. 그녀의 공격이 막히고 나면 어김없이 롱 소드의 날카롭고 정교한 연속 베기가 이어서 들어왔다.

"흐읍!"

아무리 노노미야가 빠르다지만 그것을 계속 피하는 것도 쉬운 일이 아니다. 그녀는 생각을 바꾸고 다소 무모한 공세로 달려들었다.

"연속 공격이라면 나도 지지 않아!"

그녀는 의도적으로 검을 맞부딪쳤다. 금속이 맞부딪치는 날카로운 소리가 울렸다. 그 순간 그녀의 눈에 다음 공격 방향이 '길'이 되어 보였다. 세 가지… 그중 어디?!

'좌측 하단!'

검들이 부딪쳐서 난 소리가 사라지기도 전에 그녀의 다리가 본 나이트의 대퇴부를 강타했다. 충격으로 본 나이트를 쓰러뜨릴 수는 없다. 하지만 길을 사용하다 보면 분명 치명타를 노릴 수 있는 기회가 생긴다.

그녀의 두 번째 공격 후 보이는 길은 다섯 가지였다. 그녀의 머리가 빠르게 회전하기 시작했다.

'둥!'

그녀는 내지른 발을 회수하지 않은 채 그대로 땅에 엎드렸다. 적에게 일부러 등을 보인 꼴이었다. 본 나이트는 기회를 놓치지 않고 그녀를 향해 검을 내질렀다.

부웅!

그 순간 그녀는 탄력을 이용해 앞으로 구르며 뒤올려차기로 본 나이트의 턱을 올려쳤다!

"하앗!"

퍼억!

공격하기 위해 검을 뻗은 본 나이트에게 생긴 순간적인 공간이었다. 턱이 뒤로 넘어간 본 나이트가 미처 고개를 내리지 못한 그때, 특유의 유연성을 이용해 재빨리 낮은 자세를 취한 노노미야는 그대로 검을 바닥에 긁으며 수직으로 거칠게 올려 베었다.

"그만 쓰러져! 강격(剛擊)!"

뇌전 에너지와 동시에 본 나이트의 몸을 수직으로 가른 스파클링 커터!

키에엑!

카이트 쉴드와 롱 소드가 바닥에 떨어지며 날카로운 금속성을 울렸다. 그리고 안도의 한숨을 쉬는 노노미야의 앞으로 본 나이트의 몸이 무너져 내렸다.

"수고하셨어요!"

노노미야는 스파클링 커터를 검집에 넣고선 다른 일행의 근황을 살펴봤다.

그들이 상대하고 있는 커프스 자이언트는 여러모로 곤란한 상대였다. 고통도 감각도 없는 그들은 스켈레톤에 살덩이가 붙은 것에 불과했다. 더군다나 무기를 사용하지 않는 스캇에게는 보통 난해한 것이 아니었다. 벨은 이미 두 개의 단검을 들고 빠르게 몰아붙이고 있었다.

노노미야 역시 달려들며 합공을 시작했다.

"선생님! 괜찮아요?!"

"그래. 맨손으로 치려니 조금 짜증날 뿐이다."

스캇의 말이 잘 이해가 되지 않았던 노노미야는 커프스 자이언트의 몸을 본 뒤에야 무슨 뜻인지 알 수 있었다.

외피가 벗겨진 듯 붉은색의 몸체를 한 그들의 몸은 혈관들이 다 겉으로 드러나 있었고 끈끈한 점액질이 온몸을 뒤덮고 있었다. 자신 같아도……

"으으으우……"

"조심해라!"

커프스 자이언트의 속도는 여간 빠른 것이 아니다. 순간 노노미야를 향해서 달려들던 주먹이 아슬아슬하게 그녀의 곁을 내리찍었다.

"아앗!"

정확하게 말하자면 한눈팔고 있던 그녀가 어렵사리 피한 것이다. 그녀는 스파클링 커터로 커프스 자이언트의 몸을 베어가기 시작했다. 고깃덩이로 이루어져 있는 커프스 자이언트의 몸이 연기를 내며 타 들어가기 시작했다.

"으윽… 고기 타는 냄새!"

"풍체."

스캇은 커프스 자이언트의 옆구리로 파고 들어갔다. 그래
봤자 그의 시선은 상대의 허리 위도 볼 수 없었지만 바람 같
은 풍체가 순식간에 커프스 자이언트의 몸을 타고 올랐다.

'이곳인가.'

그의 능력은 상대의 몸에서 가장 메시지가 강하게 울려 퍼
지는 곳을 찾았다. 외부 타격으로 가장 가깝게 충격을 전달할
수 있는 부분은 옆구리 윗부분! 스캇은 바람 같은 공격으로
두 손바닥을 내질렀다.

"연선파(連禪罷)!"

쿵!

내부 충격기인 선파와 타격을 배로 늘리는 연충의 조합! 그
는 노노미야의 응용기를 직접 재응용했다. 이에 발끈한 노노
미야 역시 커프스 자이언트의 품으로 뛰어들며 가슴팍에 같
은 기술을 꽂았다.

"연선파(連禪罷)!"

스캇은 자신의 능력으로 느낄 수 있었다. 커프스 자이언트
의 기운이 급속도로 낮아지고 있었다. 그는 남은 처리를 노노
미야에게 맡긴 뒤 커프스 자이언트의 약점을 알려주기 위해
벨을 바라봤다.

"…역시 신경 안 써도 되는 건가."

벨은 두 개의 단검을 들고 한 마리의 커프스 자이언트를 여유있게 베어가고 있었다. 아무리 고통이 없다 해도 몸의 움직임을 위한 기능은 생명체와 같다.

그녀는 중요한 근육 조직들을 가르며 커프스 자이언트를 무너뜨리고 있었다. 상대는 이미 그녀의 공격을 피할 수도 없을 정도로 당한 듯했다.

"강격! 강격! 강격!"

노노미야 역시 약점을 완전히 파악했는지 움직임이 둔해진 커프스 자이언트의 상체를 연신 공격했다. 아무리 4m의 신장이라곤 하지만 그녀에겐 별다른 문제가 되지 않았다.

한 번의 도움닫기 후 공중에서 펼쳐지는 하이킥의 연속 동작! 발로도 능숙하게 강격을 쓰는 그녀의 공격이 먹히지 않을 리가 없었다.

스캇은 둘이 뒤처리를 하고 있는 동안 다른 움직임을 살피기로 했다. 그는 오른손을 들어 손가락 끝으로 관자놀이를 지그시 눌렀다.

"감응(感應)."

그의 감응은 예전과 비할 바가 아니었다. 자신이 마음만 먹으면 근처의 모든 건물과 생명의 위치를 투영할 수 있었다. 그의 정신 세계로 주위 공간이 4차원처럼 펼쳐지기 시작했다.

발전 기관은 여전히 위층에서 마력을 발산하고 있었고 그 곁에 끝을 알 수 없는 기운을 풍기는 존재가 있었다. 그런데… 한 명이 아니었다.

'같은 수준이 두 명? 리치가 두 명이라는 건가?'

같으면서도 무언가 달랐다. 터져 나오는 기운은 같지만 그 근본이 달랐다. 그 외에도 텅 빈 공간이었던 2층과 달리 3층은 많은 방들로 나뉘어져 있었다. 스캇은 의도적으로 그런 방을 만들어놓은 것을 깨달을 수 있었다.

발전 기관까지 가기 위해선 대부분의 방을 거쳐야 했으며 방마다 2층의 수준과 크게 다르지 않은 대형 마물들이 드글거리고 있었다.

'분명 시간을 낭비하다가 당하고 말 거야.'

"매력적인 벨의 백십삼식 귀신 태우기!"

벨의 손끝에서 화려한 불꽃이 피어올랐다. 그녀의 두 손이 커프스 자이언트를 휘감았다. 스캇은 도무지 이해할 수 없는 세계였다.

"마무리 연강격(連剛擊)!"

노노미야의 기술 역시 4m의 괴물을 여유있게 압도했다. 실력 차로 상대를 농락하던 그녀들은 이내 상황을 마무리 지었다. 아무리 언데드(Undead)라고 해도 그건 어디까지나 조용히 살 때의 이야기다. 불사의 기준을 바꿔 버린 그녀들은 감응에 집중하고 있던 스캇에게 다가왔다.

"…으으. 선생님, 나 손이 끈적끈적."

"언니, 내가 준 검은 안 썼어?"

노노미야가 끈적거리는 손을 털며 투덜거리자 뒤에서 다가온 벨이 물었다.

"베는 맛이 너무 나빠서… 그나저나 얘들 너무 짜증나는 타입이다."

"곤란하게 되었다."

스캇은 그녀들의 말을 제지하며 감응을 멈췄다. 그의 눈에서 은은하게 발산되던 안광도 함께 사그라졌다. 그녀들이 그를 바라보자 스캇은 잔뜩 인상을 구겼다.

"평소에 이렇게 풀어놓고 사는 것 같진 않고, 나름대로 우리 때문에 준비해 주신 것 같은데……."

"뭐가?"

벨이 묻자 스캇은 손가락을 펼쳐 보이며 설명했다.

"꽤 여러 종류가 있지만 한 가지만 말해줄게. 본 나이트만 정확히 스물네 마리다. 4, 5층에 갈 일은 없겠지만 그쪽은 더 심하다."

스캇의 말은 조금도 과장이 담겨 있지 않았다. 그가 허언을 하는 사람이 아니라는 것을 알기에 두 여자의 표정도 잔뜩 일그러졌다.

"으으윽, 물량 공세 스타일 싫어!"

"이대로 가다간 보통 힘든 게 아닐 것 같다. 그래서 말인데······."

스캇은 손가락을 들어 한쪽 천장을 가리켰다. 아무것도 없는 평범한 천장이었다. 노노미야가 알 수 없다는 표정으로 다시 그를 바라보자 그가 말했다.

"쉬운 이야기야. 저 천장을 뚫으면 바로 발전 기관과 주인공이 등장하겠지. 꼭 상대가 원하는 대로 코스를 밟을 필요는 없잖아? 이건 결국 던전이 아니라 건물일 뿐이니까."

"그러다가 다른 방에 있는 녀석들까지 한꺼번에 몰려오면 어떻게 해요?"

노노미야는 걱정스러운 표정으로 물었다. 그녀는 리치라는 존재도 버겁기 그지없는데 방금 상대한 녀석들이 훨씬 더 많다는 사실이 무척이나 부담스러웠다.

"아니, 그건 괜찮아. 리치와 만나면 내가 직접 말해볼게."

처음부터 자신감이 넘쳐흘렀던 벨이 대신 대답했다. 그녀도 이런 전투를 한참 더 거쳐야 한다는 것이 싫긴 했나 보다. 벨은 스캇의 의견에 적극 찬성하며 위치를 잡기 시작했다.

"우리 오빠 능력은 참 쓸 곳이 많아서 좋아."

"저주만 아니면 행운 중 행운이지."

그들은 발전기와 리치의 사이를 뚫기로 했다. 스캇의 능력으로는 그 정도의 정확한 위치를 노리는 것도 가능했다. 다만 건물의 특성상 천장까지의 높이가 여간 높은 게 아니라, 뚫는 것도 문제였고 올라가는 것도 문제였다.

"음, 어차피 둘은 올라가 봐야 할 게 없으니까 밑에서 기다리고 있어."

벨은 늙은이처럼 자신의 엄지로 턱을 긁었다. 혼자서 올라갈 방법을 생각해 낸 듯했다.

"벨, 너는 올라갈 수 있어?"

노노미야가 묻자 그녀는 가볍게 제자리에서 뛰며 대답했다.

"언니가 밑에서 도움닫기로 올려주면 충분히 가능하지. 나 가벼운 거 알잖아?"

결국 천장을 뚫는 것 역시 같은 방법으로 하기로 했다. 노노미야가 올려주면 천장까지 다가간 벨이 직접 뚫는 것이다.

벨은 가방을 뒤적거리며 또 다른 단검을 꺼냈다.

"만물 가방이네."

노노미야는 새로운 무기를 보자 눈이 번쩍 뜨였다.

"이 녀석이야말로 내 모험사에서 가장 큰 업적이라 할 수 있는 대륙 최고의 단검이지."

벨의 목소리는 자신감이 흘러넘쳤다. 노노미야는 고개를 갸우뚱거리며 벨에게 물었다.

"단검을 모으는 취미가 있는 거야?"

"그럼 내 덩치로 다른 무기가 어울리겠어? 다른 무기는 대충 팔거나 컬렉션에 보관하고, 쓸 수 있는 녀석만 이렇게 들고 다니는 거야. 효과가 다양해서 그중 몇 가지는 필수품이야. 오빠, 이 검에서 뭐가 느껴져?"

"음……."

스캇은 단검을 향해 능력을 집중했다.

깊이를 알 수 없는 검이었다. 무언가 애잔한 느낌이 들기도 하면서, 맥 빠지는 느낌. 사람을 베는 검이 이런 느낌을 가지고 있을 리 없었다. 허무하고 시원찮은 느낌이었다.

"시원찮은데, 느낌은."

"역시 못 알아채는군. 벨의 단검 컬렉션에서 당당하게 애장품 넘버원을 차지하고 있는 이 사랑스러운 단검의 이름은 '세월의 검'이야!"

"……."

스캇은 그저 그러려니 했다. 그녀가 여태껏 사용하던 화려한 모양의 단검들에 비해선 어이없을 정도로 간소하고 무덤덤한 디자인의 단검이다. 이름도 그만큼이나 어이가 없는데 도대체 무슨 능력 때문에?

"강력하고 치명적인 저주가 담겨 있는 저주의 검이야. 이것에 베인 상대는 소유자의 마력에 따라 노화를 일으키지."

"으앗!"

노화라는 말에 노노미야는 지레 겁을 먹으며 스캇 뒤로 물러났다. 벨은 얼굴에 어울리지 않는 비릿한 미소를 지으며 능숙하게 단검을 돌렸다.

"뭐 적용되는 게 생명체만 있는 건 아니니까. 제대로 된 마력을 담아 휘두르면 돌도 푸석푸석해진다는 말씀. 이 녀석과 함께 얼마나 많은 벽을 무너뜨려 왔는지……."

벨은 단검에 볼을 부비며 눈물을 글썽거렸다. 물론 검집에 꽂혀 있기 때문에 가능한 거겠지만, 스캇 역시 그녀가 얼마나 많은 벽을 무너뜨렸을지 가히 짐작이 갔다.

"자, 그럼 시간 낭비하지 말고 바로 시작하자. 만약에 위험하면 뛰어내릴 테니까 다들 밑에서 도망칠 준비 정도는 하고 있어. 2층이고 하니까 창문이라도 깨두는 것이 좋을 거야."

벨은 세월의 검을 오른손에 들고 왼손에는 방금 전 스펙터들에게 사용했던 은빛의 단검을 들었다. 그리고 노노미야의 도움을 받기 위해 어느 정도 거리를 두고 물러났다.

"언니, 간다?"

"좋아."

뛰어오는 것은 그야말로 순식간! 벨이 노노미야의 앞까지 단번에 뛰어오르자 그녀는 두 손을 깍지 낀 채 벨의 디딤 발을 밀어 올렸다.

쾌속! 벨의 몸이 천장까지 빠르게 치솟아올랐다.

"리버스 크로스(Reverse Cross)!"

두 손에 든 단검으로 허공을 베어댄 벨은 만유인력의 법칙으로 수직 낙하하기 시작했다.

"언니!"

"받아줄게!"

그녀의 낙하 속도에 맞춰서 노노미야가 뛰어올랐다. 타이밍을 잘 노리면 충격을 흡수하는 것이 어렵지 않았다. 공중에서 벨의 몸을 낚아챈 그녀는 그 반동으로 돌며 가볍게 자리에 착지했다.

"휴, 성공했네."

"언니! 옆으로 피해!"

그녀들이 재빨리 옆으로 피하자 모래로 변한 천장과 미처 모래가 되지 못한 돌들이 무너져 내렸다. 벨은 빠르게 움직이며 외쳤다. 이제 주저할 시간이 없었다.

"급해! 한 번 더 올려줘!"

"좋아!"

다시 노노미야의 도움을 받아 뛰어오른 벨은 정확하게 뚫린 천장 속으로 들어갔다. 노노미야는 걱정스러운 표정으로 벨이 들어간 구멍을 바라봤고 스캇은 다시 한 번 감응으로 정황을 살피기 시작했다.

Chapter 13

데 스   나 이 트

벨이나 리치나 둘 다 자신의 능력으로 속을 알 수 없는 이들이지만, 분명 그 방에 있는 것은 혼자가 아니었다.

'지나치게 조용하다. 싸우는 것이 아닌가.'

꽤 상당한 시간이 지났음에도 그의 감응에 별다른 기척이 느껴지지 않았다. 그들이 이야기를 하고 있다는 사실은 알 수 있었지만 자세한 내용까지 알아낼 수는 없었다.

스캇이 고개를 돌려보자 노노미야는 창문들을 열며 뛰어내릴 수 있는 코스를 확인하고 있었다.

'흥미롭군.'

다시 위층을 살피고 있던 스캇의 정신에 누군가의 메시지가 전달되어졌다. 너무나도 차갑고 날카로운 느낌, 인간의 것이 절대 아니었다.

'뭐지?!'

그가 정신을 집중하자 발전 기관의 옆에 있던 두 개의 존재 중 하나가 구멍을 향해 다가오기 시작했다.

"노노미야, 우리를 발견했다!"

"벨이… 벨이 와야 도망치죠!"

그녀는 스캇의 말을 도망치자는 말로 오인한 듯했다. 스캇은 고개를 저으며 긴장하기 시작했다.

"도망치자는 건 아니다. …이리로 온다."

타앗! 흑색의 한 신형이 구멍에서 뛰어내렸다. 입은 갑옷 때문인지 거친 소리를 내며 먼지를 일으킨 그는 먼지 가운데서 몸을 일으키며 웃음소리를 터뜨렸다.

"크하하핫! 친구가 여기 있었군!"

보통 수준의 위압감이 아니었다. 분명 또 다른 존재인 리치에 필적하는 능력!

"…누구냐."

"위에선 오랜 친구 둘이서 이야기를 하고 있는데 영 지루해서 말이지. 내 눈에 자네의 영혼이 보이기에 내려왔다."

감응을 펼치던 자신의 정신을 볼 수 있었다는 말인가. 스캇은 미간을 찡그리며 그에게 물었다.

"무엇을 원하는가?"

"한판 붙자."

스캇의 표정이 싸늘하게 식었다. 상대는 온통 흑색의 갑주를 걸친 은발의 중년 남자였다. 얼굴이 잿빛에 가까운 것이 인간이 아닌 이질적인 느낌을 풍기고 있었다.

그의 손에 들린 바스타드 소드(Bastard Sword)의 검신에는 검은색 무늬가 잔뜩 도장되어 있었다. 스캇은 주먹에 감긴 붕대를 바싹 당겼다. 그의 마음속에 한 가지 확신이 들려왔다.

'이길 수 없다.'

"내가 싸우겠어요, 데스 나이트(Death Knight) 양반."

노노미야가 먼저 앞으로 나서며 스캇의 앞을 가로막았다. 스캇은 그녀의 말을 듣자 그제야 알 수 있었다.

마법사가 죽기 싫어 리치가 된다면 검사에겐 그 길이 있었지. 결코 보통 실력은 아닐 터. 하지만 노노미야가 나서게 할 순 없었다. 그가 다시 그녀를 만류하려 하자 데스 나이트가 먼저 말을 꺼냈다.

"미안하지만 여자와는 싸울 수 없다. 영혼이 타락해도 기사도는 남아 있으니까."

"그래. 노노미야, 물러서 있어."

스캇은 괜찮다는 표정을 지으며 그녀를 뒤로 물렀다. 노노미야는 내키지 않는다는 표정이었지만 달리 방법이 없었기에 스캇의 말에 따랐다.

"크하하! 멋진 여자를 곁에 두고 있군! 바로 시작할까?"

데스 나이트는 광소를 터뜨렸다.

"잠깐, 나의 기사도도 배려해 주지 않겠나?"

"음?"

스캇은 한 가지 생각을 떠올렸다. 전투가 아닌 '대결'이라면 가능할지도 모른다. 그렇게 된다면 승리할 수 있을지도 모른다. 위압감에 눌려 제대로 얼굴도 쳐다볼 수 없는 상대이건만, 스캇은 자신의 마음을 정리하고 어렵게 말을 던졌다.

"나는 무기를 들고 있는 약자와는 대결하지 않는다."

"크하하하핫! 날 웃기는군. 자네가 지금 날 보고 약자라고 했는가?"

그가 예상했던 데스 나이트의 적절한 반응. 스캇의 심중에 희망이 생기기 시작했다.

"무기를 내려놓고 맨손으로 붙자. 자신의 몸을 보호하려는 나약한 수단 아닌가. 자, 내 손을 봐라."

스캇은 두 팔을 벌리며 이를 드러냈다. 기사도가 있다면 자존심도 있을 것이다. 자신의 실력에 자신있다면 넘어오게 되어 있다. 자, 와라!

"생각보다 수가 얕군. 조금이라도 승산을 높여보려는 계획인가."

"……."

데스 나이트는 고개를 저으며 비웃었다. 하지만 자존심이 있는 것은 확실했는지 스캇과 마찬가지로 야수의 이빨을 드러내며 외쳤다.

"좋아! 원하는 대로 상대해 주지!"

데스 나이트의 갑옷과 검이 순식간에 사라졌다. 데스 나이트에겐 무구를 장비하거나 벗는 것이 편하다고 들어왔지만 스캇이 직접 보는 것은 처음이었다. 아니, 비무장 데스 나이트를 보는 건 누구라도 처음일 것이다.

완벽한 근육을 지닌 그의 잿빛 육체가 드러났다. 데스 나이트는 편해 보이는 면바지 외에는 아무것도 입지 않은 상태였다. 그는 허리를 돌리며 가볍게 스트레칭을 했다.

"고맙군."

"수백 년은 잊고 있었던 도전 정신이 자네 때문에 깨어났어. 이 끓어오르는 피를 상대하려면 각오 좀 해야 될 걸세. 하하핫!"

스캇은 그의 목소리 사이사이로 광기를 느낄 수 있었다. 그런 부분이 상대에 대한 공포감을 무디게 해줬다. 그의 몸속에서 전의가 끓어오르기 시작했다.

"각오 끝. 준비도 끝. 시작하자."

"하아압!"

달려드는 데스 나이트. 하지만 위압감은 이겨냈다. 스캇의 신형이 먼저 그에게 쇄도했다. 서로의 힘을 가늠하려는 심산이었다.

쿵!

"지체(地體)."

부딪침 후 뒤로 밀려난 스캇은 바로 능력을 사용했다. 어마어마한 충격 때문에 숨을 쉬는 것도 힘들었다. 그는 지체를 이용해 충격의 여파를 어렵게 이겨냈다.

"후우……."

데스 나이트는 정말 오랜만에 느끼는 쾌감에 흥분된 표정을 짓고 있었다.

"즐거워! 난 역시 이런 게 좋아!"

"흐흡!"

그들은 짧은 시간 동안 몇 수를 나눴다. 약간의 화려함도 없이 그저 평범하게 내지르는 발과 주먹. 하지만 스캇은 피할 수도 없고, 막을 수도 없었다.

그는 돌처럼 단단하게 굳은 두 손을 이용해 데스 나이트의 공격을 비껴 쳐냈다.

'길이 전혀 보이지 않는다.'

"왜 공격하지 않나?! 빈틈을 줄까!"

데스 나이트가 의도적으로 가슴을 보이자마자 스캇은 주저함없이 선파를 날렸다.

"선파(禪罷)!"

꽝음을 내며 충돌이 일어났고, 그의 손에 느껴지는 감촉이 효과를 알리고 있었다. 분명 제대로 들어갔다. 강한 충격이 그에게 전해졌을 터. 하지만 데스 나이트는 섬뜩한 미소를 지어 보였다.

"과연, 맨손으로 하자더니… 이유가 있었군!"

스캇은 뒤로 빠르게 물러나며 간격을 벌렸다. 하지만 그 속도 이상으로 따라붙는 데스 나이트의 신형! 스캇은 자신도 모르게 거친 숨을 삼켰다.

"핫!"

"어딜 가려고! 선파(禪罷)!"

단 한 번 맞았을 뿐인 기술을 데스 나이트는 그대로 스캇에게 되돌려줬다. 방금 전보다 훨씬 더 강맹한 일격!

"선생님!"

노노미야가 소리를 지르며 스캇을 바라봤다. 그의 몸은 강한 충격을 이겨내지 못하고 바닥으로 나가떨어졌다. 지체가 아니었으면 내장에 큰 상처를 입었을 것이다.

스캇은 고통을 갈무리할 새도 없이 바로 몸을 일으켰다.

'지체가 아니었으면 크게 다쳤을 것. 하지만 이것으로는 제대로 된 공격을 넣을 수 없다.'

"수체(水體). 유영(柳影)!"

"몸의 속성이 수시로 바뀌는군. 재미있어!"

스캇은 데스 나이트의 공격들을 근소한 차이로 피하기 시작했다. 그것은 마치 버드나무의 가지가 바람에 휘날리듯 느리게 움직이고 있었지만 데스 나이트의 모든 공격을 피하고 있었다. 그의 권풍에 밀려나듯.

"하핫! 언제까지 피할 수 있겠나!"

데스 나이트의 연속 동작! 몇 번의 공격 이후 거칠게 돌려 차는 발이 스캇의 몸을 덮쳐 왔다. 그 속도는 노노미야 이상!

전례에 본 적 없는 쾌속의 동작이었다. 스캇은 허리를 뒤로 젖히며 어렵사리 피했다.

"자세 좋고!"

데스 나이트의 돌려 찬 발은 그대로 회수된 것이 아니라 공중에서 역행을 하며 스캇의 노출된 허리를 향해 질러 들어갔다.

"크아아아아악!"

데스 나이트의 뒤꿈치는 그대로 스캇의 허리에 적중했다!

"나는 인체의 한계를 극복해 낸 것이 오백 년 전이다. 아직도 희망을 가지고 있다면 고맙게 생각해 주지."

스캇은 흉부에 느껴지는 고통 때문에 쓰러졌다. 그리고 무릎을 땅에 긁어대며 몸부림쳤다. 그 모습을 보고 참을 수 없던 노노미야가 데스 나이트를 향해 달려들었고, 스캇은 손을 들어올리며 소리쳤다.

"멈춰!"

"…선생님!"

스캇은 다시 몸을 일으켰다.

"내가 끝낸다. 후우… 후우…….."

아무래도 갈비뼈가 몇 대는 나간 듯했다. 그는 숨을 몰아쉬며 데스 나이트의 얼굴을 노려봤다. 설령 데스 나이트라 해도 녀석의 몸은 분명 사람의 것과 같은 기능을 가지고 있을 터.

"목체(木體)!"

그의 속성이 또다시 바뀌었다. 스캇은 두 다리를 땅에 굳세게 디뎠다.

"재미있어, 아주 재미있어! 자네는 정말 멋진 장난감이야! 크핫핫!"

스캇은 데스 나이트를 상대할 방법을 확실히 결정했다. 기회는 여러 차례 오지 않는다. 단 한 번의 빈틈을 찾아 '길'로 마무리한다. 데스 나이트는 흥미로운 표정을 지으며 그에게 달려들었다.

다시 시작되는 평범한 지르기! 스캇은 그것을 주먹으로 쳐냈다. 마치 나무와 돌이 부딪친 것 같은 묵직한 소리가 건물을 울렸다.

"오호, 목체란 것은 그런 느낌인가."

스캇은 굳세게 발을 디딘 채 데스 나이트의 모든 공격을 맞받아치고 있었다. 물론 그때마다 충격이 자신의 몸으로 전달되어졌지만 이렇게 하는 수밖에 없었다. 그리고 곧 그가 노리고 왔던 기회가 왔다.

시원찮은 반응에 짜증이 난 데스 나이트가 기세를 모으며 힘이 잔뜩 담긴 일격을 내지른 것이다.

"이것도 받아칠 수 있나 보겠다! 크아앗!"

그의 파괴력이 담긴 정권이 스캇을 향해 날아들었다!

'기회다!'

스캇은 데스 나이트의 주먹을 어렵게 옆구리 사이로 밀어낼 수 있었다. 복부를 향했던 그 주먹의 각도를 약간이나마 비껴낸 것이다. 하지만 그 기세가 어찌나 강한지 살짝 스쳤을 뿐인 갈비뼈가 또다시 부러지는 느낌이 들었다. 그리고 그의 몸으로 엄청난 충격이 닥쳐왔다.

스캇은 진동 때문에 골까지 울려 쉽게 정신을 차릴 수 없었다. 하지만 그는 의식이 제대로 자리 잡지 않은 상태에서 두 손으로 데스 나이트의 팔을 붙잡았다. 지금이 기회다!

"의지. 강압!"

데스 나이트의 몸은 엄청나게 차가웠다. 스캇의 양손이 얼어붙어 가는 것이 느껴질 정도였다.

"대지의 목소리를 들어라!"

그는 이를 가득 드러내며 대지의 의지를 데스 나이트의 몸속에 불어넣기 시작했다. 그야말로 생명 그 자체의 본질! 데스 나이트의 팔을 잡은 두 손이 금색 빛으로 물들었다.

'삶의 위대한 순환 앞에 무릎 꿇어라! 그대는 이미 그 길을 벗어났다!'

데스 나이트는 두 눈을 크게 부릅떴다. 이미 오랜 시간 자연의 의지를 거스른 자였기에 다른 어떤 언데드보다 타격이 클 것은 당연했다.

하지만 그 역시 수백 년 동안 그 의지와 맞서 싸워 승리해 온 기사. 데스 나이트였다. 그는 괴성을 지르며 의지를 몰아내기 시작했다.

　"크아아아아악! 저리 꺼져!"

　데스 나이트는 모든 정신을 쏟아 부으며 스캇이 보낸 의지와 맞서 싸웠다. 이 정도는 이겨낼 수 있었다. 수백 년의 세월 동안 살아온 자신이다. 이 정도 의지는 이겨낼 수 있었다!

　그는 결국 자신의 정신 속에 침투한 모든 의지들을 내몰아낼 수 있었다. 자, 봐라. 애송이!

　"나보다 키가 작았군."

　"하아… 하아……?"

　스캇이 보낸 의지를 모두 이겨낸 데스 나이트가 정신을 차리자 그의 바로 앞에 스캇이 서 있었다. 데스 나이트는 그의 얼굴을 보기 위해 고개를 들어올려야 했다.

　그의 눈앞에 있는 자는 마치 황제처럼 자신을 내려다보고 있었다. 스캇은 한 손을 들어 데스 나이트의 뒷목을 잡았다.

　'이런 보잘것없는 자식이……!'

　데스 나이트는 몸을 움직여 그의 손을 내치려 했지만 온몸이 움직여지지 않았다. 마치 마비된 듯한 느낌이었다.

　"길이 보인다. 누가 약자인지도."

　스캇은 반대편 손을 들어올렸다. 데스 나이트의 목을 잡은 왼손에선 여전히 황금색 빛이 쏟아져 나오고 있었다. 그는 이를 가득 드러내며 웃어 보였다. 소름 끼치는 미소.

"철체(鐵體)."

"……."

스캇의 오른손이 묵빛을 띠기 시작했다. 데스 나이트는 뭐라 외치고 싶었지만 입에서 아무런 말도 나오지 않았다. 그어떤 것도 자신의 말을 듣지 않았다. 데스 나이트의 모든 신경 계통은 스캇의 왼손에 붙잡혀 있었다.

그는 눈에서 독을 뿜을 듯 스캇을 올려다봤다. 죽일 수 있으면 죽여봐라! 나는 지금까지 모든 죽음을 이겨낸 남자다!

"굳이 네가 말하지 않아도 나에게 네 목소리가 들린다."

스캇의 오른손이 몇 번을 쥐었다 펴졌다.

키키킹!

손가락들이 서로 스쳐 가며 마치 쇠들이 부딪치는 소리를 냈다.

"이제 그만 돌아가고 싶다 말하고 있구나. 그렇지? 있어야할 곳으로 가고 싶다 말하고 있구나. 그렇지. 내가 도와주겠다."

그의 오른손이 점점 뒤로 물러났다. 데스 나이트는 그 기운을 느낄 수 있었다. 위험했다. 분명 이번 것은 위험했다. 스캇의 입에서 일갈이 터졌다!

"격!"

쾅음! 두 개의 쇳덩이가 맞부딪치는 소리가 건물을 울렸다.

"이, 이 정도로……!"

"격!"

쾅!

다시 한 번 같은 소리가 건물을 뒤흔들었다. 순수한 주먹 그 자체, 그것이 수백 년 동안 천하에 적수를 두지 못했던 데스 나이트의 얼굴에 명중되었다.

그리고 몇 번이고, 몇 번이고 계속 내질렀다. 격의 연속!

"나는……! 자연의 섭리도 이겨낸 초월자다! 네 녀석 따위가……!"

"격."

스캇은 그의 말이 미처 끝나기도 전에 다시 한 번 주먹을 얼굴로 내질렀다. 데스 나이트의 얼굴은 이미 충분히 망가져 있었다.

"대지가, 이 땅이 널 보면서 뭐라고 하는지 아냐."

"……."

데스 나이트의 얼굴은 더 이상 말을 하기에 좋은 구조가 아니었다. 스캇은 그에게 비릿한 웃음을 흘렸다. 하지만 그의 눈은 잔뜩 인상을 쓰고 있었다.

"이제 그만 놀고 집으로 돌아오란다. 어머니가 따뜻한 저녁 식사 차려놨단다."

"……!"

스캇은 마치 황제와 같은 위엄을 내뿜으며 소리치기 시작했다. 그의 목소리에 담긴 그 어떤 이도 범접할 수 없는 힘!

"사람이 이 땅에 태어나면서 울부짖고! 세상을 배우고! 욕심을 배우고! 그렇게 살다가 인생의 허무함도 깨닫고!"

그의 한마디, 마디마다 울림이 있었다. 수백 년 동안 자신의 본질을 잊은 채 살아왔던 한 남자가 그의 앞에서 떨고 있었다.

"그러다가 때 되면 돌아가면 돼, 돌아가야 할 곳으로. 삶에 대한 욕심도 이겨내지 못하고 그렇게 억지로 살아온 것이 자랑은 아니지. 어른이 되어서도 손에서 사탕을 놓지 못하는 이 얼간아, 이제 내가 보내주련다."

데스 나이트는 지금껏 자신이 살아온 인생 중에서 가장 위험한 순간과 맞닥뜨리고 있었다. 그의 두 눈동자에는 공포가 담겨 있었다.

"…싫어… 안 돼!"

"만약 어머니가 왜 이렇게 늦었냐고 물어보시거든 형이 같이 놀아줘서 좀 늦었다고 전해라. 형 이름은 스캇이야."

"싫어! 내려놔라! 놔! 놓으란 말이다!"

스캇은 고개를 숙였다. 수백 년을 살아왔으면 누구든 죽음 앞에서 초연해질 수 있을 것을. 이자는 무슨 욕심이 이렇게 남아서 절규하는가. 수백 년 동안 무료함과 무의미 속에서 살아왔노라고 스스로 고백하지 않았는가.

이 어리석은 자여!

"철의 강격(剛擊)!"

엄청난 진동! 흙먼지가 사방으로 퍼져 나갔다.

스캇은 감고 있던 두 눈을 천천히 떴다. 그의 왼손에는 여전히 한 남자가 들려 있었다. 하지만 더 이상 희뿌연 기운도, 약간의 메시지도 느껴지지 않았다.

그의 손에 들려 있던 데스 나이트의 몸은 갑작스럽게 변화하기 시작했다.

"……!"

그 몸은 마치 수백 년간 정지되어 있던 시간을 한꺼번에 거쳐 가는 듯 급격한 노화를 시작했고, 얼마 지나지 않아 스캇의 손에서 한 줌 먼지가 되어 땅으로 흘러내렸다. 그는 무척이나 건조한 목소리로 중얼거렸다.

"…나중에 그곳에서 보자."

그는 두 손을 내렸다. 그제야 뒤에서 보고 있던 노노미야가 달려들었다.

"선생님! 괜찮아요?"

"갈비뼈가 몇 개 나간 것 같다. 다행히 호흡에는 지장이 없는데… 크윽!"

그의 몸은 방금 전의 격전 때문에 이곳저곳이 피투성이였다. 여파가 아직 남아 있었는지 그는 그 자리에 쓰러지듯 앉았고 노노미야는 재빠르게 그의 두 팔을 잡아주며 그가 앉는 것을 도왔다.

"마음이 많이 아프다."

"예? 왜요?"

"아까 그의 몸과 접촉했을 때, 그가 수백 년간 살아온 세월이 그대로 내게 전해졌다. 데스 나이트가 되기 전의 그의 모습도 볼 수 있었지… 그는 단지 살고 싶은 욕망이 누구보다 강했고 그만한 능력이 있는 사람이었다. 누구라도 그만한 능력이 있었다면 같은 길을 걸었을지……."

스캇은 말을 더 길게 하지 못했다. 자신이라면 어땠을까. 나에게 영원한 생명을 누릴 수 있는 기회가 있다면? 그것은 소설 속의 주인공처럼 보기 좋고 편한 길이 아니었다.

아무리 뛰어난 실력이 있다 해도 데스 나이트의 숙명은 어두운 종말뿐. 그런 생각을 하고 있던 스캇의 머릿속에 불안한 기운이 느껴졌다.

"리치가 이쪽으로 온다."

노노미야는 그의 말에 긴장하며 자신의 허리에 달린 스파클링 커터를 잡아 들었다. 스캇과 같은 능력은 없지만 그녀도 느낄 수 있었다, 감당할 수 없을 정도로 어둡고 습한 기운이 다가온다는 것을.

그녀는 자신의 눈앞에 나타난 것을 보고 짧은 비명을 질렀다.

"아앗!"

천장에서 선홍의 액체가 흘러내리고 있었다. 그것은 피였다. 분명 노노미야의 피 색은 초록색이었지만, 그것과 상관없이 피라는 사실을 알고 있다면 충분히 소름 끼치는 장면이었다.

스캇은 재빨리 감응을 펼쳐 벨이 무사한지 확인했다. 그녀는 여전히 위에 있었다. 그런데… 리치의 존재가 느껴지지 않는다?

땅에 고인 핏물의 웅덩이가 부글거리며 끓기 시작했다. 데스 나이트의 위압감과는 비교도 안 되는 위압이 그들을 덮었다. 스캇은 노노미야의 손을 잡으며 자신의 능력을 발산하기 시작했다.

아무리 강하다고 해도 공포 같은 것에 무너질 그가 아니었다. 그의 기운 때문인지 노노미야도 스캇의 뒤에서 위압을 어렵사리 이겨내고 있었다. 그리고 핏물이 끓고 있던 그 자리에서 누군가의 형체가 올라오기 시작했다. 분명, 그는 리치였다.

"안녕하십니까. 제 친구가 한 명 내려왔을 텐데 혹시 어디로 갔는지 아십니까?"

그는 무척 창백한 얼굴의 청년이었다. 매서워 보이는 콧수염을 기른 그는 어딘가 좀 심약해 보였다. 그는 자신의 망토를 휘날리며 좌우를 살폈다.

스캇은 앉은 상태로 코웃음을 쳤다.

"홍. 무슨 일이 있었는지 다 알지 않은가. 나와의 대결에서

진 그는 있어야 할 곳으로 돌아갔다."

"예, 알고 있습니다. 그는 예의 바르고 좋은 친구였죠. 저와 얼마나 오랜 시간을 함께 있었는지……."

그의 목소리는 회한과 안타까움이 담겨 있었다. 스캇은 그 가운데 숨어 있는 광기도 발견할 수 있었다.

"당신도 그와 마찬가지야. 언젠가 자신이 있어야 할 곳으로 가야 해."

"맞습니다. 전 투정 부리는 못난 꼬마 녀석이죠. 하지만 아직 끝내지 못한 일이 있습니다. 그때까진 못 죽습니다."

노노미야는 유난히 잔뜩 긴장하고 있었다. 전사의 본능에 충실한 그녀가 상대의 위압감이나 살기를 눈치 채지 못할 리 없었다. 스캇은 그녀를 한번 바라본 뒤 리치에게 물었다.

"그게 뭔지 물어봐도 될까?"

"친구의 복수를 하는 것."

"…이 자식……!"

리치는 자신의 존재감에 겁먹지 않는 그들이 마음에 들지 않았는지 의도적으로 기운을 발산하기 시작했다. 섬뜩한 살의가 그들을 덮쳐 왔다. 절대적 존재는 그 존재만으로도 충격을 줄 수 있었다.

"어디 한번… 저도 죽여보시지요?"

그의 살의가 점점 거세지기 시작했다. 하지만 스캇은 이런 부분에 있어서만큼은 리치에게 지지 않을 자신이 있었다. 그 역시 자신의 능력을 있는 힘껏 방출했다.

"의지! 강압!"

그의 몸에서 수많은 빛줄기가 쏘아져 나갔다. 개중에는 자신들끼리 뒤엉키며 나선을 그리며 날아가는 녀석들도 있었고, 자신들끼리 부딪치며 더 큰 빛줄기로 합쳐지는 녀석들도 있었다. 마치 수백의 혼백이 달려들 듯 빛줄기가 리치의 몸에 적중했다.

스캇이 강압으로 쏴낸 것은 리치의 기운과 같은 '살의'였다. 하지만 막연하게 기운을 발산할 수 있는 다른 이들의 것과는 다르다. 날카롭게 제련된 검날과 같은 의지!

"끄으응… 수백 년을 살아온 제게 공포를 주시겠다는 겁니까!"

"아까 먼저 간 네 친구도 비슷한 소리를 했지. 한마디 해줄까? 오래 산 게 자랑은 아니다."

온화해 보이는 리치의 얼굴이 어둡게 그늘이 지기 시작했다. 그의 두 눈은 붉게 충혈되고 있었다. 분노를 발산하려 하고 있었다.

스캇 역시 다음 공격을 준비하기 위해 앉아 있던 몸을 일으키려 했다. 하지만 그들의 뒤에서 다른 목소리가 들려오고 분위기는 급격하게 가라앉았다.

"둘 다 그만 해. 로뮤는 이야기 다 끝났는데 왜 괜히 시비야?!"

그들의 뒤에서 나타난 것은 벨이었다. 원래 메고 있던 가방은 앞에 메고 대신 등에는 커다란 기계를 짊어지고 있었다. 그것이 '람파이미 스티' 산에 가지고 돌아갈 발전 기계인 듯했다.

"그, 그렇지만… 바스첼이 죽었다구…….."

"조용해. 그만큼 살았으면 됐지, 너처럼 할 일이 있던 것도 아니고. 사는 것이 지루해서 이미 반쯤 미쳐 있던 것 같던데 때 돼서 잘 죽은 거야. 혹시 곱게 저승 가려는 녀석을 너 혼자 심심하다고 억지로 붙잡고 있었던 거 아냐?"

벨이 소리치자 움츠러드는 리치의 모습은 뭔가 이상했다. 스캇은 벨에게 물었다.

"벨, 아는 사이였어?"

"다 설명하긴 힘들고… 이 동네 리치들 몇이랑 알고 지내고 있거든."

납득이 가고 안 가고의 문제가 아니다. 방금 전까지 전력으로 쳐들어왔는데 알고 보니 친구라고?

"그게… 말이 되나?"

"하나같이 내 고객님들이야. 로뮤도 오래 살아 있을 뿐이지 트레져 헌팅은 숙맥이니까. 나한테 많이 배웠다구."

스캇은 벨의 수준을 충분히 알고 있다고 생각했던 지금까지의 자신을 뉘우쳤다. 얼마나 대단한 모험가이기에 리치들의 의뢰를 받고 사는 프리랜서라는 걸까.

아무튼 방금 전까지 잡아먹을 듯 살기를 내뿜던 리치는 다시 심약해 보이는 청년의 모습으로 돌아가 있었다.

"바스첼……."

"징징 짜지 마. 내가 다른 발전기도 구해줄 테니까."

벨은 마치 아이를 어르는 듯한 말투로 따뜻한 말을 건넸다. 리치의 반응 역시 가관이었다.

"진짜?"

"그래. 저기 편한 자세로 앉아 있는 오빠가 다 도와줄 거야. 나보다 강해."

거짓말쟁이. 하지만 로뮤라 불린 리치는 벨의 말은 뭐든지 믿는 듯했다. 로뮤는 스캇을 바라보며 고개를 살짝 숙였다. 그리고 손바닥을 자신의 바지에 문지르며 어렵게 말을 꺼내려 하고 있었다.

도대체 벨만 있으면 분위기가 왜 이렇게 되는 걸까?

"저기… 아까 미안……."

"괜찮다."

"예?"

"괜찮다니까."

끝까지 들으려면 그것도 스트레스다. 스캇은 어렵게 몸을 일으켰고, 노노미야가 곁에서 그가 일어나는 것을 도왔다. 로뮤는 아까와는 생판 다른 답답한 얼굴을 하고 계속 우물쭈물거렸다.

"그래도… 저기… 죽일 생각은…….”

"됐다니까. 나도 잘못이 있으니까.”

그는 숨을 쉬는 것도 쉽지 않았다. 방금 전과는 판이하게 다른 로뮤의 행동을 보며 그는 남아 있던 전의조차 깔끔하게 정리해 버렸다.

"정말입니까? 벨의 말대로 정말 좋은 분이십니다!”

스캇은 더 이상 대답할 기력도 없어 고개를 끄덕여 보였다. 그의 상태가 로뮤에게도 좋아 보이진 않았는지 그가 조심스럽게 물었다.

"제가 도와드릴까요?”

"어떻게?”

"음… 옆에 계신 건강해 보이는 아가씨의 생명력을 드레인해서 넘겨 드린다던가?”

"…고맙지만 사양하지.”

그들의 대화를 온전히 이해할 수 없는 노노미야만 멀뚱멀뚱한 얼굴을 하고 있을 뿐이었다. 벨은 기계를 들고 있는 것이 힘들었는지 로뮤에게 손을 흔들며 말했다.

"뭐, 인연있으면 또 만나는 걸로 하고, 일단 무거워 죽겠으니 우린 돌아간다. 오빠는 그 몸으로 이동하기 힘들지? 언니한테 업혀.”

"쉽게 말하네.”

스캇은 불편한 마음을 담아 투덜거렸지만 벨에게 먹힐 리 없었다.

"빨리! 가는 길도 목숨을 내놓고 걸어야 할 참이야."

결국 스캇은 노노미야에게 업혀서 가게 되었다. 사지 멀쩡한 그녀가 스캇을 업는 것은 일도 아니었지만 그는 가는 길 내내 어쩔 줄 모르는 표정으로 몇 번이고 미안하다고 말했다.

하지만 그녀는 그때마다 스캇이 데스 나이트와 싸워 이긴 일을 이야기하며 그 정도 싸움을 하고 멀쩡하게 서 있을 수 있는 사람이 비정상이라고 스캇을 독려했다.

그들이 숙소에 도착했을 때는 해가 저물어가고 있었다. 전날 저녁에 출발했으니 비교적 빠르게 끝낸 것이다. 숙소에는 약품이나 치료를 위한 도구도 골고루 비치되어 있었다.

그래서 스캇은 벨의 기술과 노노미야의 정성으로 큰 무리 없이 제대로 된 치료를 받을 수 있었다. 특히 페루는 그의 상태를 걱정하며 직접 식사까지 준비해 줬다. 덩치에 맞는 스케일 때문에 음식이 다소 많이 남았지만 실력은 나쁘지 않았다. 페루는 여관 주인이라는 자신의 직업이 꽤나 마음에 드는 듯했다.

그 뒤 스캇은 회복을 위해 숙소에서 쉬어야 했고, 벨은 노노미야를 데리고 계속 탐색을 다녔다. 아직 필요한 것들이 많다는 말만 남긴 채 둘은 계속 숙소를 오가며 북유적을 휘젓고 다녔다.

스캇의 회복은 일반인과는 비교도 할 수 없을 정도로 빨랐다. 어떤 능력이라고 확실하게 정의할 수 있는 것은 아니다. 하지만 스캇은 신체의 속성을 변경시키는 훈련을 하면서 그 때마다 눈에 띄게 좋아져 있는 자신의 상처를 확인할 수 있었다.

그의 몸은 충분히 건강해졌지만 그 후에도 벨과 노노미야는 여전히 스캇을 숙소에서 쉬게 했다. 특히 노노미야의 걱정하는 눈빛 덕분에 그는 숙소에서 조금도 움직일 수 없었다.

무료해하던 스캇에게 페루가 주로 말상대를 해주었는데 그는 배려감있고 묵직한 친구였다. 스캇 역시 그의 태도가 마음에 들어 금세 친하게 지낼 수 있었다.

"이봐, 스캇."

"응?"

페루가 먼저 말을 거는 일은 흔치 않았다. 스캇은 고개를 돌려 그를 바라봤다.

"고기가 먹고 싶지 않나?"

"고기?"

이 저택의 주방 역시 마법적인 효과로 장기간 식재료를 보관할 수 있는 곳이 있었다. 하지만 마침 육류가 동이 난 상황이어서 페루가 해주는 요리는 며칠째 채식이었다.

'이 북유적에서 구할 수 있는 고기가 도대체 누구의 것일까.'

스캇의 마음 한가운데 알 수 없는 불안함이 생겨났다.

"그래. 갓 잡은 신선한 고기. 신선한 고기가 환자에게 필요해. 내가 나가서 잡아오겠다."

"아니, 도대체 무슨 고기를 가지고 온다는 거야? 난 이상한 건 안 먹는다고."

그는 결국 마음 한가운데 자리 잡은 불안을 털어놨다. 호의는 고맙지만 마물의 고기라면 백번 거절하고 싶었다.

"멧돼지."

"멧돼지?"

다행이긴 한데, 이런 유적에 멧돼지가 살고 있는 것이 말이 될까? 페루는 그의 불안함을 느꼈는지 스캇에게 부연 설명을 해줬다.

"너희가 들어온 균열 말고 다른 곳에 균열들이 있다. 가끔씩 멧돼지가 내려온다."

"아아. 그래도 난 괜찮아. 음식을 딱히 가리는 편도 아니고 말이지."

"그러면 안 돼. 빨리 나아야지. 다녀오겠다."

제지할 수도 없었다. 페루는 복도를 울리며 밖으로 걸어나갔고 스캇은 어쩔 수 없다는 표정을 지으며 그의 뒷모습을 바라봤다.

혼자 남은 스캇은 할 일이 없었다. 오스타드들은 잘들 지내고 있을까? 한참을 쉬던 그는 오스타드들의 근황이 궁금해져 복도로 나섰다. 그리고 어느 방에 그들이 있는지 찾기 위해 감응을 펼쳤다.

그렇게 크게 펼칠 필요는 없었지만 그는 컨디션 확인 겸 최고의 수준으로 감응을 펼쳐 봤다. 그런 그의 정신에 기분 나쁜 기척이 느껴졌다.

불안한 느낌! 가까운 곳에서 전투가 벌어지고 있었다. 분명 생명이 위험한 쪽은 잘 알고 있는 자였다. 몇 명에게 둘러싸여 금방이라도 쓰러질 것 같은 약한 기운을 내뱉고 있었다.

큰일이다. 그는 방으로 뛰어들어 가 풀러놨던 붕대를 집었다. 그리고 붕대를 손에 감으며 뛰기 시작했다. 조금도 지체해선 안 된다. 그의 목숨이 위험했다.

"…페루!"

스캇이 페루를 발견한 것은 숙소에서 그다지 멀지 않은 공터였다. 예전에 페루를 구해냈던 그곳이기도 했다. 페루는 온몸에 많은 상처를 입은 채 공격들을 막아내고 있었고, 그를 공격하는 사람들은 모두 같은 종류의 갑옷과 검을 가지고 있었다.

그 모습이 마치 잘 훈련된 군사들처럼 보였으며 페루를 죽일 수 있음에도 불구하고 얕은 상처를 입히며 괴롭히고 있는 듯했다.

'어떻게 할까.'

그는 잠시 고민했다. 이대로 무작정 달려들어서 구한답시고 막아서면 더 큰 피해를 입을 수 있었다. 저만한 숫자에게 달려들어 페루의 생명을 지키는 것은 쉬운 일이 아니다.

그의 머리가 빠르게 돌아갔다. 어떻게 연기할 것인지 결정한 그는 소리를 지르며 그들을 향해 뛰어갔다.

"멈추시오! 멈추시오오오!"

"음? 뭐냐?"

스캇이 페루를 향해 뛰어들자 뒤에서 지켜보고 있던 자들 중 대장으로 보이는 자가 그에게 물었다. 분명 그의 지시로 이루어진 일이며 그가 이 병사들을 다루는 사람이라는 것을 알 수 있었다.

"저, 저 자이언트는 내 조수요! 내가 어떻게… 어떻게 구한 녀석인데!"

"음? 조수라니? 저런 마물이 어째서 당신의 조수인가?"

그는 대답 대신 병사들의 사이로 뛰어들며 그들의 공격을 만류했다.

"저리 비키오! 어서 물러나 보게!"

울먹이며 악을 쓰는 스캇의 묘한 기세에 눌린 병사들은 주춤거리며 공격을 멈췄고, 그는 그사이로 비집고 들어가 비틀거리고 있는 페루를 껴안았다. 그리고 페루의 몸을 통해 메시지를 전달했다.

'내가 하는 말에 적당히 구색을 맞춰.'

"괜찮은가? 이봐, 페루 군! 괜찮은가?"

"…예… 선생님……."

역시, 페루는 사람으로 쳐도 영특한 편이다. 그는 또박또박 공용어로 이야기했다.

"호오, 거인이 어떻게 공용어를 할 수 있지? 굉장한데!"

"나는 이곳에서 고대의 건축 양식을 조사하는 학자입니다. 혼자선 몸을 지키기 힘들어 이 녀석을 호신용으로 비싼 돈을 주고 샀소이다. 잠깐 심부름을 시켰더니 어찌 이런 일이 생겼는지……!"

당연하겠지만, 능력을 이용한 스캇의 연기는 이미 수준급이다. 그가 은은하게 내뱉는 애잔함에 이미 대부분의 병사들은 전의를 상실했다.

실제로 페루의 모습은 무척이나 불쌍하게 보였고, 그것이 더 좋은 효과를 내고 있었다. 주위의 흘러가는 분위기를 깨달은 스캇은 이제 어떻게 페루를 데리고 빠져나갈지 고민해야 했다.

"뭐, 딱 보면 마물이니 칠 수밖에 없었다구. 자네가 이해 좀 해줘."

"아무렴! 딱 보니 높으신 분 같은데 당연히 그만한 연유가 있었을 거라 생각하오. 일단 나는 이 녀석을 데리고 가서 치료해야겠으니 이만 실례하겠소이다."

스캇은 페루를 독려하며 그를 이끌고 자리를 벗어나기 시작했다. 페루는 걷는 것조차 힘들었지만 신장의 차이가 너무 나서 부축은 꿈도 꿀 수 없었다. 단지 무릎 근처를 토닥이는 일뿐.

"잠깐만."

그가 다행이라고 안심할 때, 뒤에서 그 남자의 목소리가 들려왔다. 그리고 그가 어떤 생각을 하고 있는지 스캇은 자신의 능력으로 느낄 수 있었다. 의심…….

"무슨 일이오?"

스캇은 불안한 기색을 감출 수 없었다. 그는 애써 좋은 표정을 지으며 고개를 돌려봤다.

"어디로 가시는가?"

"일행이 있는 캠프로 간다오."

"그 녀석으론 호위가 힘들 듯하니 내가 함께 가주지. 이곳은 북유적이고 위험하잖아?"

불신의 냄새가 가득 풍겨왔다. 알 수 없는 미소를 지으며 웃는 그. 스캇은 헛기침을 하며 손을 내저었다.

"흠흠……! 괜찮소. 거리가 멀고……."

"멀다면 더 위험하지?"

그의 익살스러운 표정은 마치 사냥감을 눈앞에 둔 늑대와도 같았다. 하지만 스캇은 태연한 얼굴로 받아쳤다.

"이곳에서 생활한 지 꽤 오래되었소이다. 위험한 건 댁보다 내가 더 잘 안다오. 이 녀석 상태가 보통 위독한 것이 아니니 먼저 실례하겠소."

스캇은 페루를 보며 먼저 빨리 가라는 신호를 했다. 분위기를 봐서 쫓아올 것이 틀림없었다. 숙소가 알려지는 것도 좋지 못하다. 스캇은 자신이 직접 막아내야겠다고 생각했다.

어차피 제대로 된 실력이 있는 녀석들이 아니면 그의 강압 아래 무릎을 꿇게 될 것. 일단 페루가 숙소에 도착하면 스스로 치료를 하거나 나중에 도착한 벨이나 노노미야가 치료해 줄 것이다. 자신이 직접 가서 치료를 돕고 싶었지만 쉬운 상황은 아니었다.

그는 수많은 생각들을 하며 느릿느릿하게 걷는 페루의 곁을 따라갔다.

"잡아와."

"옛!"

그 남자의 지시에 병사들이 뛰어오기 시작했다. 아무리 경량화라지만 철제 갑옷을 입고 저만한 속도를 내는 것은 그만한 훈련을 거쳐 온 상당한 실력의 병사들이라는 것이다.

스캇은 이를 갈며 뒤를 돌아봤다. 순식간에 바로 앞까지 쇄도한 네 명의 병사!

"풍체(風體)."

쿵!

군더더기없이 간결하고 빠른 동작이 펼쳐졌다! 스캇은 가장 앞에 달려오던 병사의 얼굴을 잡아 그대로 뒤에서 따라오던 병사에게 밀었고 철제 갑옷을 입은 그들은 균형이 무너지자 그대로 땅바닥으로 쓰러졌다.

애초에 연기까지 해가며 상대를 속인 것은 실력이 부족한 것이 아니라 싸움을 싫어하는 그의 성격 때문이었다. 하지만 이렇게까지 된 이상 피하기만 할 수는 없었다.

"어엇?"

의외의 상황에 놀란 남자는 눈을 부릅뜨며 스캇을 바라봤다. 스캇은 쓰러진 병사들을 보며 안쓰러운 표정을 지었다.

"미안하게 됐네, 친구들."

스캇은 좌우에서 쇄도하던 다른 병사들을 향해 뛰어들며 동시에 두 발로 복부를 가격했다.

역시 그 자리에서 땅으로 쓰러지는 갑주의 병사들!

"크학!"

스캇은 가볍게 땅에 착지한 후 몸을 일으켰다. 남자는 여유만만하게 미소를 지으며 물었다.

"예상은 했다만, 왜 마물을 감싸는지 이야기나 들어볼까, 쌈 잘하는 학자 양반?"

"집 두 채를 팔아서 산 조수를 지키려 하는 것이 잘못인가."

"아니야, 아니야. 당신의 연기는 썩 괜찮았어. 조수 역을 맡고 있는 쪽이 좀 어색해서 그렇지."

스캇이 놀라 고개를 돌리자 페루는 꾸준히 걸어서 그곳을 빠져나가고 있었다. 그 역시 무엇이 이 상황에서 가장 올바른 결정인지 알고 있었다. 어떻게 해서든 페루는 이 병사들에게

서 벗어나야 한다.

그는 시간을 최대한 끌기로 마음먹었다.

"내 조수가 어디가 어떻다는 거지?"

"네가 오기 전까지 무슨 일이 있었는지 설명해 주자니 귀찮군. 그냥 마물이니까 죽이는 걸로 하자. 괜히 시간 끌지 말고."

스캇은 그의 말을 들으며 알게 모르게 이를 갈았다. 더 속일 필요도 없었다. 자신이 연기를 하지 않아도 페루는 알아서 잘 벗어날 것이었다. 스캇은 평소의 낮고 허스키한 목소리를 내며 그에게 물었다.

"네 녀석은 어디의 뭐 하는 녀석이냐. 태도가 안하무인이군."

"…네 녀석? 크하핫! 네 녀석? 이 병사들과 내 망토에 걸린 엠블렘이 안 보이는가?"

과연, 그의 망토와 병사들의 갑주에는 같은 모양의 그럴듯한 엠블렘이 달려 있었다. 스캇은 그것을 어디선가 많이 봤다고 생각했지만 중요한 문제는 아니었다.

모르면 또 어떻단 말인가.

"관심없어. 네 입으로 정체를 밝혀라."

그것이 상대에게는 꽤나 커다란 정신적 타격을 입혔다. 스캇의 태연함이 도발이라고 생각한 상대는 버럭 소리를 질렀다.

"안하무인은 바로 네 녀석이다! 제국 10용사를 모른단 말인가! 이 용맹스러운 제국의 병사들을 모른단 말인가?! 정말 안하무인을 몸소 실천하고 있군!"

제국 10용사. 많이 들어온 단어다. 대륙의 절반을 차지하고 있는 제국에서 용맹한 업적과 실력을 통해 뽑는다는 공인된 영웅들. 그렇다면 이것은 꽤나 큰 문제다. 하지만 스캇은 그것을 미처 인지하지 못하고 있었다.

그들의 위세나 실력을 직접 몸으로 느껴오지 못한 탓도 있었다. 10용사라 하면 하나같이 모험가들의 목표이며 동경의 대상이었다. 그들은 살아 있는 전설, 그 자체인 것이다.

"그러니까 지금 여기 쓰러진 네 명이랑 거기서 널 포함한 여섯 명이 10용사인가? 이제 6용사로군."

"푸핫! 뭐, 뭐라고⋯⋯?"

스캇은 눈에 뻔히 드러나는 도발을 해 보였다. 그의 실력이 얼마나 대단하든 행실이나 어투로 보자면 이미 용사 낙제다. 스캇은 드러내 놓고 그에게 경멸조의 언사를 던졌다.

"바로 내가 10용사 중 한 명이란 말이다! 이 녀석들은 모두 황제 폐하께서 날 위해 주신 병사들이지!"

"여기 굴러다니는 녀석들? 뭐, 그건 그렇다 치자. 그런데 넌 10용사에서 몇 번째냐? 보통 자랑하고 다니는 놈들을 보면 꼭 맨 뒤에 있더군."

그의 말이 끝나자 자신을 10용사라고 했던 자의 뒤에 있던 한 청년이 실소를 터뜨렸다. 그 청년은 병사들과는 다른 복장을 하고 있어 스캇이 보기에도 보통 사람이 아니라는 것을 알수 있었다.

"…풉!"

"으으으윽! 조용히 해라!"

자칭 10용사는 광분을 하며 되레 화를 냈고, 그것이야말로또 다른 대답이 됐음은 말할 것도 없다.

"좋아, 열 번째 용사님. 내가 보기엔 여기 있는 열 명 안팎의 병사로는 절대 북유적에 당도할 수 없어. 어떻게 왔나?"

"제국의 능력을 무시하지 마라! 본진은 따로 있다! 그리고나는 열 번째가 아니란 말이다!"

그는 등에 메고 있던 검 손잡이에 손을 가져다 댔다. 더 이상 도발하면 직접 나서겠다는 의사나 다름없었다. 상황을 자신의 페이스로 몰고 간 스캇은 능력으로 페루의 위치를 확인했다. 이미 시야에서 벗어난 페루는 현재 그들의 관심 밖이었다.

하지만 더욱 잡아둘 필요가 있었다.

"그럼 아홉 번째군. 용사라면 이름을 밝히고, 검을 뽑을 땐자신의 이름과 명예를 걸어라. 명분없는 싸움에 달려드는 용사라면 참 보잘것없는 허명이로군."

"크아아악! 그래, 내가 제국의 아홉 번째 용사, 바할레인 크라우발츠! 마물을 감싸는 네 녀석에게 결투를 신청! …할까

하는데."

스스로도 좀 어이없었는지 소리를 치던 그의 목소리는 점점 잦아들었다. 결국은 결투란 이야기를 꺼내지 못하고 고민을 하는 듯했다.

"…푸하하핫!"

스캇의 입에서 실소가 터져 나왔다. 스캇은 더 이상 그를 도발하지 않고 고민하게 내버려 뒀다. 상황이야 어찌 되었든 시간을 끄는 것이 그의 목표였으니까.

"괜찮나? 상황이 좀 위험해서 그랬던 거니 이해해 주시게. 자, 미안하오."

스캇은 주위에 쓰러져 있던 병사들을 토닥이며 일으켜 세웠다. 그의 온화한 표정에 병사들은 화를 낼 엄두도 못 내고 쑥스러워하며 자리에서 일어났다.

실력은 수준급이었지만 얼굴을 보아하니 한창 젊은 청년들이었다. 이렇게 어린 나이의 병사들이 이 정도 실력을 가지고 있다니, 스캇의 입장에선 제국의 강함을 새삼 실감할 수 있었다.

"에이잇! 모르겠다! 나! 바할레인 크라우발츠! 10용사로서 이 세계를 어지럽히는 마물들을 퇴치하기 위해 이곳까지 왔다! 내 길을 막는 자와는 무조건 결투다!"

"고민이 끝나신 건가?"

"그렇다!"

스캇은 병사들과 이야기를 하고 있던 중이었다. 병사들은 바할레인이 스캇을 향하여 고래고래 소리를 지르자 주저하며 스캇의 곁에서 물러났다.

"괜찮아. 나중에 또 이야기합시다."

"너희는 왜 거기 있어! 이리 안 와?!"

바할레인은 자신의 부하들이 숙맥인 것이 불만이었는지 괜히 더 화를 내며 소리를 질렀다. 스캇은 은연중에 비꼬는 말투를 담아 말했다.

"제국 10용사의 자질이 의심스럽군. 모두 너 같진 않겠지."

"우리의 이름을 더럽게 하지 마라. 내가 다소 머리가 나쁘고 다혈질이지만 제국 10용사는 너 같은 녀석의 입에서 함부로 거론될 만한 이름이 아니다."

바할레인은 갑작스럽게 표정을 바꾸며 싸늘하고 낮은 목소리로 이야기했다. 과연, 허명은 아니라는 것인가.

스캇이 고개를 끄덕이자 바할레인은 자신의 검자루를 치면서 말했다.

"그러니까… 할 거야! 말 거야?"

"와라. 형이 오늘 새로운 가치관을 확립시켜 주마."

바할레인은 앞으로 나서며 자신의 검을 뽑았다. 엄청나게 크고, 넓은 투 핸드 소드(Two—hand Sword)였다. 신기한 것은 검의 가운데 부분이 텅 뚫려 있고, 몇 개의 선이 이어져 있는 것이 마치 하프의 모양과도 같았다.

"정식으로 인사하지. 제국의 10용사이며, 왕립 가무단의 단장을 맡고 있는 No. 9, 바할레인 크라우발츠. 사람들은 나를 '절대미성' 이라고 부르지. 상대의 이름을 듣고 싶다."

그는 검과 두 손을 자신의 중앙으로 모으며 제대로 된 의례를 행했다. 스캇은 자신의 한쪽 주먹을 그에게 뻗었다.

"스캇. '인간 선생님' 이란 별명을 가지고 있다. 네가 봐온 대로 마물들의 친구다."

"좋아, 스캇. 시작하지."

바할레인의 굳게 다문 입술에서 진지함이 느껴졌다. 스캇은 다소 어눌한 상대를 바라보며 다시 도발을 걸었다. 그는 그런 것에 잘 넘어오는 타입이다.

"형이 많이 피곤하다. 기분 나쁘게 이름 부르지 말고 조용히 결투나 하자."

그의 도발에 발끈한 바할레인이 인상을 가득 쓰며 스캇에게 뛰어오기 시작했다. 그에게서 느껴지는 기운이 보통 것이 아니었다.

스캇은 주먹에 감긴 붕대를 잡아당기며 쓴웃음을 지었다.

"황소 같군."

바할레인의 키는 스캇보다 작았지만 상체 중심형의 근육질 체구 덕택에 무척이나 덩치가 커 보였다. 하지만 거대한 검에 어울리지 않는 경장이 그가 속도를 위주로 하는 전투를 즐긴다는 것을 알려주고 있었다.

스캇은 먼저 달려들지 않고 우선 그의 기세를 보기로 했다. 무엇보다 검과 맞닥뜨리는 것이 달갑지 않았다.

"목체(木體). 유영(柳影)."

목체에서 사용하는 유영은 수체에서의 것과 또 달랐다. 수체 유영이 다리와 유연성을 이용한 전신의 회피를 기초로 하고 있다면 목체 유영은 하체를 단단하게 굳힌 채 양손을 이용해 모든 공격을 비껴내거나 막아내는 기술이었다.

철저한 방어형의 자세를 하고 있었지만 그의 경험상 상대의 빈틈을 가장 많이 만들어낼 수 있었던 기술이다. 몇 번의 공격이 스캇의 몸을 향해 날아왔지만 그는 번번이 손바닥을 이용해 검을 쳐냈다.

"아, 짜증난다! 뭐 하는 거냐!"

"넌 공격하고, 나는 그걸 피하고."

그의 검은 분명 빠르고, 위력이 보통 것이 아니었다. 하지만 거대한 크기만큼이나 눈에도 잘 들어왔기 때문에 스캇은 한두 걸음씩 움직이며 모든 공격을 비껴내고 있었다.

검날에 맨손을 가져다 대는 건 위험한 일이지만 공격 방향만 정확하게 파악하고 있다면 옆면에서 손바닥으로 살짝 미는 것만으로도 충분했다. 바할레인은 마치 발레를 추듯 검을 하늘로 쳐올리고 있었다.

"홍, 옆으로 베면 못 피하겠지! 문라잇 슬래쉬(Moonlight—

Slash)!"

바할레인은 검을 뒤로 돌려 양껏 힘을 모은 뒤, 강력한 횡베기를 시도했다. 스캇은 순간 몸체를 풀고 그의 검이 돌아가는 방향보다 앞서서 같이 돌며 바할레인의 바로 옆으로 붙었다. 상대의 동공이 경악으로 인해 크게 확대되었다.

"골파(骨破)."

와득.

뼈가 부러지는 소리가 울려 퍼졌다. 스캇은 바할레인의 두 손목을 잡고 자신의 다리를 이용해서 그의 무릎들을 하나씩 꺾어버렸다. 오크 무예 최고의 테크닉을 자랑하는 골파는 상대방의 근력이나 체력과는 관계없이 인간으로서 당연히 가지고 있는 약점을 공략하는 관절기!

"크아아아아악!"

결국 바할레인은 고통을 참지 못하고 무릎을 꿇었다. 실력 차가 많이 나는 것은 아니다. 하지만 이 세계의 검사들은 흔히 예상할 수 있듯, 무기의 기술과 강함에 중점을 뒀다.

온몸을 갑주로 두른 것이 아니라면 맨손 격투의 달인인 스캇과 상대해 이기기 쉽지 않을 것이다. 상대의 무기가 크면 클수록 스캇에게는 유리했다. 그는 더 이상 공격을 하지 않은 채 물러났다.

"빨리 치료 안 하면 큰일나. 형은 바빠서 먼저 간다."

그의 머릿속에는 페루에 대한 걱정으로 가득했다. 압도적인 실력을 보였으니 더 이상 덤비지 않기를 바랐다. 무엇보다 한 가지 더 불안한 것이 있었다. 그는 애써 불안함을 외면하며 그들을 위협했다.

"이 근처에서 또 놀지 말고, 만약에 걸리면……."

'강압.'

스캇의 몸에서 수십의 빛줄기가 쏟아져 나왔다. 마치 구천을 떠도는 원혼의 것처럼, 기괴하고 섬뜩한 모습으로 뒤엉켜 그 자리에 있는 모든 이들에게 날아갔다. 강압의 내용은 말 그대로 강압이었다. 또 올 수 있으면 와봐라.

모든 사람들은 그 자리에서 아무 말도 하지 못한 채 경직되었고 그 모습을 본 스캇은 바지 주머니에 양손을 찔러 넣은 채 천천히 걷기 시작했다.

디리링.

그의 뒤에서 현악기의 소리가 들려왔다. 그것은 평범한 음율이 아닌 마법적인 능력을 담고 있는 것이 분명했다. 스캇의 능력이 그것을 말해주고 있었다.

"멈춰라. 승부는 끝나지 않았다."

"용사의 기본 멘트냐. 토씨 하나 안 틀리고 뻔한 소리를 하는군."

"'마성검 휠그라임'을 다루는 나는 검사나 기사가 아닌 음유 시인이다."

음유 시인이라… 어디선가 들어본 것도 같은데. 스캇은 고개를 갸우뚱거리며 물었다.

"바드?"

"그래, 바드."

땅바닥에 한쪽 무릎을 꿇고 앉아 있는 바할레인의 모습은 썩 보기 좋은 것은 아니었다. 거기에 품 안에는 마치 하프를 들 듯 검을 안고 그 중앙에 달려 있는 현을 튕기고 있었다.

만약 바할레인이 아닌 미녀였다면 참으로 아름다운 자태였을 것이다. 하지만 그렇지 못했기에 스캇은 인상을 잔뜩 찌푸렸다.

"그런 거… 보통 예쁜 목소리를 가지고 있는 아가씨들이 하지 않나? 아니면 미소년 정도라면 이해를 하겠다만?"

"제국 최고의 음유 시인인 내 앞에서 못하는 소리가 없군. 시대가 어느 시대인데 미소년 타령이냐. 말했듯이 내 별칭은 '절대미성'이지. 이제 그 절대미성의 맛을 보여주마. 방금 전 현을 한 번 튕긴 것만으로도 나의 무릎의 통증은 모두 사라졌다."

바할레인은 여유 만만한 표정을 짓고 있었다. 과연, 방금 전의 공격이 아무렇지도 않았다는 것인가.

"일어서 봐."

"시끄럽다!"

어느새 모든 병사들이 그의 뒤에 모여 응원을 할 준비를 하고 있었다. 때에 따라서는 팬클럽으로 바뀌는 듯했다. 다만 아까 전 실소를 터뜨렸던 청년은 미소를 지은 채 그들을 바라보고 있었다.

스캇은 바할레인보다 그 청년에게 더 많은 관심을 두고 있었다. 그야말로 자신이 느끼고 있는 불안의 원인이었다.

'저 녀석, 기운이 도저히 안 느껴진다.'

"흠흠, 보여주지. 나의 절대미성."

바할레인이 검날에 달린 현을 튕기자 또다시 스캇의 가슴에 울림이 느껴졌다. 분명히 저건 보통 검이 아니다. 현이 울릴 때마다 생기는 파장이 스캇의 눈으로 보일 정도였다.

이건 리치의 위압만큼, 아니, 그 이상일지도 모른다.

"마성검 휠그라임과 바할레인의 합작, 3옥타브의 세레나데."

그가 노래할 곡명을 말하자 그의 뒤에 있던 모든 병사들이 능숙하게 솜을 꺼내 두 귀를 틀어막았다. 스캇은 전혀 좋지 않은 예감이 들기 시작했다. 그리고 바할레인의 연주와 함께 노래가 시작됐다.

"그어어어어어친! 어두우우움을 헤치이고오오! 여기이이이 나타났다! 무! 적! 씨이이이입! 요오옹사아아아아아!"

당했다. 스캇은 귀를 틀어막으며 소리를 듣지 않으려 했지만 마성을 띠고 있는 그의 목소리와 악기는 그의 정신으로 직접 침입하고 있었다. 뒤에 있는 병사들도 무척이나 고통스러워했다.

스캇이 그의 능력을 이용해 이겨내려고 해도 바할레인의 목소리를 듣고 있으면 아무런 생각도 나지 않았다.

"제… 제길!"

"로오오오망! 매려어어억! 제구우욱! 최! 강! 미! 남! 바아아아아하아아알레에이인!"

분명 세레나데라는 이름을 가지고 있었지만 본질은 락에 가까웠다. 후반부에서 현란하게 이어지는 휠그라임의 독주는 마치 메탈류 일렉트릭 기타의 솔로 파트를 듣는 듯했다.

마지막 절정부에서 그가 괴성을 지르며 휠그라임의 현을 뜯을 때 그 자리에 있던 모든 사람들이 하나씩 무릎을 꿇기 시작했다. 스캇은 홀로 저항도 제대로 하지 못한 채 그 충격의 여파를 그대로 받아냈다.

"들어주신 모든 청중 여러분께 감사드립니다. 앙코르 요청 있으십니까?"

"하아… 하아… 멈춰. 너, 정말 음유 시인 맞아?"

스캇은 두 손으로 자신의 관자놀이를 문지르고 있었다. 분명 그 능력만큼은 리치의 수준, 하지만 자신의 능력보다 강할까? 이번에는 얌전히 듣고 있어 반격의 타이밍을 잡지 못했지만 다음엔 다르다.

스캇은 자신의 능력을 사용하기 위해 만반의 준비를 해뒀다.

"바드의 종류는 크게 두 가지로 나뉜다. 듣는 이에게 기쁨과 행복을 주는 녀석들, 그리고 나처럼 불행과 아픔을 주는 녀석들이지. 나의 애잔한 발라드를 들어볼 테냐. 수많은 적들이 나와 싸울 생각도 못하고 스스로 목숨을 끊었지."

"비열한 기술이군."

진심이라기보단 도발이었다. 하지만 진정 예술가의 얼굴을 하고 있는 그의 표정에 동요란 없었다.

"예술가에게 못하는 소리가 없군. 너 수심이 꽤 깊어 보이는데 내가 경고하지. 이건 정신력이니 마법 저항력이니… 이런 것들과는 관계없다. 아픈 기억이 많은 사람일수록 자신의 기억에 눌려 무너지는 것이다. 제국 10용사의 두 다리를 상처입힌 대가, 사과 대신 목숨으로 받겠다."

바할레인이 현을 울리고 다시 공기의 파장이 일어났다. 그의 말대로라면 스캇에겐 치명타 아닌 치명타가 될 것이다. 만약 음악이 시전된다면 걷잡을 수 없는 사태가 일어날 것이 분명했다. 그의 머릿속이 바빠졌다.

하지만 분명 바할레인은 곡명을 먼저 외친다. 그것이 기회!

"마성검 휠그라임과 바할레인의 합작, 글루미……."

"의지! 강압!"

또다시 스캇의 몸에서 빛줄기들이 쏟아져 나왔다. 이번에는 빛줄기들이 공중에서 하나로 뭉치면서 오직 바할레인을 향해 날아갔다. 그 모습은 마치 거대한 창의 모습 같았다.

깜짝 놀란 바할레인은 급하게 검을 들어 자신의 몸 앞에 세웠다.

"뭐, 뭐야!'

빛줄기는 미처 바할레인의 정신까지 침입하지 못하고 그의 앞에서 흩어져 버렸다. 평소와 달리 빛줄기들은 폭발음을 내며 터졌고 그 환한 빛의 폭발 뒤 서서히 빛이 사그라지기 시작했다.

잔뜩 긴장했었던 바할레인의 앞엔 한 청년이 검집을 세로로 세워 막고 있었다. 그의 한 손은 주머니에 꽂혀 있었고 단한 손으로 들고 있던 검은 1.5m은 될 만한 길고 얇은 녀석이었다. 스캇은 이를 드러내며 물었다.

"뭐냐."

"흥미로운 기술. 하지만 악사의 연주를 방해해선 안 돼."

이쪽이 훨씬 더 음유 시인에 어울리는 미성, 그는 나긋한 목소리로 대답했다.

"아까부터 궁금했다. 너는 누구냐. 너도 10용사냐."

"알 필요 없어, 네가 나를 상대할 수 있을 정도로 강한 녀석이면 모를까."

체구도 작고 말라 보였다. 하지만 그 강함은 지금의 스캇으로서는 깊이를 잴 수 없었다. 바할레인이 음유 시인일 뿐이라면, 저 녀석은 진짜 검사다. 자신의 본능이 그것을 말하고 있었다. 검에서 느껴지는 무게가 다르다.

스캇은 호기롭게 대결을 신청했다.

"한번 해볼까."

"아니. 약하잖아? 아마 바할레인의 발라드만 들어도 자살해 버릴 것 같은데. 바할레인, 시작해 봐. 내가 막아주지."

스캇의 마음이 급해졌다. 검집만으로 자신의 능력을 막아내는 녀석은 처음 봤다. 아니, 다른 것보다 바할레인이 과거의 상처를 드러내는 연주를 시작하기라도 하면 자신은 이겨낼 수 없었다. 도망이라도 쳐야 했다.

그는 극한의 풍체를 위해 심호흡을 했다. 절체절명의 순간, 반가운 목소리가 들려왔다.

"나는 항상 좋은 타이밍에 끼어든다니까. 오빠, 나 왔어!"

"벨?"

"왜? 쟤네들이 괴롭혀? 혼내줄까?"

벨은 싱글거리며 목소리 톤을 높였다. 스캇은 노노미야가 있는지 주위를 둘러봤다. 인간의 눈에 띄는 것이 좋을 리 없었다. 노노미야는 보이지 않았다. 벨은 숙소에 있는 페루를 발견하고 일부러 혼자 온 듯했다.

스캇은 안도의 한숨을 쉬었다. 젊은 검사가 아무리 강해도 벨보다 강할 것이라는 생각은 들지 않았다.

"그런데… 알고 보니 구면이네? 안녕, 씹 용사!"

"꼬맹이, 나를 본 적 있냐? 난 네가 기억이 안 나는데."

바할레인이 거만한 목소리로 벨에게 묻자, 그녀는 바할레인이 누군지 관심도 없다는 듯 생뚱맞은 표정을 지었다.

"넌 뭔데?"

"크흑……."

바할레인의 표정이 잔뜩 일그러졌다.

"그러니까 내가 말을 건 사람은 당신 앞에 있는 제국 10용사 No. 5, 검성 라렛슈 군이거든. 자네는 누구야?"

"나, 나도 제국 10용사다! 이름은 바할레……."

"호오, 몇 번째 순위의 랭커신가?"

벨은 늙은이처럼 고개를 크게 끄덕이며 맞장구를 쳐줬다. 그는 목소리 톤을 높여 찢어질 듯 외쳤다.

"아홉 번째다, 꼬맹이!"

아무래도 바할레인은 마음속에 가득 쌓인 콤플렉스가 있는 듯했다. 그가 불같이 화를 내자 벨은 키득거리며 웃었고 스캇은 고개를 살짝 저었다.

그는 마음 같아선 만사가 귀찮아 그저 자리를 피하고 싶었다.

"오랜만이네."

"응."

말없이 서 있던 젊은 검사가 벨에게 인사를 했다. 그가 숙이고 있던 고개를 들자 푸른빛의 머리카락이 찰랑거렸다.

미남에, 젊고, 엄청난 실력. 그야말로 전형적인 용사의 풍미를 가득 담고 있었다. 조용히 있던 그의 입이 다시 한 번 움직였다.

"당신이 왜 여기에 있지? No. 2, 벨 폰 밤."

정적. 잠시 시간이 멈춘 듯 정적이 주위를 뒤덮었다. 벨의 표정은 조금의 변화도 없이 웃는 낯 그대로였고, 바할레인은 자신의 동요를 경악한 표정으로 주위에 알렸다.

잠시 후 정적을 깬 것은 다름 아닌 스캇이었다.

"좋군. 제국 10용사 벨. 그것도 두 번째라."

"오래 살다 보니 허명만 많네. 오빠, 나한테 배신당한 기분?"

하지만 스캇은 여유있는 웃음을 지으며 대답했다.

"그럴 리가. 애초에 나에게 알려준 과거가 없잖아?"

"그렇지. 우히히힛."

스캇은 특별히 놀라울 것이 없었다. 실력에 걸맞은 과거가 있을 거라곤 생각했고, 그것이 제국의 10용사이며 그중 두 번째라는 것은 납득할 수 있는 일이었다. 하지만 그의 정신으로 아무것도 납득하지 못한 불쌍한 이가 울부짖는 것이 느껴졌다.

과연, 바할레인의 표정은 인간이 보여줄 수 있는 절망의 최고봉을 표현하고 있었다.

"이런 꼬마애가, 아니, 어리신 분이 제국의 두 번째 용사?"

"그녀는 준신급의 그래스런너야. 돌아가자, 바할레인."

그의 말에 대답한 것은 라렛슈라 불린 아름다운 청년이었다. 그는 철저하게 절제된 목소리를 내뱉곤 몸을 돌렸다.

"아무리 그래도… 라렛슈님……."

더 할 수 있는 것은 없는데 그냥 돌아가기는 부끄럽다. 그의 입장은 그랬다. 바할레인은 뽑아 든 자신의 검만 어루만지며 라렛슈를 바라봤다. 라렛슈는 그대로 출구인 유적의 균열로 걷기 시작했다.

"제국의 소집에 불응한 지 팔 년. 언제까지고 No. 2로 남아 있을 수 있다고 생각하면 오산입니다."

"건방진 녀석이네. 그깟 용사라는 칭호는 내 한 끼 저녁 식사보다 우스운 거야. 내가 No. 2에서 물러나면 네 실력이 더 좋은 거라고 착각에 빠지는 거 아냐? 하긴, 검성이라는 칭호가 아깝지. 고작 다섯 번째라니… 킥킥. 젖비린내 나는구나."

벨의 입에서 그녀 특유의 독설이 쏟아졌다. 그녀의 목소리는 사탕을 달라고 조르는 아이의 목소리처럼 천진난만하고 귀여웠다.

그 순간 라렛슈의 발걸음이 멈췄다. 그의 뒷모습은 조금의 동요도 느껴지지 않았지만 스캇은 알 수 있었다, 그의 증오가 폭발하기 직전이라는 것을.

"바할레인, 가자."

"…예."

더 이상의 사건은 없었다. 라렛슈와 그의 일행은 그대로 자리를 떠났다. 바할레인은 석연치 않은 듯 가끔씩 고개를 돌리며 스캇을 바라보곤 했다.

절뚝거리며 걷는 그의 처지가 한편으로 불쌍했던 것일까. 스캇은 그의 정신을 향해 립서비스 겸 작은 메시지를 하나 보냈다. 그것이 바할레인에게 무사히 전달되자 그는 스캇을 향해 헤벌쭉 웃어 보이며 손을 흔들었다.

'바할레인, 당신은 멋진 음유 시인이다. 다음에 좋은 장소에서 당신의 음악을 제대로 듣고 싶군.'

물론 사실과 전혀 다르다. 하지만 앞으로 스캇이 원하는 목표를 이루기 위해선 언젠가 적으로 만나게 될 수도 있다. 한 명 정도의 친구는 그에게 많은 도움이 될 것이라 생각했고, 그는 무엇보다 순수해 보이는 바할레인이 마음에 들었다.

속을 알 수 없는 능구렁이 같은 벨이나, 겉멋만 잔뜩 잡고 있는 라렛슈보단 바할레인의 욱하는 성격이 좋았다.

"오빠, 안 가?"

"맞다, 페루는 어떻게 됐지?"

스캇은 걱정된 표정으로 물었다. 이들을 상대하느라 페루에게 신경 쓸 틈이 없었다.

"언니가 돌보고 있어. 페루는 심장이 멈추지만 않으면 대부분의 상처는 치료가 되니까 걱정할 거 없어."

다행이다. 스캇은 안도의 한숨을 내쉬었다. 하지만 그렇게나 빨리 회복이 가능한가?

"자이언트의 회복력인가?"

"설명하자면 조금 복잡하고… 에이, 그냥 빨리 가자!"

스캇과 벨은 오래된 유적들의 사이를 바람처럼 돌파했다. 하도 괴물 같은 부류들과 상대를 해와서 잘 드러나진 않았지만, 스캇의 수준은 이미 범인의 것을 넘어서 있었다.

다른 사람이라면 보통 미쳐 버렸을 수준의 저주를 몇 년에 걸쳐서 힘겹게 이겨냈고, 그것을 전문적으로 다듬는 훈련을 거쳐 왔다. 그리고 자신의 능력에 가장 적합한 무예를 최고의 스승을 통해 익혀왔다.

무엇보다도 많은 고난을 헤쳐 온 그의 정신력은 잘 다듬어진 한 자루의 명검과도 같았다. 데스 나이트를 쓰러뜨린 것이 그 증거였고, 제국 10용사와 호각으로 싸운 것이 그 증거였다.

하지만 실력만으로 자신이 원하는 목표를 이룰 수는 없었다. 나라를 세우는 것은 돈이나 강함으로 이룰 수 있는 것이 아니었다. 스캇은 다른 요소들을 충족시키기 위해서는 자신이 지금 이곳에서 쉬고 있을 때가 아니라고 생각했다.

그는 숙소로 가는 동안 페루의 상태가 나아진 후 바로 도시로 돌아가야겠다고 마음의 결정을 내렸다.

그들이 도착했을 때 페루는 정신을 잃은 채 자신의 방에 쓰러져 있었다. 그가 쉬고 있는 방은 각종 마법적 효과가 걸려 있는 또 다른 방이었다. 노노미야는 페루의 곁에 앉아 페루를 지켜보고 있었다.

걱정이 가득한 표정을 하고 있던 그녀는 스캇과 벨을 보자마자 안도의 한숨을 내쉬며 달려왔다.

"선생님은 괜찮으세요?"

"걱정할 거 없어. 이 사람, 제국 10용사 둘과 싸우다 온 사람이야."

벨이 대신 익살스럽게 대답했다. 과장되긴 했지만 일부분은 사실이다. 노노미야는 눈을 동그랗게 뜨며 입을 벌렸다.

"정말? 인간들 중에서 가장 강하고, 강한 사람들이 모였다는 그거?"

"페루는 어떠냐."

스캇은 안심하라는 뜻으로 노노미야의 어깨를 툭툭 치며 그녀의 곁을 지나갔다.

그가 페루의 상태를 보니 곧 죽을 것 같은 모습은 아니었다. 그는 무척이나 편안한 표정으로 잠들어 있었다. 그의 수많은 상처들은 크고 작은 붕대들로 조잡하게 뒤덮여 있었다. 그는 그것들이 노노미야의 정성이라는 것을 알고 있었다.

"고마워. 고생했다."

"선생님이야말로 페루를 혼자 보내고 지켜줬다면서요. 전 아무것도 한 것이 없어요."

노노미야가 미안한 표정을 지으며 이야기하자 벨이 뒤에서 나서서 그녀를 토닥였다.

"언니가 한 일이 왜 없어. 결국 그것을 구해 왔잖아."

"구해 오다니?"

스캇이 되묻자 벨은 대답 대신 노노미야의 곁으로 가 옆구리를 폭 찔렀다. 그러자 노노미야는 고개를 숙이며 중얼거렸다.

"그게… 선생님이 필요할 것 같아서……."

"아, 속 터지네. 그냥 직접 줘. 어디에 있어? 우리 방에 있지? 우리 방으로 가자. 환자는 안정을 시켜야지. 안 그래?"

"아, 웅. 가자."

벨은 노노미야의 팔을 붙잡고 그들의 방으로 이끌기 시작했다. 스캇은 알 수 없다는 표정을 지으며 그녀들의 뒤를 따랐다. 그가 알 수 있는 것은 노노미야가 무척 긴장하고, 기대하고 있다는 것이었다. 자신의 반응을?

"언니가 직접 줘."

"으, 웅."

노노미야는 서랍을 뒤져 무언가를 꺼내 왔다. 그리고 스캇의 앞까지 와서 그것을 불쑥 내밀었다. 그것은 손가락 부분이 없는 평범한 모양의 가죽 장갑이었다. 조금 특이한 것이라면 손등에 징이 달려 있다는 것 정도일까.

스캇은 그녀에게서 장갑을 받아 들었다.

"이거 디자인이 마음에 드는걸. 고맙다, 노노미야."

사실 멋진 것은 아니었다. 평범하고, 보잘것없는 가죽 장갑이었지만 그녀의 마음이 고마웠던 것이다. 스캇은 정말 기쁜 표정을 지으며 장갑을 받아 들었다.

"우리가 매일같이 구하러 다니던 게 바로 그 녀석인데, 그냥 폼으로 끼라고 있는 거라고 생각하면 오산이야. 스파클링 커터 같은 녀석이랑은 비교도 안 되는 괴물이라구."

"이게?"

스캇은 벨의 말이 진담이 아니라 농담인지 한번 되새겨야 했다. 이런 가죽 장갑이 스파클링 커터 같은 고대 기물보다 좋단 이야기인가?

"오빠가 다쳐서 돌아온 날 언니가 나한테 와서 말했었어, 오빠가 만약 자신처럼 괜찮은 무기라도 있었다면 이만큼 다치지 않았을 거라고. 얼마나 조르고, 울고……."

벨이 말을 시작하자마자 노노미야는 얼굴을 붉혔다. 그리고 벨이 다시 말을 하려 하자 그녀는 벨을 제지하고 자신이 직접 말했다.

"선생님에게도 좋은 장비가 있었으면 했어요. 그랬다면 그렇게 다칠 일이 없을 거라고 생각해서… 벨에게 말해봤더니 같이 돌아다니면서 찾아준 거예요. 그리고 오늘 그걸 구했지요."

노노미야는 우물쭈물거리며 이야기했다. 그녀는 항상 누구보다 스캇을 챙겨주고 있었다. 스캇은 다른 것을 물었다.

"어디서 구했는데?"

"또 다른 리치의 컬렉션 창고를 털었어. 나처럼 유물이나 레어한 녀석들을 모으는 취미가 있는 녀석이었지."

대신 대담한 벨은 스캇에게 한번 껴보라는 제스처를 취했다. 그녀의 뿌듯한 표정이 스캇에게 알 수 없는 불안감을 줬다. 그는 노노미야를 의식하며 대수롭지 않다는 표정을 지어 보인 후 양손에 장갑을 꼈다.

순간, 그의 정신으로 무언가 그르렁거리는 소리가 들려왔다.

"짐승?"

"묻지 말고 직접 느껴봐. 타고난 능력이 있잖아."

스캇이 장갑을 손에 끼자 생전 처음 느끼는 강력한 생명력이 장갑에서 느껴졌다. 놀랍게도 두 장갑 모두 호흡을 하고 있었다. 마치 짐승의 숨소리처럼 탁하고 쉿소리 섞인 호흡이 그의 능력을 통해서 느껴졌다.

그에게는 무척이나 소름 끼친 경험이었다.

"귀물이다, 이 녀석."

"잘 봤어. 원래는 격투가가 아닌 마법사를 위해서 만들어진 기물이지. 그 녀석들 모두 생명을 가지고 있어. 내 정보에 의하면 이 장갑들은 대륙 너머의 환수인 현무(玄武)의 봉인체."

그의 귀에 익숙한 말이 들려왔다. 현무라는 것은 자신의 세계에 있던 신수가 아닌가.

"현무? 사신도의 그 현무?"

"몰라. 북대륙에 그런 것이 있다고만 알고 있어. 현무는 본디 일체일신. 두 개의 장갑으로 나눠놓은 것은 다 이유가 있지 않을까?"

적응하기엔 상당히 오랜 시간이 걸릴 듯했다. 그가 자신의 손을 들어올려 가까이에서 바라보자 자신의 의도와는 상관없이 조금씩 움직이는 손가락들의 모습이 자세히 보였다.

노노미야는 여전히 스캇이 기뻐해 주길 바라는 표정으로 옆에서 지켜보고 있었다. 그가 쉬고 있는 동안 그녀와 벨은 유적의 곳곳을 쑤시고 다녔을 것이 분명했다.

스캇의 앞에서는 얌전한 숙녀인 척했지만 사실 노노미야의 성격은 무척이나 활발했다.

"그런데 무슨 능력을 가지고 있지? 봉인된 힘을 해제라도 할 수 있는 건가?"

"그것까진 모르겠고, 내가 직접 껴보고 실험을 해봤는데… 엄청난 능력들이 많아. 그 녀석을 끼고 있는 손은 구체화된 마력을 직접 통제할 수 있다. 흡수나 재방출도 가능하지. 왼손이 흡수를 하고 오른손으로 방출하는 것도 가능해. 시험해볼래, 오빠?"

"음… 이해가 잘 안 되는데. 어떻게 시험하지?"

"언니, 스파클링 커터 줘봐."

노노미야는 자신의 허리에 차고 있던 검을 벨에게 건넸다. 그녀는 발도의 자세를 한 뒤 스캇에게 눈짓을 보냈다.

"뇌전의 잔상이 남으면 직접 잡아채 봐."

"알았다."

파지직!

친절한 벨의 배려 덕분에 스캇의 바로 코앞에 선명한 뇌전의 잔상이 남았다. 그는 재빨리 손을 들어 파직거리는 뇌전을 잡아챘다. 뇌전 에너지가 부딪치는 소리가 방 안을 울렸다.

"이거 신기한데?"

뇌전은 그의 꽉 쥐어진 주먹 안에서 꿈틀거리고 있었다. 스캇은 물고기를 손에 잡은 기분이었다. 뇌전은 사정없이 꿈틀대고 있었지만 결코 그의 손을 벗어나지 못하고 있었다.

"이번엔 흡수해 봐. 장갑에게 생각을 전달하는 거지."

"어디 한번……."

그가 의지를 보내자마자 손 안에 있던 뇌전이 사라졌다. 아니, 분명 자신의 손으로 흡수했다. 그가 손을 펼쳐 장갑을 살펴보자 손등에 있는 징에서 강한 메시지가 느껴졌다. 분명 그 징에 보관되어 있는 것이 확실했다.

"역시. 나도 통제하기 힘든 녀석이었는데, 오빠는 그런 쪽으로 탁월한 수준이라니까. 이번에는 방출해 봐. 누군가 다칠 수 있으니 조심하고."

"알았다. 방법은 방금과 같겠지?"

"으응."

그가 손바닥을 펼쳐 하고자 하는 일을 생각하자마자 바로 전방을 향해 뇌전이 길게 쏘아져 나갔다!

하지만 아직 운용이 쉽지는 않은 모양인지 자신이 원했던 것처럼 길게 일자로 뻗어나간 것이 아니라 기다란 막대기가 날아가듯 빙글빙글 돌며 방의 한쪽 벽에 부딪쳤다. 순간 굉음이 울리고, 그가 놀라서 자신의 손을 바라보자 지켜보고 있던 벨이 또다시 말을 시작했다.

"원래의 용도는 마법사들의 마력 증폭과 마법의 다양한 응용을 위해서 사용되던 거래. 나는 마력은 잘 모르니 그 이상의 것을 발견할 수는 없었지만 오빠의 능력을 증폭시켜 줄 수 있는 기능도 있을 거야. 무식하게 날이 달린 철제 장갑들보단 더 낫지 않아?"

"응. 정말 마음에 든다. 벨, 노노미야, 둘 다 고맙다. 나 때문에 이런 고생을 했구나."

스캇은 진심으로 기뻐했다. 이런 무기가 있다면 자신의 능력도 더 효율적으로 사용할 수 있을 것이다. 자신의 능력과 마찬가지로 연구하기에 따라 더 많은 효과를 얻을 수 있는 무구였다.

벨은 만족스러워하는 스캇을 바라보며 익살스러운 웃음을 터뜨렸다.

"킥킥킥. 난 뭐 모험을 즐긴다 치고, 그런데 언니도 장난 아니던데? 오빠랑 같이 있을 때랑은 완전 다른 오크였어. 물 만난 고기!"

"내, 내가 뭐가 어땠다고 그래?!"

화제는 쉽게 바뀌지 않았다. 스캇은 별다른 말 없이 그들을 바라봤지만 벨의 능숙한 말솜씨만으로도 노노미야는 쉽게 무너져 갔다.

한참이 지난 후 보다 못한 스캇의 제지로 이야기가 끊겼고, 벨에게 한참 동안 화를 내던 그녀가 마음을 푼 것은 또다시 나선 스캇의 중재 이후였다.

그들은 페루의 상태가 호전되는 것을 지켜본 후 스캇의 바람대로 북유적을 떠났다. 모험자들이 찾아오는 것이 원래 잦은 편은 아니었는지 그동안 다른 사람과의 충돌은 더 이상 없었다.

마물들은 다시 활개를 치며 돌아다니기 시작했고 북유적은 그 나름대로의 평화를 되찾았다.

벨은 발전 기관을 검붉은 오스타드의 등에 올리고 다른 짐들은 골고루 다른 오스타드에게 나눴다. 발전 기관이 무거운 것은 절대 아니었지만 그의 자존심을 배려해 준 것이다.

스캇은 그에게 이것이 모든 일행에게 무척이나 소중한 것이며 실력있는 자가 아니면 가지고 있을 수 없다는 설득을 해야 했다. 검붉은 오스타드는 귀찮다는 듯 투레질을 하며 고개를 치켜들었지만 사실 가장 다루기 쉬운 타입이라는 건 부정할 수 없었다.

검붉은 오스타드는 곧 발전 기관을 등에 지고선 양 날개를 으쓱거리며 출발할 준비를 가장 서둘렀다.

돌아가는 길은 오는 길과 크게 다르지 않았다. 오스타드의 쾌속과 벨의 철저한 시간 관리로 누구보다 빠르게 나후리 광야를 돌파한 일행은 이틀 후 도시의 익숙한 정경을 볼 수 있었다.

곧 신전에 도착한 그들은 여독을 푸는 것도 뒤로 미룬 채 남아 있던 이들에게 사정을 설명해야 했다. 특히 바라쿠 호휀은 그들이 도착했다는 소식을 듣자마자 길길이 성을 내며 달려왔다.

Chapter 14

왕의 길

Chapter 14

늦은 밤, 노노미야와 바라쿠가 돌아간 후에야 사라졌던 벨이 나타났고 카라포엔은 그녀에게 물을 것이 많았는지 자리까지 마련해 가며 벨을 앉혔다. 스캇은 그 옆에 조용히 앉았다.

"많은 이야기를 들었네. 특히 이 도시와 흑룡의 상생을 거론한 분이 있다기에 누구실까 했더니, 예상했던 모습과 크게 다르지 않구려. 아니… 다른 부분도 있나……."

"나를? 할아버지는 나를 어떻게 예상했는데?"

벨은 순진무구한 표정을 지어 보였다. 그녀의 속을 잘 알고 있는 스캇은 남 몰래 혀를 찼다. 벨은 확실히 카라포엔보다 연장자다.

"거침없고 맑은 영혼을 상상했는데, 이 설명이 맞으면서도 속이 알 수 없는 깊은 지경을 가졌으니 이 또한 신비한 일이지. 벨님은 내가 그대의 정체를 밝히길 원하는가?"

"아니. 그보다 왜 불렀는지 이야기해 줘. 나 피곤해. 또 잘 거야."

눈도 제대로 보이지 않는 카라포엔은 그런 벨의 모습을 바라보며 흥미로운 표정을 지었다. 그가 꺼낸 말은 모두가 궁금해하던 것이었다.

"이제 발전 기관이 왔으니 다음 진도를 나가야 하지 않겠는가? 우리 도시 사람들은 이번 일을 무척이나 기대하고 있다네. 다른 무엇보다 전쟁을 종결시키고 평화를 되찾을 수 있는 방법이라는 것이……."

"너무 급하다, 할아버지. 난 도착한 뒤 이제 한숨 자고 나왔을 뿐이라고!"

벨이 아무리 큰 소리를 쳐도 카라포엔은 노인 특유의 나긋함으로 받아쳤다.

"지금 이 시간에도 이 도시의 남자들은 전쟁터 속에서 죽어가고 있다네. 이 무지한 노인의 성급함을 용서해 주게나."

"끄응……."

다른 족장들이 있었다면 벨과 대화를 하는 것이 쉽지 않았을 것이다. 카라포엔은 그녀가 지금에야 나온 것도 다 이유가 있을 거라고 생각했다. 벨은 체념한 표정을 지으며 설명을 시작했다.

"좋아, 설명하지. 이런 일 정말 귀찮아 하는 편이지만… 하려면 빨리 끝내는 게 좋으니까. 우선 용 한 마리로 그럴듯한 옥토가 태어나진 않아. 가장 먼저 할 것은 이 산의 중심부에 발전기관을 설치하는 거지. 그리고 내가 마라드를 불러오고, 이 잔인하고 거대한 파충류는 전쟁터의 중심에 나타나 이 땅이 자신의 땅임을 선포할 거야. 그렇게 전쟁이 임시적으로 멈추게 되면 나가 있는 모든 병력을 회수해서 마라드와 함께 개간을 시작하는 거야. 대륙암을 깎아 본토를 드러내고 강을 만드는 말도 안 되는 초대형 스케일의 작업이지. 하루 이틀 걸린다고 생각하면 오산이야. 마라드에게 시간이 큰 의미가 되지 않기 때문에 그의 입장에서는 투자라 생각하고 진행하는 거야."

"과연 그것으로 인간들이 공격을 멈출까? 용이라면 모험자들의 또 다른 목표이기도 하잖아. 그리고 대륙암으로 막혀 있던 해안선이 진입 가능한 곳으로 바뀐다면 해상 침투도 가능하게 된다."

스캇은 자신이 생각하고 있던 우려를 드러냈다. 인간이라는 존재는 그렇게 쉽게 포기하지 않는다. 직접 쓴맛이라도 보여주지 않는 한 계속해서 밀고 들어올 것이 분명하다.

하지만 그것은 스캇이 원하는 일이 아니었다.

"그래서 오빠가 해줘야 할 일들이 있어."

"내가?"

스캇은 놀란 표정을 지으며 되물었다.

"우리가 자리를 잡기 전까지는 방어가 소홀해질 수밖에 없어. 오빠밖에 할 수 없는 일이기도 하고… 솔직히 까놓고 말하자면 그렇게 영토를 만들어놓으면 오크들만의 천국으로 할 생각은 아니었잖아? 다른 목표가 있던 거 아냐?"

"음……."

스캇은 더 이상 말하지 않은 채 자신의 까칠한 턱을 쓰다듬었다. 사실 자신이 가지고 있었던 목표를 아무에게도 말한 적은 없었지만 벨이라면 알고 있을 것이 분명했다.

그가 주저하는 모습을 보이자 옆에 앉아 있던 카라포엔이 벨의 말을 거들었다.

"나도 자네의 생각을 알고 있지. 오크와 인간이 함께 살 수 있는… 아니지. 종족의 가름이 없는 그런 나라를 만들고 싶은 거지?"

카라포엔 역시 벨의 말에 동참하며 스캇의 속내를 요구하고 있었다.

"음… 전 이 세계에서 정형화되어 있는 평화의 기준을 바꾸고 싶습니다. 살고 싶어하는 이들이 두려움없이 살 수 있는, 자신의 삶에 충실할 수 있는 그런 나라를 만들고 싶습니다. 그것이 사람이든, 다른 종족이든 가리지 않고 말입니다."

스캇은 자신의 속내를 털어놓았다. 그 새로운 영토는 오크들의 도시만 있는 것이 아니라 인간이나 다른 마물들도 함께 살 수 있는, 말하자면 자신이 생각해 오던 그런 나라를 만들고 싶었다.

"그렇기 때문에 내 말을 들어야 해, 오빠. 오빠는 이미 왕이야. 다만 백성과 영토가 없는 허수아비 왕이지. 우리가 영토를 만들어놓으면 오빠는 백성을 데리고 와야지. 안 그래?"

"아직 이 도시 시민들의 허락도 받지 않았어, 벨. 나는 네가 왜 나를 도와주는지 그 이유를 모르겠다."

스캇은 무거운 표정으로 벨을 바라봤다. 뛰어난 모험자이며 속을 알 수 없는 강자다. 그녀의 개입은 이미 흥미 이상의 수준이었다. 그의 질문에 먼저 말을 꺼낸 것은 벨이 아닌 카라포엔이었다.

"이 도시의 의견은 걱정하지 말게. 이미 자네의 존재만으로 시민들은 사람을 가려서 보기 시작했어. 착한 오크와 나쁜 오크가 있듯, 전쟁터에서 만나는 흉포한 인간만 있는 것이 아니라 자네 같은 선량하고 바른 마음의 인간들도 있다는 사실은 모두가 알고 있지. 새로 만들게 되는 땅에는 우리의 도시뿐 아니라 자네의 성을 만들어주자는 의견도 많았다네. 이 모든 것이 자네의 공이며 노력이라는 것을 아는가?"

"아닙니다. 정말 과분한 말씀이십니다. 전 도시의 행복을 바라고 있었지, 제 꿈을 위해 이용하고 싶은 생각은 없었습니다."

도시에서 스캇이 가지고 있는 인지도는 이미 족장들 이상이었다. 그가 하려는 일이 반발이 심할 것은 틀림없었지만 가능성은 분명히 있었다. 쉽사리 마음의 결정을 내리지 못하는 스캇에게 벨이 빈정댔다.

"착한 척하네. 할아버지나 나나 눈치는 다 챘는데. 내가 왜 도와주는지 일일이 설명해야 돼? 난 오빠와 달리 생명을 우습게 아는 이 대륙 최고의 전사 중 한 명이지. 하지만 나 역시 지금의 세상이 마음에 안 들어. 그렇다고 내 스스로 나서서 바꾸고 싶은 생각이 드는 건 아냐. 난 한낱 모험자일 뿐이잖아? 하지만 누군가 바꾸겠다고 나선다면 도와줄 의향은 있지. 그 누군가가 바로 오빠라면 말이야. 그리고 마라드에게는 이 모든 일들이 잠깐 스쳐 가는 유희일 뿐이라는 걸 잊지 말았으면 좋겠어. 그가 긍정적인 마음을 가지기 시작했다면 최소한 여러분이 늙어 죽기 전까지 그 마음이 변하긴 쉽지 않을 테니까. 이제 쓸데없는 소리는 그만 하고 내 이야기를 들어 봐. 오빠가 해줄 일이 한두 가지가 아냐."

벨은 어디서 가져왔는지 검은색의 뿔테 안경을 꺼내 쓰며 말했다. 그리고 테이블 위에 커다란 지도를 펼쳐 놓고 펜으로 이곳저곳을 긋기 시작했다.

그 후 그녀의 입에서 나오는 말들은 하나같이 엄청난 것들 뿐이었다. 스캇과 카라포엔은 그녀의 방대한 지식과 치밀한 계획을 들으며 벌린 입을 다물 수 없었다. 한참이 지난 후 그녀의 설명이 끝나자 스캇은 고개를 저으며 부정적인 이야기를 했다.

"그게 다 실현 가능할까?"

"오빠는 왕으로서의 그릇은 있어. 하지만 능력은 없지. 자신의 측근을 모아야 해. 동료를 만들어. 나같이 시답잖은 모험자가 아닌 오빠의 야망과 그 나라에 자신의 인생을 걸 수 있는 자들을 모아. 충분히 가능해."

"나는 나라를 만들고 싶을 뿐이지, 그 왕좌에 내가 앉을 생각은 없다."

스캇은 여전히 답답한 소리를 하고 있었다. 그의 성격을 익히 알고 있는 카라포엔과 벨에겐 당연할 수도 있는 것이었지만 지금의 벨은 그것을 얌전히 넘길 생각이 없었다. 그녀는 또다시 말을 쏟아놓기 시작했다.

"웃기는 소리! 만들어놓았으면 책임도 감수해야지. 겸손한 마음은 좋지만 왕으로서 필요 이상의 것이야. 앞으로 나서지 못하는 왕을 보고 어떤 백성이 그 등을 보며 신뢰를 가질 수 있을까? 이왕 희생하기로 마음먹었으면 끝까지 희생해. 마물들과 인간이 공존하는 나라라는 건 오빠 같은 도량이 아니면 누구도 불가능해. 일은 다른 사람한테 맡기고 머리는 오빠가 맡아야 해. 내가 오빠보다 똑똑하니까 내 말 들어."

벨의 거침없는 언사는 스캇의 답답한 구석을 찌르고 있었다. 나라를 만들 목표를 가지고 있음에도 스스로 왕위에 오르려 하지 않는 마음은 그 목표에 해가 될 뿐이다. 벨은 그에게 제왕으로서의 마음가짐을 거듭 요구했다.

이미 시작된 일이다. 자신이 그 중심에 서지 않으면 지금의 추진력과 결속력은 무너질지도 모른다. 스캇의 마음은 예전의 황운으로 돌아가 다시 번민하려 하고 있었다.

"자네는 바보로군. 왕이 마음에 들지 않는다면 자네가 왕위에 오른 후 왕의 모습을 바꾸면 되지 않은가. 난 자네가 왕위에 오른다 해도 지금의 인간들의 왕 같은 모습은 아닐 거라고 생각하는데… 벨님은 어떻게 생각하는가."

"오빠는 시골 총각 같아요. 착한 척은 다 하면서 일은 벌여놓고 앉을 사람 없는 밥상은 비워두겠대. 하지만 이런 사람이 왕이 된다면 이런 어이없는 나라가 생겨도 세상 사람들이 인정할 것 같아. 인정해 줄 것 같아. 오빠는 하나의 나라를 만들겠지만, 오빠가 왕이 된다면 그 모습을 보고 자란 후손들은 세계를 바꿀 거야. 오빠가 가르쳐 왔던, 오빠가 원하는 세상으로."

스캇의 심장이 두근거렸다. 다시 못났던 옛 과거의 모습으로 돌아갈 필요는 없다. 주저하지 않기로 몇 번이나 결정해놓곤, 그 마음이 알려지는 것조차 불안해하고 있었다.

이미 나라를 세우기로 결정하지 않았는가. 그것이야말로 이미 왕의 길을 걷고 있다는 증거였다. 이 이상의 겸손함은 죄악이다. 벨과 카라포엔이 지금 자신을 바라보며 결단을 촉구하고 있었다.

이미 그의 길은 그만의 것이 아니었다. 한 명, 한 명이 그의 길에 자신의 꿈을 걸기 시작하는데 정작 자신이 뒤로 피해선 안 된다. 스캇의 입술이 천천히 움직였다.

"나는… 왕인가?"

마치 중얼거리듯 작게 터져 나온 그 알 수 없는 물음.

벨과 카라포엔은 그 미묘한 경계에서 어떤 대답도 할 수 없었다. 그의 입술이 다시 움직였다.

"과연 나는 왕인가. 내가 걷고 있는 길은 왕의 길이고, 당신들이 내게 맡기는 것은 내가 짊어져야 할 꿈들인가."

"나 하나라고 말하지 않겠네. 이미 이 도시의 시민들은 자네에게 매료되었어. 무슨 꿈을 말한다 해도 모두가 도움이 되길 바라고 있을 걸세."

"난 대답할 거 다 했어. 장난으로 이만한 계획을 만들진 않아. 이미 시작했다구."

스캇은 두 눈을 감았다 뜨는 것을 반복했다. 이미 오래전에 결정했어야 할 것을 가슴 한구석에 미뤄두고 있던 것이 아닌가. 연약하고 완전하지 못한 결단을 가지고 어찌 나라를 만들수 있단 말인가.

그는 묵혀뒀던 고민들을 털어내고 마침내 결단했다.

"그래, 나는 왕이다. 이미 왕이었지. 등이 떠밀리듯 겸손을 가장하며 나약하게 뒤로 물러나고 있었군. 이미 내가 걷고 있는 길은 왕의 길이었는데 내가 잠시 오해하고 있었어. 하핫!"

벨과 카라포엔은 그의 기질이 느껴졌다. 자신이 발산하려 하지 않아도 퍼져 나오는 그 웅대한 기상. 그들은 스캇에게서 마치 거대한 철이 내뿜는 것 같은 견고함과 절대적인 강함을 느낄 수 있었다.

이 착하고 나약한 왕이야말로 가장 큰 왕이 될 것이 틀림없었다. 왕 중의 왕이 될 것이 틀림없었다. 그들의 확신은 절대적이었다.

"좋아, 시작하지. 벨은 다시 한 번 그 계획들을 설명해 줘. 앞으로 바쁘겠군. 카라포엔님은 내일 족장들에게 이 이야기를 전달해 주시기 바랍니다. 앞으로 벨과 카라포엔님이 이 모든 계획을 이끄셔야지요. 나는 날이 밝는 대로 출발하겠습니다. 자, 건국을 시작합시다."

그의 허스키하고 낮은 목소리가 이 작은 거실에 울려 퍼졌다. 스캇은 생각하고 있었다, 자신같이 나약한 사람은 언젠가 다시 흔들리고 말 것이 분명하다고.

하지만 지금까지 그랬던 것처럼 혼자서 외롭게 싸워야 하는 것이 아니다. 언제든지 자신을 도와줄 이들이 있다. 그들이 스캇에게 자신들의 꿈을 맡긴 것처럼 스캇도 언제든지 그들에게 의지할 수 있었다.

그는 앞으로 자신이 걸어야 할 무수히 많은 길들, 그것에 대한 또 다른 확신을 가질 수 있었다.

그렇게 건국이 시작되었다. 작은 방 안에서 그들만의 새로운 역사가 시작되려 하고 있었다.

Chapter 15

돌아온 스캇

　이른 새벽, 도시의 외곽에 자리 잡은 공동묘지는 인적이 있을 만한 곳이 아니었다. 그런데 그 안개 사이로 한 남자가 걸어가고 있었다. 천천히, 그리고 무거운 발걸음으로 걷던 그는 이내 한곳에 멈춰 섰다.

　그의 앞에는 두 개의 묘비가 있었다.

　"내가 왔다, 지엔, 충원 형님……."

　그의 목소리 끝에는 그 깊이를 알 수 없는 애잔함이 묻어 있었다. 하지만 그것도 잠시. 다시 굳은 표정으로 돌아간 그는 자신의 가방에서 뭔가 꺼내기 시작했다.

　혼자서 나후리 광야를, 그것도 걸어서 지나온 그는 바로 스캇이었다. 몇 년 만에 베른에 도착한 그는 가장 먼저 이곳으로 온 것이었다. 그는 가방에서 꺼낸 술병의 마개를 땄다. 그가 오크들의 도시에서 직접 가지고 온 명주였다.

"지울 수 없는 죄와 흔적을 갚기 위해서 최선을 다하겠다. 꼭 당신들의 묘비에 바치고 말겠다. 지금은 술 한 병으로 대신하지만 언젠가 그곳에 가면… 같이 마시자. 꼭."

그는 묘비 앞에 가지고 온 술을 모두 붓기 시작했다. 술병은 콸콸거리며 금세 속을 전부 토해냈다. 술병이 비자 스캇은 그것을 묘비의 앞에 그대로 내려놓았다.

말없이 묘비를 한참 바라보던 그는 몸을 돌려 도시를 향해 걷기 시작했다. 만나야 할 사람이 있었다. 해야 할 일도 있었다.

그는 쌓인 여독을 풀 생각을 하지도 못한 채 감응을 펼쳐 사람을 찾기 시작했다.

"잘 살고 있을까, 네파드."

"형님, 또 그 녀석들이 왔어요!"

"젠장, 문 닫아! 여자들은 사무실에 들어가 있고, 나머지들은 쓸 만한 거 하나씩 들고서 따라와! 빨리 움직여!"

이곳은 작은 공장, 한 청년의 지시가 내려지자 일하는 사람들이 바쁘게 움직이기 시작했다. 모두 일손을 멈추고 각목이나 몽둥이들을 손에 들었다. 여자들은 신속히 사무실로 들어가기 시작했고, 선두에 선 청년은 사람들을 이끌고 밖으로 나 갔다.

"이게 무슨 환영 인사입니까. 전 얼굴이나 볼까 하고 왔는 데……"

"닥쳐! 무기 들고 있는 녀석들 모두 내 눈앞에서 치우면 그 말 다시 한 번 생각해 주지."

뛰쳐나간 그들의 앞에는 삼십 명은 족히 될 만한 장정들이 서 있었다. 그중 우두머리로 보이는 가운데의 남자는 상황에 맞지 않는 너스레를 떨며 사람 좋은 웃음을 짓고 있었다.

"나라의 손길이 미치지 않는 빈민가라고 해서 너희가 한 몫 잡아보겠다는 생각 같은데, 우리 공장이 왜 너희에게 세금 을 내야 하는지 인정할 수 없어. 꺼져!"

"오해하고 있군요. 우리는 모두 이곳 출신 사람들입니다. 더 이상 귀족들에게 시달리지 않기 위해 자치 활동을 하고 있 는 겁니다. 협력해 주지 않으면 당장은 이렇게 무력 행사를 할 수밖에 없지 않겠습니까. 다 아실 만한 분이 그러십니다, 네파드 씨."

남자는 비릿한 웃음을 지으며 손을 흔들었다. 그것은 마치 친한 상대에게 표현하는 친밀감의 표시 같은 행위였다.

"너희한테 지켜달라는 소리 한 적 없어! 꺼져, 이 공장은 우 리가 지킨다."

"호오, 한번 볼까요?"

그의 말이 끝나자마자 뒤에 서 있던 사내들이 세워놨던 무기를 들기 시작했다. 말은 한마디도 안 했지만 상대적으로 숫자나 전력이 터무니없이 부족한 공장 측의 남자들은 두려움에 떨고 있었다.

팽팽한 긴장감만이 주위에 가득했다. 남자의 단 한마디로 이곳의 상황은 급격하게 악화될 수도 있었다.

"시대가 바뀌었습니다. 귀족 분들이 많이 버실수록 우리는 상대적으로 생활권을 잃어갈 뿐입니다. 저희에게 합당한 금액만 주시면 더 이상 빈민가라고 불리지 않는 생활권을 만들어 드리겠다니까요?"

상대는 나름대로 합리적인 지론을 펼쳤다. 하지만 네파드는 그 말을 날카롭게 받아쳤다.

"우습군. 우린 귀족들에게 부당한 대우를 받는 것이 없다. 애초에 거래 자체를 하지 않으니까. 그런데 우리가 너희에게 돈을 준다고 무엇이 달라진다는 거지?"

"공동체 의식이라는 겁니다, 공동체 의식. 베른의 어두운 뒷골목을 바로잡기 위해서 우리 조직이 이렇게 일어났는데 모든 분들이 도움을 주시지 않으면 단체 형성이 되지 않습니다. 곤란하다니까요."

소위 식자라고 나서서 말을 하고 있지만 네파드의 귀에는 그저 궤변으로 들릴 뿐이었다. 더 말할 것도 없다. 들을 것도 없다.

"더 들을 것도 없다! 필요없으니 닥치고 꺼지기나 해!"

"아, 귀찮네. 얘들아, 그냥 족쳐라."

"예!"

남자가 귀찮은 듯 손을 들어 흔들자 말 한마디 없이 조용히 서 있던 사내들이 일제히 함성을 지르며 달려들기 시작했다. 공장 사람들도 이에 질세라 반격에 나섰다.

실력과 관계없이 숫자의 열세라는 사실만으로도 공장 사람들은 시작 전부터 주눅이 들어 있었다. 그렇기에 애초에 상대가 될 리 없었다.

하지만 네파드는 그 안에서 유독 돋보이는 실력으로 사내들을 제압하고 있었다. 그의 두 눈과 입은 마치 불을 토해내는 듯했다.

"짜증나네. 그래 봤자 하층민이 어디 가나. 얌전히 돈이나 주고 물러나면 좀 좋냐고······."

치익.

남자는 담배를 입에 물고 불을 붙였다. 그가 입에 문 담배는 바로 이 공장에서 출고한 것. 아이러니하게도 그 공장 사람들을 상대로 무자비한 공격을 하고 있었던 것이다.

그는 홀로 멀리 떨어져 상황을 지켜봤다.

쿠우웅.

갑자기 진동이 있었다. 마치 땅이 흔들리는 것 같은 착각, 그 자리에 있던 모두가 그런 착각에 빠졌다. 모두 순간적으로 행동을 멈추고 주위를 둘러봤지만 새로운 것은 없었다.

그 가운데 오직 네파드만 정신없이 다른 사내들을 공격하고 있었다. 이미 그가 들고 있는 몽둥이는 그의 머리 색처럼 새빨갛게 물들어 있었다.

쿠우웅!

또다시 진동이 울렸다. 땅이 움직이는 것은 아니었다. 하지만 모든 사람들은 그 진동을 느낄 수 있었다. 그 울림은 천천히 지속적으로 들려왔다.

담배를 물고 있는 남자가 주위를 둘러보자 별로 멀지 않은 강둑에서 한 남자가 걸어오는 것이 보였다. 분명 진동은 그가 한 발씩 걸음을 내디딜 때마다 울리고 있었다.

"저 자식은 또 뭐야……?"

상황은 일찌감치 정리되고 있었다. 진동에 익숙해지자 다들 다시 싸움을 시작했고, 공장 사람들은 하나씩 바닥에 쓰러져 갔다. 마지막까지 버티던 네파드도 여러 명에게 둘러싸여서 구타를 당하고 있었다.

그들에게 다가오는 남자를 보고 있는 것은 오직 담배를 물고 있는 우두머리뿐이었다. 그는 긴장된 표정으로 점점 다가오는 그자를 지켜봤다.

"마, 마법사인가?"

걸어오는 것은 스캇이었다.

그는 묘지에서 나후리 광야의 독한 먼지에 찌든 옷을 갈아

입은 후 바로 공장으로 오던 길이었다. 그의 향상된 능력은 네파드는 물론 다른 이들의 위치나 행동을 느낄 수 있었고 남자의 눈에 발견되기 전부터 이미 모든 상황을 파악하고 있었다.

정확히 누구의 잘못인지는 모른다. 하지만 약자가 고통받는 것은 그가 가장 싫어하는 일이었다. 그는 자신도 모르게 분노를 내뿜고 있었다. 그리고 그의 발이 한 걸음씩 땅에 닿을 때마다 그의 분노가 강압이 되어 주위로 퍼져 나갔다.

그의 눈앞에 한 남자가 서 있었다. 이미 상황은 모두 정리된 듯싶었고 공장 사람들은 모두 한쪽에 쓰러져 있었다. 담배를 물고 있던 남자는 웃으며 스캇에게 말을 건넸다.

"이렇게 외진 곳에 어떻게 오셨습니까? 지금 사업적인 목적 때문에 조금 바쁜데… 조용히 지나가 주시겠지요?"

그 남자의 뒤에는 어느새 몰려든 삼십여 명의 사내가 서 있었다. 모두 방금 전까지 폭력을 휘두르다 와서 그런지 살짝 흥분한 표정들이 엿보였다.

스캇은 말없이 그들을 바라봤다. 그들의 마음, 감정, 생각들이 느껴졌다. 오랜만에 느끼는 인간들의 메시지였다.

"더럽군."

"예? 뭐라고 하셨지요?"

스캇의 발걸음이 다시 시작되었다. 그 자리에 있는 모든 자들이 그의 발걸음이 진동을 만들어낸다는 것을 깨달았다. 그 사실을 알아챈 이들 중에는 그 모습에 본능적인 두려움을 느끼는 이들도 있었고, 들고 있던 무기를 바로 잡으며 적대감을 드러내는 이들도 있었다.

스캇은 그들의 감정이 느껴졌다. 특히 자신에게 말을 걸었던 사내의 냄새는 그야말로 썩은 악취였다. 그가 남자의 바로 앞까지 다가갈 때까지 남자는 미소를 잃지 않고 있었다. 시종일관 굽실거리고 예의 바른 태도였다.

탁.

그의 바로 앞까지 도착한 스캇은 천천히 손을 들어 그의 입가에 물려 있는 담배를 낚아챘다. 그리고 스캇은 그 담배를 입에 물고 연기를 깊게 들이마셨다.

"후우… 담배는 또 몇 년 만인가."

"드릴까요? 저 공장에 가면 박스로 있지요."

남자는 눈치가 빨랐다. 눈빛이나 행동만 봐도 그가 강자인지 아닌지 알 수 있었다. 분명 자신의 앞에 있는 사람은 일반인 이상의 실력을 가지고 있다. 자신의 육감이 그것을 말하고 있었다.

위아래로 쫙 달라붙는 나시 티와 가죽 바지를 입고 있는 스캇의 몸은 그야말로 완벽에 가까웠다. 거대한 몸에 조각 같은 근육들. 그는 싸늘한 협박 대신 아부를 선택했다.

스캇은 그의 바로 앞에서 말없이 담배를 끝까지 태운 뒤 남은 꽁초를 발로 비볐다. 그는 술에 취한 사람처럼 두 눈을 거의 감은 채 쩝쩝 입을 다셨다. 그리고 가방을 자신의 옆에 내려놨다.

그 자리에 있는 모든 사람들의 시선이 그의 동작을 바라보고 있었다. 스캇은 자신의 턱을 들고 그보다 훨씬 작은 남자를 내려다보며 낮고 나직하게 말했다.

"내가 좀 바쁘다네. 협조 좀 해주겠나."

뒤에 있던 몇 명의 사내들이 발끈했는지 뭐라 소리를 지르려 했고, 혹은 달려들으려 하고 있었다. 분명한 도발이었다. 자신의 손을 들어 부하들을 제지시킨 남자는 미소를 지우지 않은 채 반문을 했다.

"어떻게 해드리는 것이 협조가 될까요?"

"1분 줄 테니 눈앞에서 사라지는 거지. 내 생각에는 발에 불나게 뛰면 30초면 될 것 같다."

"음… 만약 그렇게 못하겠다면?"

사내의 표정은 여유가 있었다. 마법사도 아니고, 또 무기도 없다는 사실은 이미 파악이 끝났다. 눈앞에 있는 남자가 아무리 강해봤자 자신들을 모두 이길 수는 없을 거라는 생각이 들었다.

그는 이미 이 남자를 어떻게 요리해서 부하로 사용할지를 고민하고 있었다. 카리스마나 덩치부터 자신의 맘에 딱 들었다. 조직에 도움이 될 것이 분명했다.

"내가 오늘 기분이 좋아서 때리진 못하겠고, 손에 피를 묻히기도 싫다. 그냥 가면 안 될까."

그의 말은 나긋하고 조용했다. 하지만 듣고 있는 사람들은
모두 그 목소리에 담긴 위압감을 느낄 수 있었다. 방금 전의
진동과 같은 느낌이었지만 더 확실하고 두려웠다.

방금 전까지 피를 보고 흥분해 있던 사내들의 분위기는 어
느새 가라앉아 있었다.

"족쳐."

남자의 입에서 명령이 떨어졌다. 그의 표정은 싸늘하게 식
어 있었다. 뒤에 서 있던 사내들이 무기를 들고 달려들기 시
작했다. 거친 함성 가운데 스캇의 낮은 목소리가 울렸다.

"강압."

발걸음과는 비교도 할 수 없는 수준의 압박감이 그들의 정
신을 덮쳤다. 그 자리에 있던 모든 이들의 행동이 멈췄다. 스
캇은 천천히 남자들의 중심으로 걸어갔다.

그동안 아무도 움직이지 않았다. 아니, 움직일 수 없었다.
스캇은 자신의 한 손바닥을 바라봤다. 얼굴 근처까지 들어올
리자 꿈틀대는 이형의 기운을 느낄 수 있었다. 현무의 장갑이
자신의 능력을 증폭시키고 있었다.

"강압."

그의 입에서 다시 한 번 같은 목소리가 흘러나왔다. 낮고
무거운 목소리였다. 게다가 지독하게 허스키했다.

쿵!

한두 명씩 땅에 무릎을 꿇기 시작했다. 그 누구도, 그 아무도 한마디도 할 수 없었다. 남자는 자신이 아무 행동도 할 수 없다는 사실에 놀라 눈을 부릅뜨고 스캇을 바라볼 뿐이었다. 자신이 할 수 있는 최고의 용기였다. 그의 마음 역시 두려움이 장악하고 있었다.

한 명씩 계속 무릎을 꿇고 있었다. 마치 어떤 거대한 힘에 눌리듯 속속히 무기를 떨구며 그 자리에 주저앉고 있었다. 남아 있던 서 있는 사람들은 이를 악물고 알 수 없는 명령에 힘겹게 저항하고 있었다.

"꿇어라."

쿵!

한마디였다. 그의 한마디로 남아 있던 모든 사람들이 무릎을 꿇었다. 우두머리와 부하를 가릴 것이 없었다. 그의 주위에 있던 모든 자들이 자신의 무기를 버려둔 채 무릎을 꿇었다.

멀지 않은 곳에 있던 공장 사람들은 고통에 몸부림치면서도 그 일들을 똑똑히 볼 수 있었다. 네파드 역시 그 장면을 보고 있었다.

"용기가 없다면 고개를 숙여라. 있다면 일어나서 당당하게 말하라."

정적, 정적뿐이었다. 아무도 움직이지 않았다. 모두 고개를 땅으로 숙인 채 어깨를 떨고 있었다. 여태껏 자신의 손바닥을 바라보며 이야기를 하던 스캇은 이내 손을 내렸다.

"흠."

그는 잠시 주위를 둘러본 뒤 천천히 가방을 들었다. 무척이나 느리고, 무거운 걸음이었다. 그가 한 발씩 내디딜 때마다 주위에서 무릎 꿇고 있던 이들의 어깨가 크게 흔들렸다. 그는 공장 사람들을 향해 걷기 시작했다.

그리고 등 뒤로 말을 던졌다.

"30초. 그뿐이다. 내 눈앞에서 사라져라."

가장 빨리 뛰기 시작한 것은 우두머리인 사내였다. 그는 전력으로 달려가기 시작했다. 두려움 때문이었으리라. 다른 사내들도 자신들의 우두머리가 뛰기 시작하자 앞뒤 안 보고 달리기 시작했다. 개중에는 훌쩍이는 이들도 있었다.

스캇은 그들을 모두 무시한 채 공장 사람들이 쓰러져 있는 앞까지 걸어왔다. 그리고 쓰러진 상태로 자신을 바라보고 있는 네파드의 앞에 섰다. 네파드의 눈은 아직 독기가 사라지지 않은 채로 이글거리고 있었다.

스캇은 그 바로 앞에 쭈그려 앉아 그의 머리를 쓰다듬었다. 네파드는 그제야 그를 알아볼 수 있었다. 그리고 그의 눈가가 젖어들기 시작했다.

스캇의 입에서 따뜻한 목소리가 흘러나왔다.

"형 왔다."

네파드는 스캇이 자신의 머리를 쓰다듬기 전까지 누군지

알아볼 수 없었다. 겉모습이 변하기도 했지만 분위기가 너무나 많이 달라졌다. 거칠기만 했던 그 목소리에는 더 무겁고 깊은 느낌이 자리 잡고 있었고 단단해진 몸은 그를 더욱더 거대하게 보이게끔 했다.

네파드는 괜히 눈물이 났다. 지난 몇 년간 약한 모습은 누구에게도 보이지 않았다. 두 번 다시 쓰러지지 않겠노라고, 스스로 일어서겠다고 다짐하고 달려왔던 지난 몇 년이 그의 머릿속에 흘러갔다.

그동안 모든 약속을 지켜왔는데 이렇게 쓰러져 버린 그 순간 스캇이 그의 앞에 나타난 것이다. 네파드는 한마디 말도 하지 못한 채 두 눈만 끔벅끔벅거리며 눈물을 흘렸다. 그의 입술은 굳게 닫힌 채 떨리고 있었다.

스캇은 그의 머리를 쓰다듬는 것을 멈추지 않았다.

"강한 녀석, 그동안 잘해줬다."

그는 스캇의 손길에서 알 수 없는 편안함을 느꼈다. 분명히 그 긴 시간 동안 자신을 동생으로 생각하고 있었을 거라는 그런 확신이 들었다. 스캇의 눈에는 능력이 아닌 진심이 담겨 있었고 네파드는 그것을 알 수 있었다. 그는 자신의 모습이 부끄러웠다.

다신, 다신 약한 모습을 보이지 않겠다고 했던 자신의 약속이 그의 머릿속에 맴돌고 있었다.

"너는 지지 않았다. 이 공장의 어떤 사람들도 지지 않았다.

네 눈빛이 그 증거다. 피로 물들든, 눈물로 물들든 그 기백은 여전하구나. 강함은 육체로 가르는 것이 아니다. 실력은 더 더욱 아니다. 고개를 들어라. 일어나야지."

예전의 그와는 너무나도 다른 모습이었다. 아무리 몇 년의 시간이 지났다지만 지금의 스캇은 오크 도시에서보다 더 무거운 모습을 보이고 있었다. 그것은 자신을 독려하기 위한 허세와도 같았다. 다른 이들을 지키기 위해선 더 이상 약한 모습을 보일 순 없었다.

스캇은 쭈그린 채로 그의 얼굴 앞에 손을 내밀었다. 그는 허스키한 목소리로 말을 건넸다.

"손 잡아줄까."

네파드는 두 눈에 다시 독기를 띠었다. 그는 제대로 움직이지도 않는 팔을 움직여 땅에 몸을 비비기 시작했다. 아니, 스스로의 힘으로 일어나기 위해 온몸에 힘을 주고 있는 것이었다.

"끄… 끄으……."

그의 몸은 사방에서 경련을 일으켰다. 네파드는 계속 미끄러졌지만 그의 두 눈은 변하지 않았다. 눈가에 남았던 눈물자국들은 흙먼지로 닦여졌고, 두 손은 계속 미끄러지면서 상처투성이가 되어갔지만 그는 같은 동작을 반복했다.

그들의 뒤에 있던 공장 사람들은 모두 네파드의 행동을 보고 있었다. 내심 마음으로 응원을 보내기도 했다. 한참을 허우적대던 네파드는 결국 조금씩 일어서고 있었다, 오직 스스로의 힘으로.

스캇은 말 한마디 없이 묵묵히 그의 모든 행동을 바로 앞에서 지켜봤다. 누군가를 지키기 위해선 약한 모습을 보여선 안 된다. 스캇은 그 사실을 잘 알고 있었다.

"나, 나… 섰다. 쓰러지지… 않았다."

네파드는 고통을 견디다 못해 이미 반쯤 넋이 나가 있었다. 움직이지 않는 몸을 고통 속에서 억지로 움직이려 했으니 그 아픔은 상상 이상의 것이다. 그는 서 있는 것도 간신히 유지한 채 고개를 쳐들고 중얼거렸다. 결국 그는 지금 자신의 두 다리만으로 서 있다.

스캇은 자리에서 일어나 그를 품에 안았다.

"봐라. 너는 한 번도 쓰러지지 않았지. 약속을 지켰잖나."

"흐으… 헤헤……."

흐느끼는 것인지 웃는 것인지 알 수 없는 소리가 가슴을 통해 전해졌다. 그는 네파드를 조심스럽게 들어 품에 안고는 공장의 안으로 향하기 시작했다.

"몸이 움직일 수 있는 사람들은 움직이지 못하는 사람들을 부축해서 안으로 데리고 와. 길에 그대로 놔두면 몸이 더 크게 상한다."

그의 말이 끝나자 몇몇은 네파드처럼 기를 쓰며 일어나기 시작했다. 그리고 서로가 서로를 부축하며 공장 안으로 돌아갔다.

안에서 기다리고 있던 여자들은 남자들의 상태를 보고 나와 소리를 지르며 치료와 간호를 하기 시작했다. 그녀들은 이런 상황을 한두 번 겪은 것이 아니었는지 별다른 동요 없이 능숙하게 치료를 마쳤다.

치료가 끝난 남자들은 공장 안에 있는 숙소에 눕혔고, 걸을 수 있는 몇몇은 자신의 집으로 돌아갔다. 예전의 모습에 비하면 다소 엉성하고 조잡한 모습이었지만 공장은 어느새 불타버린 그 자리 위에 다시 세워져 있었다.

공장 사람들 중 예전의 스캇과 함께 일했던 이들도 상당수 있었으나 모두 스캇의 모습을 알아보진 못했다. 겉모습보다는 풍겨오는 이미지가 예전과 너무 달랐기 때문이리라.

스캇은 말없이 네파드의 곁을 지켰다. 당장의 스캇에겐 그의 회복이 가장 중요한 문제였다. 그는 예전에 호휀이 자신에게 했던 것처럼 조금도 움직이지 않은 채 네파드의 곁에 붙어 있었다. 스캇은 이따금씩 네파드의 손을 잡고 생명의 메시지를 불어넣었다.

큰 외상은 없었지만 고통 중에 억지로 몸을 움직인 덕택에 그의 정신력은 심히 약해져 있었다. 스캇이 곁에서 돌본 덕택일까. 네파드는 다음날 오후에 눈을 떴고 스캇은 여전히 그 모습 그대로 네파드를 지켜보고 있었다.

"왔네……."

"그래. 왔다."

"언제……?"

네파드는 아직 제대로 깨어나지 않은 듯 멍한 표정으로 말을 걸었다. 스캇은 말없이 그를 바라봤다. 그는 잠시 후 정신이 제대로 들기 시작하는지 고개를 살짝 흔들며 눈을 제대로 떴다. 분명 그의 앞에 있는 사람은 그가 기다려 왔던 형의 모습이었다.

"황운… 형……."

"이름을 바꿨다. 지금은 스캇이라고 하지."

네파드의 입에서 어렵게 형이라는 목소리가 나왔다. 지금 그는 황운, 아니, 스캇에게 반말을 쉽게 할 수 없었다. 예전의 그와는 너무나도 달라진 모습이 놀라웠고, 한편으로 두려웠다.

스캇이 자신의 눈앞에서 보여줬던 모든 일들이 생각났다. 그래… 자신은 약속을 분명 지켰다.

"약속 지켰어요… 형님……."

"잘했다. 당장은 쉬어라. 깨어난 걸 보니 기분이 좋고, 또 네가 직접 사람들을 모아서 공장을 다시 세운 것을 보니 기분이 좋다. 그 녀석들에 관한 이야기를 듣고 싶지만 네 몸이 좋아진 후 듣도록 하자. 형은 나갔다 올 테니 너는 빨리 낫는 거다."

"예……."

스캇은 격려의 의미로 네파드의 어깨를 두어 번 두들기고 자리에서 일어났다.

그는 잠시 네파드의 얼굴을 바라보다가 고개를 끄덕이곤 몸을 돌려 밖으로 나갔다. 모두 집으로 돌아간 공장의 저녁은 조용하기만 했다. 그들이 또다시 찾아오진 않았지만 온다 하더라도 그의 능력으로 감지할 수 있으니 크게 걱정할 것은 없었다. 그는 지금 도시를 돌아다니며 정보를 얻어야 했다.

자신의 목적을 위해서라면 약간의 빈틈도 허용할 수 없었다. 그는 더욱 표정을 굳히고 눈에 힘을 줬다. 스스로도 이런 자신이 허세를 부리고 있는 것이라는 사실을 알고 있었지만 그는 이 도시를 장악해야 한다. 그는 자신도 모르게 이를 질끈 물었다. 그는 주점으로 향했다.

주점에서는 용병들이 한가득 있었다. 온통 흑룡 마라드가 전쟁터에 나타났다는 소문으로 떠들썩했고 평생에 한 번 보기 힘든 드래곤의 모습을 본 사람들의 이야기는 한껏 부풀려져 있었다.

무엇보다도 자신의 목숨이 제일 중요했던 용병들은 바로 마차를 타고 모두 철수했고, 명령을 받은 병사들도 오래지 않아 전쟁터에서 퇴각한 모양이었다.

스캇에게는 더없이 반가운 소식이었다. 벨이 이렇게나 빠르게 일처리를 해줄 것이라고는 생각하지 못했다.

그는 주점 구석에 앉아 맥주 잔을 들이키며 모든 사람들의 이야기를 들었다. 개중에는 비밀스럽게 속삭이는 이야기도 있었고, 말이 아닌 주먹이나 행동으로 움직이는 이들도 있었다. 하지만 눈을 감은 채 맥주를 음미하고 있는 그에겐 모두 같은 종류의 메시지로 들릴 뿐이었다. 그는 그런 식으로 정보를 수집했다.

"아무리 모습이 변해도 나는 알아볼 수 있지. 풋내기, 이젠 나와 열 번 정도 싸우면 한 번은 이기겠군."

"잘 지냈나, 대장."

한 남자가 비틀거리며 그의 맞은편에 앉았다. 예전과 달리 갑옷을 입고 있지 않지만 얼굴은 그대로였다. 그의 애꾸눈이 실룩거렸다. 무척이나 반가운 모양이었다.

스캇은 주점에 들어오기 전부터 그를 느낄 수 있었지만 굳이 만나고 싶진 않았다. 그 이유였던 그의 손이 테이블 위로 올라왔다.

"애꾸눈으로도 모자라서 이젠 외팔이다. 그래 봤자 손목 아래지만 이래선 더 이상의 전투는 힘들지. 크크크……."

"밥은 먹고 다니냐."

그는 애써 무덤덤하게 물었다. 자신이 가지고 있는 안쓰러움이 대장에게 들켜선 안 된다. 그의 자존심을 지켜줘야 했다.

"경험을 인정받아서 숙영지에서 지시를 내리는 참모급의 활동을 해왔지. 그것도 그놈의 파충류 자식 때문에 이렇게 놀고 있지만… 벌어둔 돈은 꽤 있어! 젠장, 넌 십 년이 지나도 신참이고 애송이야. 네 녀석 따위가 무게 잡고 있어도 여전히 파릇파릇한 풋내는 여전하군! 빈 전쟁터에 관심이라도 있는 게냐."

단순한 허세는 아니었다. 팔 하나가 없다고 해서 주눅 들 그가 아니다. 멀쩡한 그의 모습을 보자 안심이 된 스캇은 기분 좋게 웃으며 대답했다.

"다른 일을 하고 있거든. 용병들을 고용했던 귀족들과 상인들의 반응은 어떤지 궁금한데."

"좀 봐서 조용해졌다 싶으면 다시 우리를 고용해서 찔러보겠지. 마라드든 말아먹든 지들이 직접 가는 것도 아니고… 우리야 돈만 준다면 용의 주둥이 속이라도 들어가는 족속이니까! 크핫핫!"

역시 벨의 예상대로였다. 유희기를 보내고 있는 흑룡이 쉽사리 사람들을 해칠 수는 없다고 했다. 인간들은 다시 용병들을 보내기 시작할 것이고 만약 오크들의 움직임을 발견하기라도 한다면 어떤 방해를 펼칠지 몰랐다. 그가 이곳에 온 많은 이유들 중 한 가지였다.

대장은 스캇과 대화를 하는 중에도 거듭 술을 들이켰다. 스캇은 그와 계속 대화를 나누며 많은 정보를 얻었고 때때로 들려오는 또 다른 목소리들에 집중하기도 했다. 결국 끝까지 기분을 낸 대장은 술이 머리끝까지 올라와 제대로 몸을 가누지도 못하게 되었다.

스캇은 대장을 부축해 그의 방으로 데려다주려 했다.

"꺼져! 혼자서… 가… 알 거야… 히꾹!"

결국 대장은 스캇의 손을 뿌리치며 그의 곁을 떠났다. 그는 비틀거렸지만 늘 그래 왔던 듯 자신이 원하는 방향으로 잘 나아가고 있었다. 스캇은 그의 뒷모습을 보며 쓴웃음을 짓고는 주점 밖으로 나왔다.

이 베른의 실세라고 할 수 있는 귀족들과 상인들을 전부 제압하는 것은 힘들었다. 개인의 무력으로서 어떻게 될 만한 문제가 아니었다. 하지만 그는 이 도시에서 영향력있는 자가 되어야 했다. 용병과 도시의 관계에 직접적으로 개입할 수 있는 그런 실세가 되어야 했다.

그는 잠시 켈리의 얼굴을 떠올렸지만 금세 머릿속에서 지워 버렸다. 그녀와 다시 연을 맺는다면 그건 죽은 이들에 대한 배신과도 같았다. 동정은 가지만 사랑은 없었다. 스캇은 더 이상 그녀와 관련된 과거에 흔들리지 않았다. 다만…….

"으음……."

그의 품에서 한 번도 놓아둔 적이 없었던 낡은 종이 쪽지가 나왔다. 이젠 글씨도 희미해졌지만 그의 과거와 자신의 본래 모습을 확인할 수 있는 유일한 증표였다. 스캇은 아직 종이의 주인을 찾지 못했다. 아니, 찾을 시간도 없었다.

그는 자신의 감정보다는 목표에 충실해야 했다. 스캇은 다시 종이 쪽지를 접어 품 안에 넣곤 도시를 걷기 시작했다. 아직 필요한 정보가 많았다. 귀족이 아닌 자가 베른에서 영향력을 끼치기 위해선 돈이 많아야 한다.

그는 벨에게 자금으로 몇 개의 귀한 보석을 받아왔지만 베른의 괴물들을 이 정도의 재력으로 누를 수 있을 거라는 생각은 하지 않았다.

"지금 사업적인 목적 때문에 조금 바쁜데… 조용히 지나가 주시겠지요?"

"아, 그 녀석."

지난번 만났던 남자의 말이 떠올랐다. 그들은 조직적으로 뭉친 폭력배들 같았다. 말 그대로 조직 폭력배였다. 그는 자신의 실력으로 빈민가의 건달들을 하나로 모으는 것에 생각이 미쳤다.

하지만 힘없고 약한 서민들에게 피해를 주는 것은 싫었다. 조직을 만들고 서민들을 괴롭히지 않는다 해도 조직에 확실한 목적이 없다면 어차피 건달들이 모인 곳. 서민들에게 피해를 끼칠 것이 분명했다. 뭔가 사업을 해야 했다.

하지만 스캇은 그런 쪽으론 재능이 없었다. 그는 네파드에게 부탁해서 돈을 굴리는 데 소질이 있는 친구를 찾아야겠다고 생각했다. 점점 그가 해야 할 일들이 구체화되기 시작했다.

오래 걸려선 안 된다. 최소한 용병들이 다시 출진하기 전에 그 일을 막을 능력은 있어야 했다. 그는 무력 행사라도 각오하고 있었다. 나후리 광야 건너에서는 지금도 자신을 믿고 열심히 일하는 이들이 있었다.

"일단… 돌아갈까."

그는 자신이 걷던 방향을 공장으로 바꿨다. 밤과 새벽의 경계가 모호한 시간이었지만 그에게는 누구보다 익숙한 시간이다. 그는 밤안개를 헤치며 온갖 오물들로 뒤덮여 있는 빈민가를 걸었다.

곧 그는 공장에 도착했다.

"왜 안 자고 있었냐."

그가 숙소에 들어와 보니 네파드는 상체를 일으킨 채 앉아 있었다. 그는 살짝 놀란 듯 시선을 회피하며 말했다.

"지금까지 자다가 일어났어요."

"몸은."

"걷긴 힘들지만 많이 나아졌어요."

"안 잘 테냐."

그의 존댓말은 여전히 어색했다. 그 나름대로는 오래 고민하고 결정한 듯싶은데, 스캇은 그런 모습이 어색해 보이기만 했다. 하지만 그 나름대로 스캇을 형이라 인정하는 것이었으니 그는 한편으로 기분이 좋았다.

"형님, 그동안의 이야기 좀 해주세요."

궁금할 만하다. 스캇은 고개를 끄덕이며 침대 옆 의자에 앉았다.

"좋아. 놀라지 말고 들어라. 나는……."

스캇의 이야기가 시작되었다. 이야기하지 않고 넘어가는 부분들도 있었지만 스캇의 능력을 자세하게 듣는 것이 처음인 네파드는 대부분 믿을 수 없다는 표정을 지어 보였다. 하지만 그가 직접 봐온 사실들이 스캇의 말에 신빙성을 더하고 있었다.

그렇게 이야기는 늦게까지 계속되었다.

"믿을 수 없는 일들이네요."

"자, 나에 관한 부분은 앞으로 차차 알게 될 거야. 이제 네 이야기를 들어볼까?"

스캇은 손가락으로 네파드의 이마를 살짝 건드렸다. 그는 살짝 고개를 숙이며 이야기를 시작했다.

"전 형님이 떠난 후 바로 일을 시작했어요. 뭐 비슷한 겁니다. 다른 공장에서 일을 하기 시작했습니다."

스캇이 떠난 뒤 네파드는 다른 일을 시작했다. 일단은 먹고 살아야 하고 살고 있는 단칸방의 방세도 지불해야 했다. 쉴 틈이 없는 하루였다.

그는 새벽부터 늦은 밤까지 고된 일을 마치고 꼭 공장에 들렀다. 어둔 밤 잿더미가 된 공장 한구석에 앉아 담배를 태우고 돌아가기를 매일같이 반복했었다.

그러던 어느 날, 잿더미가 된 공장의 한구석에 약간의 자재들이 쌓여 있는 것을 발견했다. 작은 양이었지만 새것이었고 누군가 가져다 놓은 것이 분명했다.

그 자재들은 매일 조금씩 늘어났다. 어떤 연유인지 궁금해진 네파드는 하루 날을 잡아 일을 쉬고 낮부터 공장을 지켰다.

늦은 오후, 멀리서 자재를 끙끙거리며 이고 오는 것은 다름 아닌 엘먼이었다. 네파드는 그가 보이지 않을 만한 구석에 숨어서 그의 행동을 지켜봤다. 공장까지 자재를 들고 온 엘먼은 그 위에 앉아 담배를 한 대 피우곤 멍한 표정으로 앉아 있다가 다시 돌아가기 시작했다.

네파드는 결국 그를 붙잡아 세우고 어찌 된 일인지 물었다.

엘먼도 네파드와 마찬가지로 자신의 일이 끝나면 공장의 흔적을 바라보거나 주위를 서성였다고 했다. 그는 공장이 다시 생겼으면 좋겠다 생각했고 자신이 공장을 다시 세우기 시작하면 흩어졌던 사람들이 다시 모일지도 모른다는 희망을 가지고 있었다.

그래서 매일 품삯에서 조금씩 떼어 자재들을 얻어오기 시작했다고 말했다. 네파드는 아무렇지도 않게 말하는 철부지 동생의 말을 듣고 부끄러운 감정을 느꼈다. 그리고 그때부터 자신이 해야 할 일이 이 무너진 공장을 다시 일으키는 것이라는 사실을 깨달았다.

그는 그 이후 엘먼과 함께 낮에는 공사 현장에서 일하고 밤에는 얻어온 자재로 공장을 세우기 시작했다. 조잡한 솜씨였고 둘 다 죽을 것같이 피곤했지만 꿈이 있는 젊은이들이 지칠 일은 없었다. 그들은 매일 밤마다 잿더미들을 치우고 토대를 세웠다.

그런 그들의 행동은 주위에 알려지기 시작했고 예전에 일하던 식구들이 하나씩 돌아오기 시작했다. 그들 모두가 자신의 재산을 털어 건축에 도움이 될 만한 도구나 자재를 사오기 시작했고, 숫자가 늘어날수록 공장의 모습도 완성되어 갔다.

유통 쪽에서 일하던 지엔이 더 이상 없기 때문에 네파드는 직접 농장과 배급처들을 찾아다니며 공장을 일으켰다. 그는 하던 일을 모두 관두고 본격적으로 공장의 부활을 목표로 유통 확보를 위해 뛰어다녔다.

다행히 경쟁업체들의 수요량이 많지 않았고 농장이 생긴 것도 전 사장님의 노고가 컸기 때문에 공급량을 확보하는 것이 문제가 되진 않았다.

잿더미 속에서 발견한 기계들은 누구도 가동시키는 방법을 알지 못했다. 하지만 모인 사람들은 예전 방식의 수공업이라도 좋으니 이 공장에서 일하고 싶다는 의지를 나타냈다. 그리고 사람들의 중심에서 가장 열심히 뛰어다녔던 네파드가 결국 사장의 자리에 앉게 되었다.

스물두 살, 젊은 사장의 탄생이었다.

제대로 된 기술력과 수요를 갖추고 자리를 잡게 된 것은 꽤 최근의 일이었다. 필터형 담배 생산을 최초로 시작했던 공장이 다 타버리고 무너졌다가 다시 업계 1위로 뛰어오른 일은 금세 유명세를 탔다.

네파드가 다시 유통 경로를 구축하는 일도 어렵지 않았다. 하지만 그들의 공백 기간 동안 많은 경쟁 업체들이 우후죽순으로 생겨났고 그들의 견제는 생각보다 심각했다.

특히 항구를 중심으로 업체들의 뒤를 봐주는 건달패들이 생겨나기 시작했는데 이들은 결과적으로 무력 행사 등의 거친 견제를 일으키는 주범이 되었다.

하지만 공장의 남자들도 빈민가에서 굴러먹은 사람들이었다. 그깟 건달들로부터 공장을 지키는 것은 어렵지 않았다. 그들은 어렵지 않게 공장을 지켜냈지만 그것도 최근까지의 일이다.

최근에는 '대부(大父)'라는 자가 업계 공장들과 건달들을 무력으로 흡수하기 시작했고 금세 시장의 반 이상을 장악하는 거대한 실세로 군림하게 되었다. 그들은 다른 공장이나 비교적 매출이 좋은 가게들을 골라 자치비를 명목으로 하는 세금을 걷기 시작했다.

일전에 찾아왔었던 이들도 그의 수하였다. 거부하는 곳은 압도적인 수에 의해 피해를 볼 수밖에 없는 것이었다. 지금의 빈민가는 '대부' 의 세상이었다.

"다들 마음고생이 많지요. 그자가 다스리는 공장에 들어가면 고민할 필요도 없을 것인데 그놈의 정 때문에 이곳을 못 떠나고 있어요. 그래도 이제 형님이 오셨으니……."

말을 마친 네파드의 얼굴은 힘이 없어 보였다. 여태껏 모든 역경을 이겨내고 달려온 젊은 실업가의 얼굴답지 않은 모습이었다. 그도 분명 연약하고 위태한 부분이 있었을 것이다.

하지만 모두의 앞에 서 있는 입장에서 그런 모습은 스스로에게도 용납할 수 없는 부분이었다. 그런 연약함이 지금 스캇의 앞에서 드러나고 있었다.

"조직 폭력배라… 거기다 '대부' 라니. 알파치노 패러디인가? 좋은 느낌이 드는군."

"무슨 말씀이세요, 형님?"

스캇은 대답 대신 시원한 미소를 지어 보였다.

"내가 재미있는 일을 해보려고 하는데 한번 도와줄 테냐? 그 녀석들도 몰아내고 공장도 바로 세워야지."

"형님 실력으로 그들을 다 쫓아내시려고요?"

네파드의 얼굴엔 화색이 돌았다. 분명 그의 실력은 빈민가에서 굴러먹는 건달들이 이겨낼 수 있는 것이 아니었다. 하나 형님은 무섭도록 강해져서 돌아왔다. 게다가 수십 명의 무릎을 꿇게 하는 그 모습, 네파드는 아무리 대부라고 해도 형님보다 강할 것이라 생각되지 않았다.

스캇은 살짝 이를 드러내며 웃어 보였다.

"아니, 난 폭력이 싫다. 하지만 알파치노가 나왔으니 김두한이나 시라소니쯤 나와도 될 법한데 말이지."

"그게 도대체 무슨 소리세요?"

"이 공장을 기반으로 하는 조직을 만들겠다. 칼이 있다면 방패도 있어야 구색이 맞을 것 아니냐. 우리가 피해를 보는 사람들의 방패가 되어주자."

그의 이야기는 간단명료했다. 의욕없는 건달들과 일없는 부랑아들을 자신의 능력으로 긁어모은다. 그리고 공장에서 일을 시키며 그에 맞는 품삯을 주고 사업적인 확장을 꾀하는 것이다. 피해를 보고 있는 공장이나 가게들은 조직원들로 지키게 하고 그 대신 조직 안에 귀속되는 가족 업체로 합병시킨다.

스캇은 이야기를 하며 작은 가죽 주머니를 네파드에게 줬다. 그 안에는 상당한 고가의 것으로 보이는 보석들이 조금 들어 있었다.

"초기 자금으로 써라. 쓸 만한 녀석은 골라오고, 쓸 만하지 않은 녀석들은 데려와서 개조를 시킨다. 나는 사람을 모을 테니 넌 뒷바라지 좀 해라. 사장으로 몇 년 굴러먹었을 테니 나보다 수완은 좋겠지."

"형님, 정말로 조직을… 만들 생각이십니까?"

"잘 들어라. 내가 가지고 있는 진짜 목표는 커다란 나라를 만드는 거야. 이런 작은 도시 하나 제압하지 못해선 어디 왕이 될 그릇이라고 할 수 있겠냐? 지금의 내 목표는 이 썩어 빠진 도시를 내 것으로 만드는 거다. 할 수 있을까?"

당연히 못할 것 같다. 지금의 자신은 작은 공장 하나를 지키는 것도 어려운데 자신의 눈앞에 있는 사람은 태연하게 나라를 세우고 왕이 되겠다는 이야기를 하고 있었다.

그는 몽상가와 야망에 걸맞은 실력이 있는 사람을 구분할 수는 없었지만 형님이 허언을 한다는 느낌은 들지 않았다.

믿자. 그 압도적인 실력과 자신감을 믿어보자. 네파드는 그렇게 생각했다.

"아직 고민하고 있는 거냐. 나한테 네 인생을 맡기긴 두려운 거지? 네가 내키지 않는다면 공장과 상관없이 내 스스로 일을 진행하겠다. 물론 이 작은 공장 하나쯤은 지켜줄 수 있지. 그럴까?"

"아닙니다! 하, 한번… 맡겨보겠습니다. 제 인생, 형님이 책임지세요."

스캇은 그의 눈을 깊게 응시하며 다시 한 번 되물었다.

"정말?"

"예!"

스캇은 네파드의 진심을 느낄 수 있었다. 일일이 능력 같은 것 사용하지 않아도 괜찮았다. 그는 따뜻한 목소리로 네파드에게 말했다.

"하나밖에 없는 내 동생. 형이 지옥에 간다면 따라올 수 있겠냐."

"가겠습니다."

순간의 기분으로 대답하는 것은 아니었다. 네파드는 돌아온 스캇을 알아본 그 순간부터 절대적인 확신을 가지고 있었다. 네파드는 왕을 본 적은 없었다. 하지만 왕이 있다면 그것은 형님과 같은 느낌일 거라고 생각했다.

어차피 형님이 아니면 또다시 무너졌을 이 공장, 형님에게 맡기는 거다.

"그래. 좋다. 일단 말투 교정부터 해야겠군. 나도 조폭은 흉내밖에 낼 줄 모르니… 공장 옆에 애들 좀 많이 비치시킬 수 있는 숙소도 만들어야겠고, 음… 그래. 대부가 누군지 보고 와야겠다."

스캇은 자리를 털고 일어났다. 그들이 밤새 이야기를 한 덕분에 이미 아침 해가 뜨고 있었다. 조금 있으면 다른 직원들이 출근할 시간이었다.

"너는 그 보석들 환전이나 좀 해두고, 공장 잘 운영해라. 형은 대부라는 친구 좀 만나고 오마. 항구 쪽으로 가면 찾을 수 있을까?"

"아, 예. 그쪽에 아지트가 있다고 들었습니다."

"그래. 다녀온다."

그는 공장에 쌓여 있는 담배 한 갑을 꺼내 들었다. 얇은 종이로 포장되어 있는 갑을 대충 뜯어낸 그는 한 대를 꺼내 물었다. 그리고 항상 그의 주머니에 들어 있는 충원 형님이 주신 라이터로 불을 붙였다.

"후우······."

그가 목표했던 대로 네파드는 자신을 의지하기 시작했다. 이렇게 무게를 잡고 강한 모습을 보이고 있으니 세상에 둘도 없는 대단한 사람으로 보일 법하다. 이미지 관리야말로 그가 가장 쓰고 있는 부분이었다. 그는 다른 이들이 의지할 수 있는 그런 강한 모습을 보여야 했다.

공장 밖으로 나오자 아침 햇살에 눈이 부셨다. 그는 얼굴을 찡그리며 한 손으로 해를 가렸다.

"선글라스라도 사야겠군."

Chapter 16

대부와 공작

스캇의 걸음은 무작정 바다로 향했다. 강이 흘러가는 방향대로 따라가면 해안이 나올 것이고 그곳이 항구일 것이다. 그는 한 손을 주머니에 찔러 넣은 채 천천히 걸었다.

그는 흐르는 강물을 바라보며 중얼거렸다.

"이 도시는 이제 내가 접수한다."

오래지 않아 항구에 도착한 그는 감응을 펼치며 조직이 있을 만한 장소를 찾았다. 스캇이 그들을 찾아내는 것은 어려운 일이 아니었다. 대부가 있을 것이라 예상되는 물류 창고의 주위에는 검은색 양복을 입은 자들이 돌아다니고 있었다.

필터형 담배만큼이나 이 세계에서 흔하게 볼 수 있는 것이 바로 정장이었다. 분명 이 세계로 먼저 넘어온 자들 중 누군가가 퍼뜨리기 시작한 것이 틀림없었다.

스캇은 별다른 생각 없이 물류 창고의 정문을 향해 걷기 시작했다.

"형씨, 길을 잘못 들었군."

"그러게. 이쪽은 들어오는 길만 있고 나가는 길은 없다고."

그가 정문 근처로 다가가자 두 명의 건달이 그의 어깨를 잡았다. 그는 불도 붙이지 않은 담배를 입에 문 채 지그시 이를 드러냈다.

"형이 만날 사람이 있어서 그렇다. 좀 지나가자."

"아, 나. 말로 해서 들⋯⋯."

거칠게 손을 뻗으려던 건달은 말을 끝까지 하지 못하고 그 자리에서 무릎을 꿇었다. 옆에 있던 건달은 심히 놀란 듯 소리를 지르려 했다.

"그때⋯ 그⋯⋯."

아니나 다를까, 그 역시 이내 무릎을 꿇어야 했다. 스캇은 이런 일에 자신의 주먹을 쓸 이유도 없다고 생각했다. 그냥 약간의 힘을 보여주고 선전포고를 하면 된다.

그는 자신의 강압으로 두 명을 제압한 뒤 천천히 물류 창고 안으로 들어갔다.

"누구야, 너⋯⋯."

"밖에 경비 세워둔 애들 어디 갔어?!"

창고 안에는 수십은 될 만한 조직원들이 널려 있었다. 얼굴을 알아볼 수 없을 정도로 얻어맞은 채로 묶여 있는 사람들도 있었고 또 다른 구석에선 신입으로 보이는 이들을 교육하고 있는 거한도 있었다.

그들의 시선이 모두 스캇을 향해 있었다.

"2층이군."

그가 계단을 오르기 시작하자 조직원들이 하나씩 뛰어들기 시작했다.

"잡아!"

"저 새끼 끌어내!"

쿵!

하지만 그를 공격하기 위해 달려든 조직원들은 모두 그의 바로 앞에서 무릎을 꿇기 시작했다. 스캇이 특별한 힘을 쓴 것은 아니다. 다만 그의 기세 자체에 눌려 버린 조직원들이 아무런 행동도 하지 못하는 것이다. 이미 그에 관한 소문은 조직 내에 퍼져 있었다.

조직원들은 잘 훈련받거나 좋은 유대 관계로 뭉쳐 있는 듯, 앞사람의 모습과 관계없이 계속 스캇을 향해 달려들었다. 그러나 하나같이 그의 앞에서 무릎을 꿇거나 자빠지고 말았다.

2층에 올라온 스캇은 가장 먼저 보이는 조직원에게 보스의 행방을 물었다.

"형이 좀 바쁘다. 큰아빠 어디에 있냐."

더 강하게, 더 두렵게. 그의 허스키한 목소리가 상대의 심장을 긁었다. 그가 미간에 힘을 주자 조직원이 겁에 질린 듯 말했다.

"보스… 를 찾으십니까?"

"어."

조직원은 밑의 소란과는 관계가 없다고 생각했는지 어눌해 보이는 표정으로 스캇을 안내했다. 그의 손이 뻗은 방향에는 기다란 복도가 있었고 복도 끝에 커다란 문이 있었다.

스캇은 그를 지나치며 어깨를 살짝 두드렸다.

"고맙다. 계획은 좋았는데 상대를 잘못 골랐군."

채랭!

그의 등 뒤에서 금속성의 물체가 떨어지는 소리가 들렸다. 그리고 방금 자신에게 길을 안내했던 조직원 역시 무릎을 꿇었다. 어눌한 척했던 조직원의 속마음 정도는 애초부터 알고 있었다.

방, 방 안에는 이런 피라미들과 다른 진짜가 있었다. 그의 본능이 말해주고 있었다. 그는 거침없이 방을 향해 걸어갔다. 2층엔 별다른 조직원들이 없었는지 그가 걷는 복도는 조용하기만 했다.

곧 문 앞까지 도착한 그는 가볍게 문을 두들겼다.

"무슨 일이냐."

그는 이가 가득 드러난 미소를 지으며 문을 열었다.

"손님입니다."

스캇이 문을 열고 들어가자 소파에 앉아 있는 몇 명의 무리가 보였다. 모두 간부급인 듯 범상치 않은 분위기를 내뿜고 있었으나 그의 눈에 들어오는 사람은 하나도 없었다.

다만 가운데 앉아 있는 중년의 신사는 쉽사리 기세를 알 수 없었다. 스캇의 눈에 그의 한쪽 관자놀이에 달려 있는 커뮤니티 칩이 보였다. 검은 머리에 검은 눈, 한국인 특유의 그다지 선명하지 않은 이목구비. 그는 기분 좋은 웃음을 지었다.

"너는 누구냐."

"안녕, 알 파치노. 나는 김두한이라고 해."

전에 있던 세계에서도 그저 날백수로 살아왔던 자신이 조직 폭력배의 세계에 대해서 알고 있을 리 없었다. 스캇은 영화를 통해서 봐왔던 이미지를 떠올리며 무게를 잡았다. 스캇이 농담을 섞어 이야기하자 그가 눈을 둥그렇게 떴다.

"호오, 고향 사람이냐."

분명 그가 대부였다. 그는 의외로 반가운 표정을 지었다. 주위의 다른 간부들은 알 수 없는 상황에 긴장하고 있었다.

스캇은 간단명료하게 말했다.

"좋은 인연으로 만나지 못해서 아쉽다만 짧게 이야기하지."

"해봐."

"이 도시는 오늘부터 내가 접수한다."

좌우에 앉아 있는 자들 중 한 명은 전에 만났던 그 남자가 확실했다. 그럼 여기 앉아 있는 모든 간부들이 그만큼의 사람을 부릴 능력은 있다는 소리였다. 그의 말을 듣고 발끈한 이들은 자리에서 일어나며 그에게 소리를 지르려 했다.

하지만 생각뿐, 아무도 쉽게 일어나는 이가 없었다. 지금 이 방 안은 둘의 기세로 가득 차 있었다.

"무력으로 다 밟을 생각이냐? 이 바닥은 힘만 세다고 되는 게 아냐. 뒤를 봐주는 사람도 있어야 하고 인덕도 있어야지. 나처럼 말이야. 그러지 말고 나와 같이 일하는 건 어떠냐. 내가 이 도시를 잘 키우면 네가 그냥 잡아드시는 것보다 훨씬 더 미래가 있어. 조직은 경영이 핵심이다. 섣부른 살기로 덤비지 말고, 상부상조하자."

대부의 입에서 나오는 말은 설득력이 있었다. 그는 무력을 앞세워 찾아온 스캇의 능력을 알 수 있었다. 아마 자기가 밑에 두고 있는 이런 동네 건달들로는 이길 수 없을 것이다.

그는 항상 이런 능력있는 사내를 자신의 밑에 두고 싶었다. 그의 마음속에 스캇을 향한 욕심이 생겼다.

"미안하다. 걷는 길이 너무 다르다. 나는 세금 같은 걸 걷을 생각도 없고, 너희를 먼저 공격할 생각도 없다. 그냥 너희 같은 녀석들에게 피해를 보는 약자가 있다면… 내가 도와줄까 해. 그나저나 대부, 내가 질문 하나만 하자. 왜 여러분 같은 악질 사회악들을 도시나 귀족들은 가만히 두고 보고 있을까? 행정 부서와 청사까지 있는 이곳이 말이지."

"정말 궁금해서 묻는 거냐?"

대부의 목소리는 냉담했다. 그가 답을 알고 있는 것처럼, 질문을 던진 스캇 역시 그 답을 알고 있었다.

"아니, 정답을 아니까 그렇다. 그건 바로 뒤를 봐주는 사람이 있다는 거지. 귀족 녀석들의 썩은 체취가 느껴져. 그게 누군지 말해줄 수 있겠나?"

"헛소리. 설사 안다고 해도 넌 손도 못 댄다. 네 실력이 얼마나 강하든… 절대 손끝 하나도 못 댄다."

대부의 목소리에는 여러 가지 감정이 실려 있었다. 분명 이 빈민가를 긁어먹으려는 야심찬 인물은 이 정도의 사나이가 아니다. 이 사람과는 비교도 안 될 만큼 독하고 더러운 실세가 있다는 것을 느낄 수 있었다.

스캇은 미간을 찌푸리고 한참 동안 물고 있던 담배에 불을 붙였다.

"후우… 당신도 마음고생이 많다는 건 알겠다. 우리 애들 너무 괴롭히지 말고 적당히 부딪치는 티만 내. 무슨 소리인지 알지? 나는 그 실세가 누구든 밟을 수 있는 실력이 있으니까 말이야. 우리 조직이 성장하는 동안 견제하는 척만 하는 거야. 마무리는 내가 해줄게. 후우……."

"미친 소리. 네가 드래곤이라도 되지 않는 이상 이 나라에서 그들을 몰아낼 방법은 없다."

대부는 확신과 절망이 담긴 목소리로 말했다. 그 역시 좋아
서 그들을 등지고 있는 것은 아닌 게 분명했다.

"반목, 이간질, 교란. 대한민국 국민의 잔머리를 보여줄게.
일단 그게 누군지 알아야겠군."

"정말… 할 생각이냐?"

대부의 불신이 담긴 질문, 그것을 들은 스캇의 동공이 확대
되었다. 그는 두 손을 강하게 쥐어 보였다.

'의지.'

그는 그들이 신뢰감을 느낄 수 있을 만한 강하고, 안정된
메시지를 그들에게 발산했다. 분명한 왕의 기질이었다. 고작
열 명도 안 되는 이들에게 구체적이고 강력한 메시지를 보내
는 것은 지금의 그에겐 너무나 쉬운 일이었다.

그 자리에 있던 모든 사람들이 다른 시선으로 스캇을 바라
보기 시작했다. 이 사람이라면… 할 수 있을 것 같다는 느낌
이었다.

"아무튼 선전포고했다. 너희가 건들지만 않으면 지금의 빈
틈을 꽉 채워서 너희 조직과 우리 조직이 반씩 이 구역을 나
눠 먹는다. 그 다음에 너희가 내 편으로 올지, 아니면 귀족들
의 개로 남을지는 너희 결정이겠지. 나는 간다."

스캇은 바닥에 꽁초를 던지며 발로 비볐다. 그리고 양손을
바지 주머니에 찔러 넣은 채 뒤돌아 걷기 시작했다. 그의 등

뒤로 대부의 목소리가 들렸다. 익숙한 모국어였다.

"널 죽여야 한다고 판단하면 그는 친구의 얼굴을 하고 다가온다."

"…고맙군. 콧수염은 첩자다."

그 역시 모국어로 대답했다. 대부를 감시하는 귀족 녀석의 첩자도 물론 있었다. 스캇은 조언에 대한 보답으로 간부 중 스파이인 녀석의 정체를 알려준 것이었다. 그가 스캇을 도와줄지 아닐지는 그의 선택이었다.

그가 1층으로 내려가자 여전히 많은 조직원들이 몰려 있었다. 2층까지 갔으니 어느 쪽이 이기든 대부와 직접 승부를 봤을 거라 생각하는 모양이었다. 스캇은 그의 모습을 보고 잔뜩 긴장한 조직원들을 향해 나름대로 따뜻한 웃음을 보이며 손을 흔들었다.

"하하하, 이야기 끝났다. 형 간다. 나중에 보면 고개 숙여서 인사해라. 형이 대부랑 같은 고향 친구 사이거든. 알았지?"

그는 편히 있으라는 제스처를 보이며 정문으로 나갔다. 아무도 그를 제지하는 사람이 없었다. 개중에는 고개까지 숙여가며 실제로 인사를 하는 이들도 있었다.

그가 밖으로 나오자 처음에 그를 막았던 두 조직원이 서로 이야기를 하고 있는 모습이 보였다. 그들은 스캇을 보자마자 깜짝 놀라며 몇 걸음 물러났다.

"괜찮아, 괜찮아. 형 용무 끝났어. 수고하고, 살다 보면 좋은 날도 오는 거니까. 응?"

그는 그들의 어깨를 몇 번 두들긴 후 천천히 걷기 시작했다. 그는 자신이 했던 행동들을 되새겨 봤다. 연기라고는 하지만 나름대로 합격점이었다. 해가 중천에 떠 있을 시간임에도 하늘은 어두컴컴했다. 비라도 거세게 내릴 분위기였다.

나후리 광야에서 사는 내내 비를 구경도 하지 못했던 스캇은 마음 한구석이 두근거리기 시작했다.

"비 오는 날에 수체(水體)를 어떻게 활용하려고 했지?"

혹여나 옷이 안 젖는 방법은 없을까. 그는 사실 옷이 별로 없었다. 노노미야가 재단을 몇 벌 해주긴 했지만 오크 문화의 옷들을 이곳에서 입을 생각은 없었다.

그가 지금 입고 있는 신축성 좋은 나시 티도 공장이 멀쩡하던 때부터 가지고 있던 것이었다. 그런 생각을 하며 걷고 있던 스캇의 머리 위로 비가 떨어지기 시작했다.

베른은 가끔 이런 비가 내렸다, 빗방울 하나하나가 굵고 띄엄띄엄한 간격으로 내리는 비.

맞으면 은근히 아프고, 운만 좋으면 옷도 별로 젖지 않는 특이한 비였다. 그는 꽤 커다란 다리를 건너기 시작했다. 베른의 곳곳에는 상수도들이 노출되어 있었고 그만큼이나 다리의 개수도 많았다. 그가 걷고 있는 다리는 빈민가와 귀족가 사이에 있는 거대한 상권으로 향하는 곳이었다. 상권 밀집 지역은 시간과 장소에 상관없이 항상 사람이 많았다.

그의 눈앞에 비를 피하기 위해 뛰어다니는 사람들의 모습이 보였다. 스캇은 더욱 느린 걸음으로 천천히 걸었다. 한 방울씩 그의 어깨에 부딪친다. 하늘에서 내리는 생명의 메시지들이 스캇에게는 마치 심포니 오케스트라처럼 웅장한 음악으로 들려왔다.

"이런 느낌 좋네. 흐으으읍⋯⋯."

그는 수분이 가득한 공기를 들이마셨다. 도시라고 해도 같은 도시로 불리고 있는 서울 같은 곳과는 격이 다르다. 마음껏 들이마실 수 있는 신선한 공기는 축복이 분명했다.

"훗."

그는 기분 좋은 웃음을 지었다. 그가 다리를 건너자 여러 상점들이 다닥다닥 붙어 있는 거리가 나타났다. 노점을 병행하고 있는 가게는 이미 비를 막기 위한 설치가 되어 있었고 거리는 어느새 우산을 쓰고 있는 사람들이 지나다니기 시작했다. 그는 그사이를 터덜터덜 걸어갔다.

'버러지 같은 녀석들!'

"호오, 보통 성격이 아니신데."

갑자기 그의 정신에 강렬한 메시지가 전달되었다. 그가 감응을 펼치지 않았음에도 이렇게나 강하게 느껴지는 메시지라면 꽤나 한성깔 하시는 것이 분명했다. 그 내용이 궁금해진 스캇은 메시지를 따라 걷기 시작했다.

그가 도착한 곳은 꽤나 두꺼운 외벽을 가지고 있는 '두몰퍼프' 은행이었다. 분명 켈리의 아버지가 막강한 자금력을 바탕으로 운영하는 베른의 상류층을 위한 곳이었다. 문의 앞에는 비와 상관없이 자세와 위치를 지키고 있는 두 명의 경비병이 있었다.

'잠깐 실례. 은신(隱身).'

그는 기척을 숨기고 자연스럽게 입구로 들어갔다. 면적이 작은 대신 여러 층을 두어 고객 간의 프라이버시를 지켜주고 돈은 깊은 땅속에 보관한다. 그는 금세 은행의 모든 구조를 파악했다.

그의 성격상 은행을 털게 될 일은 없겠지만 혹시 모르는 일이었다. 귀족들이 마음에 안 들기 시작하면 생각이 바뀔 수도 있었다. 그가 메시지를 찾아 거의 꼭대기까지 오르자 호통을 치고 있는 한 노인이 보였다. 나이는 꽤 있어 보였지만 덩치는 상당했고 풍체는 늠름했다.

그는 몇 명의 직원들을 앞에 두고 소리치고 있었다.

"이래서 가난한 것들을 못 써먹는 거다! 빈민가 같은 것도 다 밀어버려야 해!"

그의 짜증이 섞인 호통 앞에선 그 누구도 한마디 대답하지 못했다. 그야말로 이 작은 제국 베른의 최고 실세, 카실 두몰퍼프였다. 그는 빈민가나 서민에 대한 노골적인 반감을 드러내듯 직원들의 실수를 빈민가 탓으로 돌리기 시작했다.

"내가 말했잖나! 원금 회수가 안 되면 병사를 풀어서라도 데려와. 신체 포기 각서라도 쓰게 해서 회수하란 말이다!"

더 들어주기 힘든 수준이었다. 스캇은 그대로 다가가서 뒤통수라도 후려치고 싶은 심정이었지만 불현듯 그의 머릿속을 스치는 생각이 있었다. 겉으로는 돈독 오른 상인에 불과한 이 베른의 최고 실세야말로 조직을 부리는 어둠의 인물일 가능성이 높았다.

그는 카실의 마음을 읽기 위해 온 정신을 집중하기 시작했다.

'이 작자……'

곧 스캇이 느낄 수 있었던 건 그의 끝이 없는 욕심이었다. 그는 욕심 때문에 자신의 재력을 더욱더 불려가다가 결국은 목적을 잃어버린 채 자산을 늘리는 일 자체에만 매달리게 된 사람이었다.

그에게는 별다른 야망도 없었다. 가족에 대한 애정도 없었다. 카실에게는 열심히 일하고 있는 자신의 자녀들도 결국 하나의 재산으로 생각되어지는 것이었다.

스캇은 그 모든 사실들을 알지는 못했지만 그저 눈먼 말처럼 달리고 있는 그의 각박하고 거친 영혼을 느낄 수는 있었다.

'불쌍하군.'

스캇은 그의 정체를 알기 위해 감응(感應)을 좀 더 폭넓고 깊게 펼쳤다. 그리고 그의 정신을 세세하게 훑어보기 위해 달려들었다. 그런데 한참 동안 그를 지켜보던 스캇의 감응에 다른 이상한 움직임이 감지되었다.

자신이 파악할 수 없는 사람의 등장. 스캇은 본능적으로 깨달을 수 있었다. 강자다. 그가 이 건물에 들어왔다. 자신의 은신도 들통날 가능성이 높았다.

'큰일이다.'

스캇은 그가 계단을 걸어 오르는 것이 느껴졌다. 그는 재빨리 은신 상태로 계단을 내려갔다. 그는 손님들의 상의가 걸려 있는 옷걸이에서 재빨리 재킷을 하나 들어 입었다. 그리고 다시 다음 계단을 내려가며 은신을 풀었다. 아주 적절한 타이밍이었다.

스캇의 맞은편에선 그가 올라오고 있었다.

"실례, 계단이 좁군요."

"저야말로 실례하겠습니다."

스캇은 좁은 계단에서 먼저 옆으로 물러나며 지나가라는 표시를 취했다. 상대는 깔끔한 양복 차림의 신사로 한 손에는 슈트케이스를 들고 있을 뿐 별다른 무기가 들려 있진 않았다.

자신의 정체가 탄로나지 않은 것이 다행이라고 생각한 스캇은 그대로 여유있게 내려와 은행의 문밖을 나섰다. 꽤나 고급스러워 보이는 재킷은 생각보다 작은 덕분에 그의 몸에 꽉 달라붙었다. 하지만 주변에 이상하게 생각하는 사람은 아무도 없는 듯했다.

그는 재킷의 단추를 잠그며 옷매무새를 단정히 했다.

"혹시… 황운님 아니십니까?"

"음?"

그가 뒤를 돌아보자 어디선가 본 것 같은 늙은 신사가 자신을 바라보고 있었다. 스캇은 상대가 누군지 기억해 내기 위해 머리를 굴렸지만 기억이 잘 나지 않았다.

결국 신사가 말을 꺼내려 하자 그의 메시지를 먼저 읽고는 그제야 아는 체를 했다.

"잊을 리 있겠습니까, 이 시의 행정장이신 라엔델프 베르겐하임 공작님을."

"하핫, 기억해 주시니 반갑군요. 한 오 년은 된 듯싶어 잊으신 게 당연할 거라 생각했습니다."

스캇의 기억으론 모든 귀족들에게 지지를 받고 있는 능력 있는 인물이었다. 강직한 성격과 곧은 자세 덕분에 시의 행정장이라는 최고 직책을 맡고 있는 자였다. 나이는 꽤 있었지만 꼿꼿한 체형이 개인 관리도 철저한 사람이라는 것을 대신 말해주고 있었다.

"잠깐 같이 걷지 않으시겠습니까. 제게 마침 우산이 하나 더 있는데."

"아, 예."

스캇은 공작에게 우산을 받아 들었다. 사실 자신을 제외한 모든 사람들이 우산을 쓰며 걷고 있었다. 그는 그제야 공작이 자신을 불러 세운 이유를 알 수 있었다.

"이 시의 주인이라고도 할 수 있는 분이 어찌 도보로 다니십니까?"

"손녀딸이 걷는 것을 좋아해서 아들 내외의 집까지 바래다주는 길입니다. 우산이 한 개 더 있는 것도 그 이유지요. 그리고 이 도시를 직접 두 발로 걷다 보면 마차 위에선 보이지 않는 도시의 문제들이 보이게 됩니다. 그 사실을 알고 난 후로 이렇게 곧잘 걷곤 하지요."

"그런 자세, 본받고 싶습니다."

"하하하……."

그들은 비가 내리는 도시의 거리를 걸으며 담소를 나눴다. 예전에 상류층 사회도 직접 경험해 봤던 스캇이었기에 품위를 지키거나 대화의 수준을 자연스럽게 맞추는 것은 전혀 어렵지 않았다.

상대방의 이야기에 잘 반응하고 부드럽게 긍정해 주는 것이 이 세계의 좋은 대화법이었다. 듣는 방법만 잘 알아도 상대와 친해지는 것은 어렵지 않다. 스캇은 능숙하게 대화를 이어나갔다.

그들은 어느새 베른의 행정부처 앞에 도착했다. 행정부처는 시청의 옆에 붙어 있는 실용성을 중시한 작은 건물이었다.

"2층이 제 집무실입니다. 비도 많이 맞으신 것 같은데 바쁘지 않으시면 차라도 한잔하심은 어떨까요?"

"예, 잠깐 들르겠습니다."

공작의 집무실은 베른의 행정장이라는 굉장한 직책답지 않게 검소하고 깔끔했다. 오직 병풍처럼 쳐져 있는 책장에 책이 가득한 것이 인상적이었다.

스캇이 주위를 둘러보고 있자 노크 소리가 들린 후 한 남자가 들어왔다. 심약해 보이는 인상에 얇은 안경을 코에 걸치고 있는 모습이 영락없는 모범생 스타일이었다.

"행정장님, 차를 준비해 드릴까요?"

"예. 평소에 마시던 것으로 주십시오."

공작의 대답을 들은 그는 고개를 돌려 스캇을 바라봤다.

"손님께서는……?"

"같은 걸로 부탁합니다."

그는 머리를 숙이고 다시 물러났다. 그 순간 스캇의 눈빛이 빛났다. 금세 원래의 표정으로 돌아온 그는 접대용 소파에 앉으며 공작에게 칭찬을 건넸다.

"검소하십니다."

"필요한 것들만 준비해 놓다 보니 이렇게 간소하게 되었습니다. 황운님, 아니, 이제는 스캇이라는 이름을 쓴다 하셨지요. 지금은 어떤 일을 하고 계십니까?"

공작은 스캇에게 폐라도 될까 걱정하는 모습을 보이며 겸손하게 물었다. 스캇 역시 평소와는 다른 부드러운 말투로 대답했다.

"작은 사업을 시작하고 있습니다. 알려 드리기 민망할 정도로 초라합니다."

사업이라고 할 수 있을까. 그런 그의 대답과 관계없이 공작은 스캇을 치켜세웠다.

"역시 이 베른이라는 도시에 생명을 불어넣으시는 열정적인 분이셨군요. 스캇님 같은 젊은 사업가들이 이 도시를 지탱하고 있지요. …제가 한 가지 여쭈어봐도 되겠습니까?"

"예."

창밖을 바라보고 있던 공작은 몸을 돌려 스캇을 바라봤다. 그리고 자신의 책상 옆에 세워진 지팡이를 들어 몸을 기댔다. 공작의 두 손이 지팡이 위에 바르게 포개졌다.

그는 인자한 미소를 잃지 않은 채 질문을 던졌다.

"만약 스캇님이 이 시의 행정장이 된다면 이 베른이라는 곳을 어떻게 바꾸시겠습니까?"

공작의 깊은 눈은 마치 스캇의 도량을 살펴볼 의향인 듯 그의 얼굴을 뚫어져라 바라보고 있었다. 푹신한 소파 위에 허리를 가득 넣고 앉아 있던 스캇은 고개를 돌려 공작의 얼굴을 바라봤다.

이윽고 그는 아이와 같은 웃음을 지어 보였다.

"공작님의 손녀딸은 참 귀엽고 예쁘겠지요. 가족의 사랑을 한 몸에 받고 자라고 있을 것이고, 뭐 하나 부족할 것 없이 하루하루가 즐겁고 행복할 것입니다. 안 그렇습니까?"

"하하, 잘 아시는군요. 모든 가족들의 행복이요, 삶의 이유입니다. 저도 그 아이를 보는 낙으로 살고 있지요."

스캇의 소리없는 미소는 더욱 밝아졌다. 그는 다시 공작을 바라보며 말했다.

"제가 행정장이 되면 공작님의 손녀딸과 같은 나이의 아이들이 모두 그만한 행복을 느낄 수 있는 도시로 만들 겁니다. 빈부가 어떻든, 평민과 귀족이 어떻든 그 나이의 아이들이 모두 같은 행복과 사랑을 받는 도시를 만들 겁니다. 약자는 있되 강자는 없는 도시를 만들 겁니다."

약간의 정적이 흘렀다. 공작은 그의 말을 깊게 음미하는 듯했다. 그리고 그는 고개를 끄덕이며 웃었다.

"과연, 과연 그런 생각을 가지고 있었군요. 과연 스캇님다우십니다. 하하하하……."

탁. 탁.

그는 웃음을 흘리며 지팡이를 땅에 살짝 두들겼다. 스캇 역시 미소를 지은 채 공작을 바라봤다. 전에 쉽게 볼 수 없었던 자신감 넘치고 선한 웃음이었다.

공작은 마치 버릇인 듯 지팡이를 땅에 두들기며 계속 웃었다.

탁. 탁. 탁……

"하하하……."

"차가 아직 나오지 않았지만 이만 가봐야겠습니다. 중요한 약속이 있었거든요."

스캇은 자리에서 일어나며 옷매무새를 고쳤다.

"그래요. 다음에 또 뵈었으면 합니다. 앞으로 스캇님이 이 시를 위해 더욱 많은 일들을 해주실 수 있을 거라 생각이 듭니다."

공작은 고개를 끄덕이며 인사를 건넸다. 그가 원한다고 해도 더 붙잡을 수 없는 상황이었다.

"이 부족한 사람을 그렇게까지 생각해 주시니 몸 둘 바 모르겠습니다. 행정장님과 만날 수 있던 것, 귀한 인연이라고 생각합니다. 그럼 이만."

스캇은 가볍게 허리를 숙여 인사하고 집무실 밖으로 나왔다. 그의 얼굴에선 여전히 웃음이 지워지지 않았다. 그가 복도를 한참 걷자 찻잔과 쟁반을 들고 허둥지둥 뛰어오는 비서의 모습이 보였다.

스캇은 비서에게 미소를 지으며 아는 체를 했다.

"차, 차가 준비되었는데… 벌써 가십니까?"

"비서님, 이름이 어떻게 되십니까?"

그는 공작보다 이 비서에게 더 많은 관심을 가지고 있었다. 비서는 살짝 고개를 떨구며 작은 목소리로 대답했다.

"저는… 폴든이라고 합니다."

"폴든님에게 관심이 많습니다. 아마도 이 계열에선 참모

이상의 위치에 있을 것 같은데… 정의나 선에 대한 관심이 있다면 나중에 한번 찾아주세요. 스캇이라고 합니다."

스캇은 대답을 기다리지 않고 걷기 시작했다. 그의 등 뒤에서 방금 전까지 들렸던 폴든의 어물거리는 목소리가 아닌 날카롭고 냉철한 목소리가 들려왔다.

"그럴 일은 결코 없겠군요."

전혀 다른 사람의 것처럼 들렸지만 분명 폴든의 목소리였다.

"이곳은 무슨 극장이라도 된 겁니까. 아무튼 연기 즐거웠습니다. 또 봅시다."

스캇은 계단을 신나게 내려가며 재킷을 벗었다. 사이즈가 제대로 맞지도 않은 것을 입고 있으려니 보통 힘든 일이 아니었다. 그는 행정부처의 밖으로 나서자마자 기지개를 펴며 웃음을 가득 지었다. 집무실에서 나온 이후로 웃음을 그치지 않는 스캇이었다. 비는 이제 그쳐 있었다.

"대부의 조언이 도움이 되었군."

그의 목소리는 방금 전까지의 사교성 목소리가 아닌 원래의 낮고 허스키한 목소리로 돌아가 있었다. 이제 적이 누군지도 알았으니 다음 작전을 실행하면 되었다. 그의 기분은 그야말로 봉을 얻은 기분이요, 통쾌함 그 자체였다.

특히 공작이 지팡이를 땅에 두드리던 순간, 스캇은 통쾌함을 숨길 수 없었다.

스캇은 집무실에 들어간 순간부터 벽 뒤나 천장에 숨어 있던 자들의 존재를 알고 있었다. 아마 잘은 몰라도 살수의 일종일 것이었다. 여섯 명이나 되는 사람이 그 작은 방의 곳곳에 숨어 일격을 가할 기회만 노리고 있으니 그 메시지가 스캇에게 느껴지지 않을 수 없었다.

분명 그들이 움직일 신호는 공작의 지팡이였다. 공작이 지팡이를 두들기면 암습을 실행에 옮기는 것이었으리라.

스캇은 소리까지 내가며 웃기 시작했다.

"큭, 크크크… 크하하핫!"

지나가는 사람들이 이상한 눈으로 그를 바라봤지만 스캇은 아무래도 상관없었다. 정말로 자신의 능력이 아니라면 조금도 알아챌 수 없을 정도로 공작의 연기력은 대단했다.

거기다 심중을 떠보는 질문까지 던지고 살인의 지령을 내리는 순간까지 조금의 동요도 보이지 않는 그의 연기력은 칭찬해 줄 만했다. 과연 빈민가마저도 긁어모으려는 그의 야망에 걸맞는 연기였다.

하지만 그가 명령을 내릴 때 모든 살수는 스캇의 위압에 눌려 있었고 손가락 하나 움직일 수 없었다. 게다가 천장에 있던 자는 몸의 경직 때문에 땅으로 떨어질 뻔했었다.

가장 중요한 사실은 그 모든 일들을 스캇이 알고 있었다는 것이다.

"크하하하! 라엔델프 베르겐하임. 고맙다. 내가 찾아야 하는 수고도 덜어줬구나."

그의 머릿속에는 아직도 지팡이를 땅에 두들기며 어색한 미소를 짓던 공작의 모습이 선명했다. 그의 마음에 드는 대답을 들었다면 지팡이를 두들기지 않았을까?

하지만 스캇은 그의 진심이자 목표를 확고하게 이야기했다. 적에 대한 완전한 도발이자 선전포고. 지금쯤 그 늙은이는 이를 갈며 분통해하고 있을지도 몰랐다. 그리고 다른 남자도 떠올랐다.

"폴든이라 했나. 마음에 드는 장기말이더군."

공작을 닮아 열렬한 연기를 펼쳤던 비서. 스캇은 그를 무척이나 마음에 들어하고 있었다. 그가 처음 들어온 순간 스캇이 느꼈던 메시지는 마치 정밀한 기계의 움직임 같았다.

폴든의 눈은 천천히 주위를 둘러보고 있었지만 순식간에 모든 상황들을 머릿속으로 계산해 나가고 있었고 스스로 예측해 가고 있었다. 그리고 자신이 해야 할 행동과 말을 결정하기까지 정말 찰나의 시간이었다.

그것이 스캇의 눈에는 아름다운 예술 작품처럼 펼쳐졌다. 보통 머리, 보통 사람이 아니었다.

"정말 멋진 친구야."

두 번째 만났던 순간도 마찬가지였다. 마치 수백 개의 톱니가 돌아가듯 그의 메시지가 발산되고 있었다. 아마도 폴든은 내부의 대화를 어디선가 듣고 있었을 것이며 애초에 차를 가지고 들어올 생각이 없었을 것이다.

그는 스캇이란 사람이 궁금했기 때문에 직접 미리 준비해 둔 차를 가지고 그의 옆을 지나갔던 것이다. 그가 지나가면서 뿜어내는 그 메시지들이 스캇에게는 너무나도 신기하고 새로웠다.

그야말로 기재 중 기재였다.

"좋아. 공작은 무너뜨리고, 장기말은 뺏는다."

그의 발걸음은 거침없었다. 적을 알고, 적의 수하를 흔들었다. 이젠 자신이 직접 나서야 할 차례였다.

"대부(大父)가 있으니 대형(大兄)은 어떨까."

인간이 만든 그 어떤 조형물보다 아름다운 해안선 위로 갈매기들이 춤을 추듯 날고 있었다. 그리고 그 해안선에서 가장 좋은 자리로 보이는 곳에 하얀 회벽의 별장이 세워져 있었다.

도시에서 그리 멀지 않은 곳이었지만 어느 이름 높은 귀족의 것이 분명한 듯했다. 별장의 3층, 그 해안선이 훤히 보이는 고즈넉한 분위기와 함께 테라스에는 두 명의 부인과 한 명의 신사가 앉아 있었다.

"그래, 그는 어떻던가요?"

"마치 젊은 아이처럼 활발하게 움직이더군요."

늙은 노부인의 질문에 젊은 신사는 차분한 목소리로 대답했다. 그리고 그들의 가운데에 앉아 있던 40대 초입으로 보이는 또 다른 부인은 말없이 조용히 차를 마시고 있었다.

하지만 이 이야기가 그녀에게 중요했는지 그녀는 다른 손에 들고 있는 숟가락을 놓지도 않은 채 그들의 이야기에 집중하고 있었다.

"실력은요?"

"첫째 누님, 그건 제가 직접 겨뤄보기 전에는 모릅니다."

어울리는 연배는 아니었지만 젊은 신사는 노부인에게 누님이라는 표현을 쓰고 있었다. 하지만 그 자리에 있는 누구도 그런 모습에 개의치 않아했다. 노부인은 다시 질문을 던졌다.

"좋아요. 성격은 좋던가요?"

"시원시원한 것 같습니다. 그리고 예상이지만… 폭력을 싫어하는 듯합니다. 그리고 강자를 특히 싫어하더군요. 귀족이나 유지들, 강한 모험가들을 대체적으로 싫어합니다."

"공통점이라면 힘으로 다른 약자들을 누를 수 있는 능력있는 이들이군요."

늙은 노부인의 표정은 시종일관 온화했다. 그녀는 우아한 모습으로 차를 마시고 잔을 조용히 내려놨다. 말 그대로 전형적인 귀족 부인의 모습을 가지고 있었다. 하지만 옷차림은 시골 아낙이나 하인과도 같았다.

"셋째가 말해보련? 아마 몇 번 보고 왔을 텐데."

노부인이 고개를 돌리자 단아한 귀족 차림의 옷을 입고 있던 부인은 들고 있던 찻잔을 내려놓았다. 그 움직임에 그녀의 백발이 살짝 흔들렸다. 외모는 갓 중년으로 들어가기 시작한 미모였지만 그녀의 머리는 햇살을 그대로 투과시키는 완전한 백발이었다.

그녀의 입에서 나긋한 목소리가 흘러나왔다.

"우리가… 관심을 가질 만한 필요성은 없다고 생각해요."

"역시 셋째답구나. 현명하지만 그보다 더 착하지. 네 마음은 잘 알겠구나."

노부인은 중년 부인이 한 말과는 상관없는 그녀의 본마음을 알고 있었다.

"첫째 누님은 어쩌실 생각입니까. 그 때문에 여기까지 온 건 아니지 않습니까."

신사의 목소리는 전혀 반항의 태도가 아니었다. 말들은 그렇지만 실제로는 모든 명령을 받을 준비가 되어 있는 충실한 기사의 목소리와도 같았다.

"그래, 라이닌. 다시 한 번 가서 공작과의 결착을 마무리 짓고 오너라. 가능하다면 그자의 역량을 살피고, 위험하다면 네 손으로 싹을 끊는 것도 좋겠지."

"라나… 이슐… 파즐구레이……."

노부인의 말이 끝나자 중년 부인의 입에서 이상한 소리가 나오기 시작했다. 그녀의 입술은 떨리고 있었다. 노부인은 그녀의 손을 잡으며 다른 손으로 그 손등을 토닥거렸다.

"너무 걱정 마라. 세상에는 인연이 있으니까. 인연이라면 그리 쉽게 끝나지 않겠지. 자, 이제 바닷바람이 춥게 느껴지는구나. 들어가서 쉴까?"

그녀의 말이 끝나자 세 명 모두 동시에 자리에서 일어났다. 그리고 젊은 신사가 자신이 들고 있는 슈트케이스를 두어 번 두들기자 테이블과 의자, 그리고 그 위에 있던 음식들이 사라지기 시작했다.

두 부인이 먼저 별장의 안으로 들어가자 자신의 일을 마친 신사도 그 뒤를 따랐다.

"앙? 뭐라구?"

"형이 너희를 데려가서 밥도 먹이고, 일도 가르친다. 잘 곳이 없으면 잘 곳도 마련해 준다. 가자."

"웬 자원 봉사자 같은 소리 지껄이고 있어! 생긴 건 한가락 하게 생겼는데, 함 뜨까?"

스캇은 몇 명의 건달들에게 둘러싸여 있었다. 전형적인 빈민가의 군상들이었다. 젊지만 일찍 꿈을 포기한 젊은이들, 일하는 건 싫고 몰려다녀도 하루하루 먹고살 만한 돈은 벌리니 상권의 뒷골목을 노니며 약한 이들을 괴롭히는 일반적인 불량배였다.

"짧게 말할게. 나는 한 조직의 두목이 될 거야. 그런데 애들이 필요해, 딱 너희 같은 애들이. 그런데 난 정신이 올바르게 박혀 있는 젊은이가 좋거든? 그래서 일단 데려가 보고 정신 개조를 시킨다. 되면 너네는 봉 잡은 거고 안 되면 될 때까지 나한테 맞는다. 그러니까 가자."

"미쳤어?! 뭔 소린지 하나도 이해를 못하겠다구! 닥치고 그 덩치에 맞는 실력이나 구경 좀 하자? 앙?"

"후우… 일단 한 놈만 잡아볼까."

스캇은 한 손으로 바로 앞에 있는 녀석의 멱살을 잡고 들어 올렸다. 그걸 보고 있던 다른 녀석들이 스캇의 몸을 때리기 시작했지만 요지부동이었다.

"뭐, 뭐야! 이 자식, 안 놔!"

"이 새끼가!"

그는 겁에 잔뜩 질려 있는 녀석의 얼굴을 자신의 바로 코앞까지 바싹 가져다 댔다. 눈과 눈의 거리가 반 뼘도 안 될 만한 짧은 거리였다. 그는 이를 드러내며 낮게 으르렁거렸다.

"난, 이 도시의 주인이 되고 너희는 새로운 세상의 주인이 된다. 썩은 정신과 폭력성을 버리고 약자를 지켜주는 기사로 다시 태어난다. 이게 내가 선택한 너희의 미래다. 불만이 있으면 나보다 강해진 다음에 나를 누르고 가라."

그의 말에는 거역하기 힘든 힘이 담겨 있었다. 청년의 눈은 계속 그의 시선을 회피하려 했지만 조금도 눈을 뗄 수 없었다.

"이 새끼 꿈쩍도 안 해!"

"뭐 이딴 게 다 있어!"

주위의 건달들은 소리를 지르며 그의 몸을 공격했다. 하지만 그런 공격이 스캇에게 먹힐 리 없었다.

"크하핫. 난 너희가 동경할 만한 굉장한 사람이니까, 그런 공격에 무너지지 않는다. 나한테 진짜 강함을 배우고 싶지 않냐? 너희도 그런 모험가들 보면 부럽잖아. 그렇지?"

스캇이 들고 있던 멱살을 놓자 들려 있던 녀석은 그대로 땅에 떨어졌다.

주위에서 그를 공격하던 건달들은 잠시 멍한 표정으로 그를 바라봤다. 스캇이 일일이 능력 같은 것 쓰지 않아도 되었다. 그냥 순수한 마음을 전달하기만 해도 이들은 마음을 열수 있었다. 누가 이들을 사회악이며 구제하지 못할 쓰레기라고 했는가. 그의 눈에는 단지 날 수 있는 기회를 잃어버려 성장이 멈춘 병아리였다.

"따라올지 말지는 너희 맘이다. 이런 제의 여러 번 하지 않아. 평생에 한 번 있는 기회를 기다려 온 건 너희 본인이잖아? 자, 지금 눈앞에 그 기회가 나타났다. 어떻게 할 테냐."

스캇은 말을 끝낸 뒤 그 자리를 떠나기 시작했다. 건달들은 그의 뒷모습을 보면서 주저하고 있었다. 적절한 타이밍에 대화를 끊는 것은 스캇의 주특기였다.

그는 걷다가 멈춘 뒤 양손을 들어 능력을 사용했다.

'염체(炎體), 빙체(氷體).'

스캇이 두 손을 힘있게 쥐자 양손이 각각 불길과 얼음의 모

습으로 변했다. 그가 현무의 장갑을 얻은 이후로 속성 변화가
더욱 눈에 띄게 드러나게 되었고 그런 능력을 이용한 것이다.
젊고 어린 건달들에게는 그 모습이 상상도 할 수 없을 정도로
놀랍고 신기한 일이었다.

"형 간다."

그는 코너를 돌아 그들의 눈앞에서 사라졌다. 잠시 서로를
바라보던 건달들은 누가 먼저랄 것도 없이 달려가기 시작했
다.

"자, 잠깐만요!"

네파드는 오늘처럼 바빴던 하루를 경험해 본 일이 없었다.
평생 보석 같은 것을 환전해 본 적이 없던 그는 보석상에서
인증서를 쓰고 청사에 신고를 한 뒤 은행에서 환전을 하는 과
정이 보통 힘든 것이 아니었다.

스캇은 그다지 큰 금액이 아닐 거라 했지만 오죽하면 청사
에 신고까지 했을까. 그가 귀족들과 상단들을 누르고 이 도시
에서 열 손가락 안에 드는 자산가로 등록되었다는 것은 오직
청사 직원들과 본인만 알고 있는 사실이었다.

물론 대부분의 상류층 녀석들은 등록한 재산과는 비교도
안 될 정도로 훨씬 많은 금액을 숨기고 있을 것이다. 이 동네
에서 탈세는 마치 관습처럼 자리 잡았다는 것을 네파드 같은
젊은 청년도 알고 있다.

그는 지금 공장의 옥상에 올라 흐르는 강을 바라보며 담배를 태우고 있었다.

그에게 많은 돈이 있는 것은 그다지 좋은 일이 아니었다. 여태껏 돈이 없었기 때문에 힘들고 어려운 생활은 했지만 그것이 비참하거나 괴롭다는 생각을 해본 적이 없었다.

사랑 때문에 힘들어했던 적은 있었지만 귀족가의 자제들을 보면서 항상 빈민가에서 태어난 것을 진짜 행복으로 여겨왔다. 젊은 나이에도 불구하고 그가 공장을 이끌어올 수 있었던 것은 그런 긍정적인 사고방식과 성격에서 기인했다고 할 수 있었다.

그는 이 엄청난 양의 돈들이야말로 형님의 꿈을 이룰 수 있는 원동력이 될 것이라고 생각했다. 네파드는 마지막 한 모금을 깊게 들이마신 후 담배를 비벼 껐다.

그가 꽁초를 버리고 몸을 돌리려 하는데 강둑 멀리서 인파가 보이기 시작했다.

"뭐지? 행사라도 있나?"

네파드는 생각을 바로 접어야 했다. 시끌벅적한 무리의 선두에 서 있는 사람을 잘 알고 있기 때문이었다. 분명 스캇이었다. 조직원을 모아오겠다고 나가더니 백 명은 족히 넘어 보이는 무리가 그의 뒤를 쫓아오고 있었다.

보통 일이 아니었다. 네파드는 서둘러 밑으로 뛰어 내려갔다.

그는 잔뜩 긴장한 채 스캇과 무리가 다가오는 것을 기다렸다. 뒤에서 쫓아오는 녀석들은 모두 빈민가에서 굴러먹는 건달들로 더러는 네파드도 알고 있는 얼굴이었다.

그들은 오래 지나지 않아 공장의 앞에 도착했다. 스캇은 네파드에게 다가와 그의 어깨에 팔을 올리고 다른 손을 들어올려 주의를 끌었다.

"동생들아! 이 녀석은 내 진짜 동생이다. 이 커다란 공장의 사장님이고 앞으로 너희를 가르칠 조직의 부두목이다. 그냥 편하게 형님이라고 부르면 된다. 알았냐."

"예에에에이이."

"목소리가 마음에 안 드네. 한 바퀴 뛰고 시작할까?"

그는 협박의 어조로 물었다. 이미 스캇은 그들의 마음을 사로잡고 있었다.

"아니요오!"

"아하하핫!"

스캇은 만족스러운 듯 크게 웃어 보였다. 대부분 별로 관심 없다는 표정이었지만 사실은 스캇을 보고 따라온 건달들은 하나같이 꿈 많고 아직 어린 청년들이었다. 그들은 모두 스캇의 등 뒤에 꿈을 걸고 온 것이었다.

스캇은 자신의 능력을 담아 크게 외쳤다. 남자다움과 패기가 가득한 목소리였다.

"오늘 동생들이 이렇게나 많이 생겨서 기쁘다! 그런데 아직 동생들이 잘 만한 집도 없어! 왜 그런지 아냐!"

"몰라요오!"

그는 목에 힘을 주고 한마디씩 또박또박 외쳤다. 그가 처음부터 계획했던 일이었다.

"사나이가 이 세상에 태어났으면! 자기가 살 집은 직접 만들어보기도 하는 거다! 너희 제대로 된 집에서 살면서 그 집을 만든 작자에게 한 번이라도 감사해 봤냐? 아니, 그런 집에서 잠이라도 제대로 자봤냐? 내가 너희들에게 그 감사를 받을 수 있는 기쁨을 줄게. 내일부터 우린 우리가 살 집을 직접 만든다! 귀족 녀석들은 꿈도 못 꿀 그런 행복을 느껴봐라! 알겠냐!"

"예이이!"

건달들은 한껏 들뜬 목소리로 외쳐 댔다. 사방에서 휘파람을 불어대는 이도 있었고 동물의 괴성을 흉내 내는 소년도 있었다.

강 건너에서는 몇 명의 주민들이 그들의 모습을 구경하고 있었다.

"나는 조직을 만들 거다. 폭력배, 건달… 이딴 건 집어치워라. 우리는 약자를 지킨다. 더 힘이 세다는 이유 하나로 약자를 괴롭히는 이들을 가르친다! 폭력으로? 아니, 압도적인 실력 차로! 폭력을 폭력으로 상대하는 건 무의미하고 어리석은 짓이다. 형이 알려주마, 절대적인 강함과 진짜 기사도를! 귀족 녀석들이 말이나 타고 다니고 삼류 소설을 쓰는 것과는 차원이 다른 진짜 남자의 세계를 알려준다! 좋으면 좋다고 대답해라!"

"예에에에에!"

스캇이 애초에 만들려고 했던 목적과는 조금 다른 것이 되었지만 젊은이들에게는 더할 나위 없는 매력적인 꿈을 심어주고 있었다. 어차피 자신의 모든 계획을 말해봤자 수긍하거나 이해할 수 있는 이들은 많지 않을 것이다.

그는 우선 이 집단에게 결속력과 목표를 부여하기로 마음먹었다.

"그런 의미에서 오늘은 술판이다. 네파드는 애들 몇 명 데리고 가서 근처 주점에 있는 술들 다 긁어와! 오늘 동생들한테 형이 그동안 어떻게 살았는지 이야기 좀 해줄게! 알았냐!"

"예에에에에엡!"

모두들 기분 좋은 함성을 지르며 들떠 있었다. 술은 시대와 지역을 불문하고 끝없는 사랑을 받는다.

"좋아! 시작하자! 너희는 해 지기 전까지 장작으로 쓸 만한 나무를 모아와! 훔쳐 오거나 뜯어오거나 이런 건 용서 안 한다. 남자라면 알아서 해와! 알았냐!"

"예에에에에엣!"

"출발!"

건달들은 웅성거리며 사방으로 흩어지기 시작했다. 분명

꿈 많고 순진한 청년들, 어쩌면 평생에 처음 겪는 신나는 일일지도 몰랐다. 자신의 세력 확장만을 생각했던 스캇은 오늘부로 생각을 조금 바꿨다. 이 풋내나는 청년들을 남자다운 남자로 만드는 것도 꽤나 즐거운 일이 될 것이다.

그는 기분 좋은 웃음을 터뜨렸다.

"크하하하하핫!"

그날 밤 공장의 앞마당에선 꽤나 거나한 술판이 벌어졌다. 커다란 캠프파이어가 불타오르고 궤짝에 넣어둔 술병들은 모조리 빈병으로 바뀌어갔다.

그들의 중심엔 스캇이 있었고 그는 그들에게 자신의 이야기를 했다. 물론 밝힐 수 없는 꿈이나 과거도 많았지만 그것을 제외하고라도 그의 이야기는 청년들의 마음을 잡아끌기에 충분했다.

어느새 떠들썩했던 분위기는 그의 이야기를 경청하는 조용한 강연장으로 탈바꿈했다. 한두 명씩 잠들어갔지만 대개는 다음날 아침까지 그의 이야기에 빠져 그가 겪어온 아픔이나 가지고 있는 꿈들을 함께 공유했다.

그들은 해가 중천에 뜰 때가 돼서야 하나씩 일어났다. 스캇은 그사이 많은 일들을 준비하고 있었다.

우선 그는 자신의 능력으로 뛰어난 인재들을 골라냈다. 개중에는 좋은 두뇌를 가진 이도 있었고 탁월한 카리스마를 가지고 있는 이들도 있었다.

그들은 조직의 행정을 맡기거나 위계질서를 만들 수 있는 이로 키우고자 했다. 같은 동네에서 지내온 건달들이니만큼 원래부터 각자 어느 정도의 실력 차이는 알고 있었다. 그렇기 때문에 스캇이 고르는 이들에 대해서 아무도 이의를 제기하는 이가 없었다.

스캇은 그 뒤 무작위로 조를 짜서 여섯 명에서 열 명 사이의 단위로 조별로 뭉쳐서 다니게 했다. 조장을 뽑는 것은 그들에게 자율적으로 맡겼다.

네파드는 공장 일은 기존의 직원들에게 맡긴 채 조직 아지트의 건축에 열을 올렸다. 원래 공사 현장에서 일해본 경험이 많았기에 기술자들도 비싸지 않은 가격에 고용할 수 있었다. 조직원들은 공장 일과 건축에 골고루 분산 배치시켰다.

문제가 없던 것은 아니었다. 대부분의 건달들은 지루해하거나 금세 지쳤다. 그럴 때마다 스캇은 떠나는 것은 자유롭지만 다시 돌아오는 것은 자신의 자존심에 금을 긋는 일이라고 말했다. 다시 돌아오지 않을 수 있는 용기와 의지가 있는 사람은 언제든지 떠나도 좋다는 것이었다.

어느새 그들 사이에서는 스캇이 진짜 수족으로 만들어낼 사람을 골라내고 있는 일종의 테스트라는 소문이 퍼지기 시작했고 이유야 어쨌든 대부분의 청년들이 근성을 가지고 주어진 일에 매진했다.

어느 정도 일이 진행되자 스캇은 대부분의 일을 네파드와 다른 이들에게 맡기고 자신은 다른 일을 시작했다. 조합 연맹이나 주점에서 정보를 긁어모아서 상류층에서 서로 경쟁을 벌이고 있는 대립 구도를 조사했고 특히나 용병대에 관한 정보들을 모으는 일에 힘썼다.

그는 전쟁이 다시 발발하는 것을 막기 위해 상권에 영향을 줄 수 있는 실세로 성장해야 했다. 그는 일을 마치고 저녁에 돌아온 후 조직원들에게 체력 단련과 기본적인 정신 수양을 가르쳤다.

그 누구도 그만한 숫자의 청년들을 집중하게 하는 것이 쉽지 않았겠지만 스캇에게는 조금 달랐다. 그는 자신의 능력을 최대한 활용하여 대중 심리와 암시를 통한 효과적인 훈련 방법을 사용했고 효과는 그의 기대 이상이었다.

조직원들은 스스로를 기사라고 부르는 것을 즐겨했고 스캇의 가르침대로 의미있는 선행을 실천하기 위해 노력했다. 자신들도 노력하면 할 수 있다는 것을 깨달았다. 뒤늦게 피어난 열정과 의지는 스스로들을 더욱 고취시켰다.

그들 사이에 생기는 문제는 네파드의 직속으로 배속된 질서위원들이 해결했다. 네파드는 무엇보다도 질서를 중요시 여기는 타입이었다. 다소 감정적이고 격렬한 리더십의 스캇을 보좌해 줄 수 있는 최적의 인물이었다. 실제로 대부분의 대소사들은 네파드의 결정으로 진행되었고 스캇은 항상 그런 네파드를 굳세게 밀어줬다.

조직은 **빠르게** 성장하고 있었다.

드디어 조직 아지트가 완성되었다. 숙소는 지금 인원의 두 배가 넘어도 수용이 가능했고 여러 가지 목적의 공간이 준비되었다. 기능보다는 공간 자체에 충실한 실용성 위주의 건축이었지만 조직원들의 기쁨은 더할 나위 없었다.

스캇은 아지트가 완성된 직후 중앙에 있는 넓은 뜰에 조직원들을 모두 모았다. 모두 들뜬 마음으로 모인 조직원들은 무슨 말을 들을지 잔뜩 기대하는 눈치였다.

"우리가 매일같이 이렇게 노력한다고 진짜 기사가 되는 건 아니다. 뭐 갑옷 입고⋯ 망토 휘날리는 그런 녀석들 말이지."

벅차오르는 감정을 더욱 고조시켜 줄 말들을 기대했던 조직원들은 약간 기대 밖이라는 표정이었다. 적어도 이때까지의 스캇의 말투는 꽤나 건조하게 들렸다.

"사실 노력이란 녀석은 조금도 보답이 없는 것 같다. 하지만 알고 보면 가장 절대적인 보답을 우리에게 선사하지. 적어도 우리는 변화했다. 결과가 어떻게 될지 몰라도 분명 지금보단 나아진다. 이미 변해온 자신들을 돌아봐라. 너희의 지금 이 모습이 노력의 보답이며 그 증거다. 이것만큼 확실한 투자와 보답이 어디에 있겠냐. 안 그러냐!"

"예엡!"

조직원들의 목소리는 한층 정리되어 있었다. 그간의 교육

이 효과를 보기도 했지만 모두 스스로 변하기 위해 노력했다는 사실만큼은 부정할 수 없는 것이었다.

스캇은 두 손을 펼쳐 주위에 펼쳐진 아지트들을 바라보고 가리켰다.

"이곳에서 먹고 자고 생활하면서 항상 이곳을 만들어준 이들에게 감사하는 마음을 잊지 마라. 길거리에서 방황하던 인생들을 집이라는 곳으로 이끈 이들에게 감사하는 마음을 잊지 마라. 그들은 바로 너희 자신이다! 방황하던 자신을 건져낸 것은 다름 아닌 너희 본인이다! 이젠 울지 말고 웃어라! 이젠 남을 괴롭히지 말고 도와라! 알겠냐!"

"예엡!"

그는 고개를 끄덕이며 만족스러운 표정을 지었다. 그는 이제 앞으로 할 일을 설명하기 시작했다.

"좋아. 이제 이 조직이 할 일들을 말해주지. 너희가 하는 모든 일은 정당한 대가의 보수를 지급한다. 형은 이 썩어가는 빈민가를 일으키고 반대로 저기 높은 윗동네를 조금 추락시킬 거다. 꼭 돈이 많다고 해서 더 행복한 것은 아니야. 그들이 가지고 있는 돈은 그들 것이지만 그들이 가지고 있는 행복은 필요 이상이다. 우리 빈민가의 아이들에게도 나눠주자. 좋지?"

"예에엡!"

스캇은 자신의 머리 위로 두 손을 들어올린 채 박수를 치기 시작했다. 천천히, 하지만 무겁고 깊게 부딪치는 그의 박수 소리가 조직원들의 가슴에 울림으로, 전율로 와 닿기 시작했다.

"변화한 스스로를 축하해라! 할 일 많은 스스로를 응원해라! 더 나아진 스스로를 칭찬해라! 그리고 그것에 걸맞는 사람이 되기 위해 노력하는 거다! 형은 씩씩한 동생들을 믿는다!"

그의 박수 소리가 빨라지기 시작했다. 그의 목소리를 들으며 주먹을 연신 하늘로 뻗어대며 동조하는 이들도 있었고 형님이라고 외치며 환호하는 조직원도 있었다.

웅성거리던 목소리가 어느새 스캇의 박수 소리와 함께 하나가 돼 커다란 환성을 만들고 있었다. 그들은 서로를 바라보며 큰 소리로 고함을 지르며 박수를 쳐댔다.

조직이 하나의 마음을 가지기 시작하는 순간이었다. 이미 조직원들은 모두 마음 깊은 곳에서 스캇을 진짜 남자로, 보스로, 형님으로 존경하고 있었다. 이 결속력이 무너지는 일은 쉽지 않을 것이다.

Chapter 17

개 들 의 왕

　네파드는 더욱 바빠졌다. 커다란 아지트를 관리하기 위해 필요한 인력을 더 충원해야 했다. 그는 관리원이나 요리사, 몇 명의 사무원들을 뽑았고 아지트 내부에 사무실들을 배치했다. 그리고 조직원들 중 원하는 자는 그런 부서들로 직접 배속시켰다. 이제 본격적인 조직의 활동이 시작될 차례였다.

　스캇은 대부의 조직에 피해를 입고 있는 이들을 대상으로 자신의 세력권을 확보해 갔다. 동전 두 닢의 가입비로 빈민가의 모든 상가나 공장들이 조직의 비호를 받기 시작했고 더 이상 대부에게 부당한 피해를 입지 않게 되었다.

　대부의 조직들은 약속이라도 한 듯 스캇의 조직원들과의

충돌을 피했고 자신들이 가지고 있는 본디 세력권만 지키고 그 밖으로 벗어나지 않았다.

어느새 항구를 중심으로 한 대부의 조직과 아지트를 중점으로 한 스캇의 조직이 빈민가를 반으로 나눠 먹는 대립 구도가 펼쳐졌다.

이젠 기반을 더욱 단단히 할 차례였다. 사업의 확장이나 보수가 필요한 공장들엔 저금리의 대출을 해주기 시작했고, 빈민가의 상권을 상류층을 위해 존재하는 상권보다 더 활발하게 만들기 위해서 더욱 많은 투자를 아끼지 않았다.

단기간에 효과를 보긴 힘들겠지만 거주하고 있는 시민의 비율은 빈민가가 몇 배나 높았으니 결코 무시할 수 없었다. 기존의 상권들도 빈민가의 새로운 변화에 민감하게 반응하기 시작했고 매출의 유동성은 알게 모르게 이뤄지고 있었다. 스캇의 이름은 이미 도시 안에서 모르는 사람이 없었다.

스캇은 유력한 상인들과 귀족들을 만나기 시작했다. 그들을 움직이기 위해선 그들의 편에 있는 것이 가장 좋았다. 그는 비굴하지 않고 당당한 모습으로 그들과의 교류를 돈독히 했고 그들은 매번 스캇의 카리스마에 매료되었다. 스캇은 하루하루 지날수록 베른에서 저명한 기업인으로서 자리를 잡아갔다.

이 와중에도 문제는 있었으니 그것은 바로 암습이었다. 스캇의 이름이 알려지기 시작한 뒤 그는 몇 번의 살해 위협을 느껴왔다. 물론 그의 능력이라면 크게 걱정할 것이 없었다. 하지만 청부업자들의 수준은 날이 갈수록 높아졌고 방법은 더욱 다양해져 갔다.

그는 이 모든 것이 공작의 짓이라는 걸 알 수 있었지만 공작의 겉모습은 여전히 완벽했다. 선량하고 강직한 행정장님은 매일 빈민가에 직접 내려와 활발해져 가는 그들의 모습을 격려하곤 했다.

그의 정체를 알고 있는 것은 조직 내에서도 자신과 네파드뿐이었다.

대부의 조직은 입장이 보통 곤란한 것이 아니었다. 그들은 나름대로 자신들의 세력을 굳건히 하는 데 힘썼지만 대세가 기우는 탓에 세력 안에 있는 기업들도 속속들이 이탈하고 있었다.

그들은 여전히 강압적이고 폭력적인 스타일을 고수했지만 일단 스캇의 조직에 들어가면 그들의 조직원들이 보호해 줬다. 스캇으로부터 체계적인 훈련과 체력 단련을 받고 있는 조직원들의 실력은 날이 갈수록 빠르게 늘어갔다. 물론 기술만큼이나 정신적인 측면도 강조했기 때문에 결코 누군가에게 먼저 손을 뻗는 일은 없었다. 그런 조직원들의 모습이 서민들에게 더 큰 호응을 얻었음은 말할 필요도 없었다.

시간은 더디게 흘러갔다. 어느새 대부의 세력은 상당수 축소됐고, 드러나지 않은 조직의 어르신은 더욱 조직을 몰아붙였다.

결국 그들은 다급해졌는지 다시 거친 확장을 꾀하기 시작했고 결국 몇 번의 무력 충돌이 일어났다. 누가 이기고 지는 것을 떠난 단순한 소모전이었다. 사태는 그 후 급격하게 악화되기 시작했다.

만약에 전면전이라도 벌어진다면 조직원의 숫자는 큰 차이가 없었지만 분명 공작이 개입할 여지가 있었다. 그라면 군대나 암살자라도 고용해 와 꼭 스캇을 죽이려 할 것이다.

스캇은 미리 용병 시장에도 정보원을 보내놨지만 용병들의 움직임이 보이진 않았다. 다행히 그의 입지는 용병대를 좌지우지할 수 있을 정도로 성장해 있었다.

빈민가의 지배자, 암흑가의 보스. 그에게 늘 따라다니는 수식어였다. 그는 편한 복장 대신 깔끔한 차림의 정장과 중절모를 쓰기 시작했다. 그리고 다른 조직원들 역시 신사다운 행동과 예의 범절을 함께 배우기 시작했다. 이 모든 것은 일종의 기업 마케팅이었다.

분명 조용하고 평화로웠다. 아무 일도 없을 것 같은 하루가 계속되고 있었다. 조직원들은 맡은 업무와 수련에 최선을 다했고 네파드의 밑에서 일하는 직원들은 활기찼다. 아지트의 옆에 있는 공장 역시 생산량이나 매출에서도 큰 상승을 보이기 시작했다.

그런 평범한 날 스캇의 한 정보원이 편지를 한 통 들고 찾아왔다. 대부에게서 직접 받은 것이라 했다.

편지 내용은 일종의 선전포고였다. 전면전이 될 장소와 시각을 예고하고 있었다. 그의 조직도 생존을 하기 위해선 어쩔 수 없다고 적혀 있었지만 그보다 더 어둡고 깊은 꿍꿍이가 느껴졌다.

편지의 끄트머리에는 알아보기 힘든 희미한 모양의 한글로 '생명 위험' 이라 씌여 있었다. 대부는 여전히 스캇을 아끼고, 그를 돕고 싶어하는 듯했다. 그동안의 조직의 움직임이 그것을 알려주고 있었다.

만약 전면전이 벌어지는 곳에 양측의 세력 모두 모여 있고 공작이 나타난다면 더할 나위 없는 조건이다. 스캇이 이 베른을 뒤엎을 수 있는 절호의 찬스였다. 스캇은 몇 명의 질서위원들을 불러 조직원들을 최대한 소집하게 했다.

시간은 삼 일 뒤 이른 저녁, 장소는 도시에서 인적이 가장 뜸한 곳인 강 상류의 벌판이었다. 그는 조직원들을 더 훈련시켜 둬야 했다. 만에 하나 자신이 감당할 수 없을 정도로 위험한 일이 생기면 조직원들의 목숨이 가장 중요했기 때문이다. 그리고 그 외에도 공작을 쓰러뜨리기 위한 몇 개의 조건이 더 필요했다.

스캇은 이를 드러내며 웃기 시작했다.

"하하핫! 어디 한번 뱀의 꼬리를 물어볼까."

전면전 당일, 조직은 일사불란하게 움직였다. 거대한 뱀을 잡기 위해선 그만큼 거대한 덫이 필요한 법이었다. 조직원들은 미리 스캇에게 지시받은 내용을 숙지한 채 명령을 충실히 이행했다.

빈민가 곳곳에서 두 조직이 서로 마주치는 일은 많았지만 직접적인 충돌은 없었다. 베른 시의 상공을 뒤덮는 눅눅한 암운은 그 분위기를 더해주고 있었다.

스캇의 계획은 모두 차질없이 진행되었다. 다만 적의 신분이 나라에서 손가락 안에 꼽히는 귀족이며 평소 명망이 높은 자였기 때문에 위험도가 높았다. 하지만 스캇은 그 이면의 모습이야말로 공작의 약점이 될 수 있을 것이라는 확신을 가지고 있었다.

만에 하나, 스캇이 누를 수 없는 수준의 강자가 나타난다면 그건 위험하다. 공작의 지위라면 그 가능성도 배제할 수 없었다.

어느덧 약속된 시간이 다가오고 벌판에 두 조직이 모이기 시작했다. 그들은 약속이라도 한 듯 공터를 중심으로 흩어지기 시작했다. 약간의 부딪침도 없었다. 그저 서로가 각자의 이야기를 나누며 질서 정연하게 자리를 잡았다. 묵묵하게 서 있는 이들도 있는가 하면 긴장된 표정을 지으며 상대를 노려보는 이들도 있었다.

그리고 그 가운데 스캇이 등장했다.

오직 바람이 거친 벌판을 훑고 지나가는 소리가 들릴 뿐. 방금 전까지 웅성거리고 있던 무리는 모두 입을 다물었다. 그의 상의는 바람을 맞으며 펄럭거렸고 뒤로 짧게 묶은 그의 머리 역시 세차게 휘날리고 있었다. 그의 얇은 입술에는 어김없이 타는 담배가 한 개비 물려 있었다.

"후우… 오래 기다렸냐."

"여기 앉으시죠, 형님."

"고맙다."

그가 자신의 조직원들 앞에 도착하자 간부들이 달려나와 앉을 만한 상자와 미리 준비해 둔 외투를 꺼내왔다. 스캇은 조직의 가장 앞머리에 앉았다. 무척이나 많은 조직원들이 있었지만 전부 온 것은 아니다.

네파드와 몇몇 조직원은 아지트를 지키고 있었다. 만약 아지트 쪽에 일이 생기면 발빠른 정보원들이 달려올 것이다. 아직 대부는 오지 않은 모양인 듯 상대 조직의 모습은 다소 불안해 보였다.

땅의 지반이 약한 이곳은 도시와 근접한 곳임에도 불구하고 어떠한 경작도 이루어지지 않았다. 사방에는 거친 돌들이 굴러다녔고 빈민가의 각종 쓰레기들이 모여 있는 곳도 있었다. 평소 인적이 있는 곳은 아니라는 이야기였다.

"마침 오는군."

그의 능력이 아니더라도 이런 인적이 뜸한 곳에 오는 마차라면 눈치 챌 수 있다. 그들의 앞에 평범한 모양의 마차가 한 대 오고 있었다. 도시 쪽에서 올라온 마차는 그들이 대립한 공터의 구석 즈음에 멈췄다.

열린 문에서 내린 것은 대부였다. 그는 느린 걸음으로 걷기 시작했다.

'이상하군. 분명 공작은 마차에 타고 있는데 폴든이란 녀석이 없다. 근처에도 느껴지지 않아.'

조직의 중앙에 도착한 대부는 무거운 표정으로 주위를 둘러봤다. 그리고 스캇을 향해 말했다.

"우리 조직의 세력을 위협하는 너희에게……."

"그만!"

스캇은 갑자기 소리를 지르며 대부의 말을 끊었다. 대부의 조직원들은 모두 발끈한 표정으로 스캇을 노려봤다. 이런 거사를 앞에 두고 서로의 자존심을 깎는 일은 보통 무례가 아니다.

스캇은 담배를 발로 비벼 끄며 자리에서 일어났다. 그리고 말했다.

"행정장님, 나오시는 게 어떻습니까?"

나름대로 정면으로 부딪치는 승부수였다. 대부는 예상했다는 듯 고개를 숙이고 있었고 양측의 사람들은 모두 웅성거리고 있었다. 행정장이 이곳에 있단 말인가?

곧 아무도 없는 것만 같았던 조용한 마차의 안에서 라엔델프 베르겐하임 공작이 걸어나왔다. 그는 여전히 선한 웃음을 가지고 있었다.

"오랜만이군요, 스캇님."

"이 시의 행정장이다!"

"공작 같은 사람이 왜 이곳에?!"

반응은 엇갈렸다. 조직의 암투를 귀족들에게 노출시킨 것이 아니냐는 우려와 이것을 시에서 공정한 결투로 받아들이고 있다는 좋은 평가였다. 하지만 그것도 잠시, 공작이 앞으로 걸어나오기 시작하자 모두의 웅성거림이 순식간에 잦아들었다.

"나는 대부의 오래된 절친한 친구이고, 또한 스캇님에게도 관심이 많기 때문에 이곳에 온 것입니다. 개입하지 않아요. 그저… 관심이 있을 뿐입니다."

공작은 빈민가에서도 귀족 중에서 가장 좋은 호응을 얻고 있었다. 누구에게나 좋은 사람이라는 평판이었고 그런 부분들이 유명하기도 했다. 그런 그가 양측의 보스와 연관이 있다는 사실을 밝히자 조직원들은 고개를 끄덕이며 수긍했다.

하지만 양측의 보스야말로 그의 정체를 알고 있는 유일한 인물이 아닌가.

"그렇다면 우리가 좀 다툰다고 해도 개입하지 않겠다는 말입니까."

"개인적으로 온 사람이니 그렇다고 해야겠지요."

그는 아무래도 상관없다는 듯 두 손을 들어올리며 맘대로 하라는 제스처를 보였다. 스캇은 그가 뿜어내는 메시지가 뻔히 느껴졌다. 제발 싸우기 시작해 달라는 그 속마음이 훤히 보였다.

교활한 뱀의 술수가 느껴진다.

"이걸 어쩌나. 우리는 오늘 친목을 나누기 위해 모인 건데. 좀 더 자세히 말하자면 어떻게 당신 같은 사람을 이 도시에서 몰아낼까 고민하는 자리거든. 안 그래, 대부?"

대부는 아무 대답도 하지 않았다. 그의 수심이 깊어갔지만 스캇은 그를 믿고 있었다. 공작은 여전히 사람 좋은 표정으로 일관하며 말을 꺼냈다.

"아니, 이 자리가 서로 세력을 놓고 다투기 위해 준비된 것이라는 건 척 봐도 누구나 알 수 있을 겁니다. 농담이 심하시군요."

"이 자리가? 어딜 봐서? 동생들아, 너희 지금 싸우러 왔냐?"

"아닙니다아!"

미리 언질을 받은 조직원들은 하나같이 큰 목소리로 부정했다. 순간 공작의 미소가 아주 조금 빛을 잃었다.

"이봐. 우리 뭐, 무기도 하나 안 들고 왔어. 저쪽도 그렇다고. 인사라도 할 겸 해서 모인 거지. 그렇지, 동생들아!"

"예!"

공작은 주위를 둘러봤다. 정말로 손에 흉기나 무기나 될 만한 것들은 아무것도 없었다. 스캇의 조직은 미리 지시받았다고 쳐도 대부의 조직은 어째서? 조직 간의 전면전을 지시한 것은 다름 아닌 자신이다. 공작은 진의를 묻기 위해 대부를 바라봤다.

"그렇다. 우리는 친구가 되기 위해… 자세히 말하자면 스캇의 세력에 종속되기 위해 온 것이다."

대부의 말이 끝나자마자 조직 안에서 몇 명의 조직원들이 다른 조직원들에게 둘러싸이거나 묶이기 시작했다. 개중에는 공격이나 도망을 시도하려는 이들도 있었지만 아무도 눈치 못 채도록 대부가 미리 만반의 준비를 한 듯했다.

"놔! 뭐 하는 거야!"

"왜 그래!"

순식간에 묶인 몇 명의 조직원들이 대부의 앞으로 끌려 나왔고 사정을 모르는 이들은 놀란 채 그 모습을 지켜보기만 했다.

"어쩌나. 범죄가 아니니 증거도 못 잡겠고, 싸우질 않으니 말린답시고 무력 진압도 하지 못하겠고, 참 미칠 노릇이네. 이럴 줄 알고 선동용으로 심어놨던 스파이도 전부 잡혔네. 공작님, 뭐 준비해 둔 거 없습니까? 기껏 놀라게 해드렸는데……."

스캇은 안타까운 표정을 지으며 공작을 바라봤다. 서로의 눈이 마주치자 말끝을 흐렸던 스캇의 입이 다시금 움직였다.

"이러면 심심하잖아?"

스캇이 상대를 도발하듯 입술을 실룩이자 공작은 애써 시선을 외면했다.

묶여서 나온 이들은 모두 공작이 심어뒀던 스파이들이었다. 하나같이 암습에 가담했었던 이들로 실제로 뛰어난 실력을 가지고 있기도 했다. 스캇은 그동안 그들의 소재를 정확히 파악해서 자신의 정보원을 이용해 대부에게 알려줘 왔다.

그리고 대부는 믿을 만한 충복들을 움직여 자신이 공작을 배신하는 순간 그들을 잡게 한 것이다. 물론 그들이 호락호락 잡힐 실력은 아니었지만 이미 스캇의 능력에 의해 제대로 된 움직임을 보일 수 없었다.

스캇의 말을 듣고 있던 공작의 표정은 여전히 웃고 있었다. 하지만 그의 한쪽 눈썹은 미세하게 떨리고 있었다.

"저는… 무슨 일인지 잘 모르겠습니다."

"그래? 그럼 우리가 알고 있는 정보가 밖으로 좀 새어도 괜찮다는 거네. 방금 대부가 말한 건 잘 못 들었나 본데… 그가 내 밑으로 들어오면 꽤 여러 가지 정보가 노출되겠지. 이를테면……."

"잠깐. 원하는 대로 해드리겠습니다."

공작은 두 손을 들어올리며 다급하게 말을 꺼냈다. 원하는 대로? 스캇이 원하는 것은 간단했다.

"내가 원하는 건 이 도시를 좀 먹고 있는 독사가 사회에서 매장되는 거다!"

눈치 좋은 몇몇 이들은 알 수 있었다, 이 자리의 주인공은 자신들이 아니며 모든 것이 공작의 음모를 겉으로 드러내기 위해 준비된 자리라는 것을.

하지만 공작은 여전히 그 여유를 잃지 않은 채 스캇에게 말했다.

"그러니까… 가지고 있는 수를 내놓으면 되는 거로군요."

"기대되는군. 그 녀석도 나오겠지?"

공작은 대답 대신 품에서 작은 권총을 꺼내 들었다. 보급화되어 있진 않지만 이름있는 귀족들은 누구나 가지고 다닐 수 있는 호신용 무기였다. 깜짝 놀란 조직원들은 스캇과 대부의 앞을 각각 막아서며 보스를 지켰다.

스캇은 괜찮다는 듯 조직원들을 뒤로 물렸고 공작은 권총을 하늘로 치켜든 채 허공으로 발사했다.

"그게 신호로군."

스캇의 능력으로는 분명 주위에서 아무 위험 요소도 감지되지 않았다. 도대체 무슨 수가 있단 말인가.

하지만 곧 그의 눈앞에 기이한 광경이 펼쳐지기 시작했다. 철컥거리며 들려오는 쇳소리도.

"저, 저게 뭐지!"

"허공에서 사람이, 병사가 나타나고 있다!"

"마법이다!"

공작의 뒤편, 허공에서 갑주를 걸친 병사들이 하나씩 나타나기 시작했다. 그들 모두 질서 정연하게 걸어나오고 있었다. 그들은 마치 허공에 있는 문에서 걸어나오는 듯했다. 모두 다리아렌 왕국의 정예병들이었다.

그들은 창과 검으로, 방패와 갑주로 무장하고 있었고 숫자가 백 명은 족히 넘었다. 그리고 그들의 뒤에서 말을 타고 있는 폴든이 따라 나타났다. 그 역시 갑주로 무장하고 있었다.

"행정장님을 뵙습니다."

"잘 왔네. 라이닌 경은 어디에 있는가."

"이제 나오실 겁니다."

허공에서 나타난 부대들은 순식간에 반호의 진형으로 정렬했고 창끝은 조직원들을 향한 채 굳게 자신의 자리를 지켰다. 명령만 내려지면 바로 달려들어서 꿰어버릴 기세였다.

그리고 그들의 출현이 끝나자 그 뒤에서 검은색의 갑주를 입은 또 다른 병사들이 나오기 시작했다. 스캇도 익히 알고 있는 것이었다.

"제국병……."

조직원들은 긴장하기 시작했다. 아무리 날고 긴다고 해도 맨손의 건달들이 갑주와 무기로 중무장한 병사들을 상대로 제대로 싸울 수 있을 리 없었다. 제국병들은 검이나 창이 아닌 다른 무기를 들고 있었다.

그것은 제국을 대륙 최고의 강국으로 만들어준 저주, 머스킷 총이었다. 대부분의 사람들은 그 끔찍한 위력을 알고 있었다. 다리아렌 왕국의 정예병들과 거의 같은 숫자의 제국병들이 나온 후 마지막으로 흑마를 타고 있는 젊은 신사가 나타났다.

스캇은 분명 은행에서 그와 마주친 적이 있었다. 그는 이를 갈았다.

"이런 젠장! 동생들, 잘 들어라. 만약의 저 녀석들 중 한 명이라도 공격을 시작하면 모두 도시로 도망쳐라. 너희가 죽을 이유는 하나도 없다."

그의 말은 최악의 상황을 가정한 조언이었다. 이렇게까지 병력을 노출시키는 건 곧 그들을 공격할 여지가 있다는 사실과도 같았다.

"하지만 사람들은 너희가 죽고 난 다음에 시체에 대고 이유를 묻지 않을 거다. 죽을 이유가 없어도 죽으면 말짱 꽝이란 말이다!"

공작이 이렇게까지 전력을 드러냈다면 모두 죽이고 입을 막을 생각일지도 모른다. 이 세계라면, 그의 능력이라면 빈민가 출신의 청년들을 죽이고 난 뒤 그 일을 무마시키는 것은 어려운 일이 아니었다. 더군다나 적으로 부딪쳐 오던 두 조직이 함께 있는 상황이다.

스캇은 그가 그만큼이나 악한 수를 쓸 것이라고는 생각을 못했다. 머스킷 총이나 저만한 실력자 앞에서 살아남기는 힘들다. 그 신사는 분명 라렛슈보다 높은 수준의 실력자였다.

신사는 마지막으로 나온 후 자신이 들고 있던 슈트케이스를 두어 번 두들겼다. 그러자 그가 나온 허공의 문이 사라지기 시작했다. 그는 공작을 향해 쓰고 있던 모자를 살짝 들어 인사를 표했다. 공작은 자신감 넘치는 목소리로 폴든에게 말했다.

"폴든, 여기 있는 이 악질 조직들의 죄명을 불러보게."

"일동! 포위!"

폴든의 지시가 떨어지자 병사들이 넓게 산개하며 두 조직의 조직원들을 둘러싸기 시작했다. 뒤에 있는 머스킷 병들 때문에 제대로 도망도 치지 못한 조직원들은 가운데로 몰리기 시작했고 병사들의 날카로운 창끝을 벗어나기 쉽지 않았다. 스캇은 이를 악물었다.

"강탈, 폭행, 72건! 탈세 61건! 사기 12건! 방화 3건! 살인 24건!"

폴든의 입에서는 각종 죄목들과 그 숫자가 쏟아져 나오고 있었다. 조직원들은 모두 이해할 수 없다는 듯 놀란 표정을 지었다. 그제야 스캇은 어째서 폴든이 그동안 보이지 않았는지 이유를 알 수 있었다.

"증거 자료를 만들고 있었군. 제국과 왕국의 지원을 받게 된 것도 그 때문일 테고……."

토씨 하나 안 틀리고 한참을 말한 폴든은 말을 마치며 마무리를 확실히 했다.

"이 모든 죄들에 관한 증거 자료와 피해자를 확보했으므로 다리아렌 왕국은 베른 시 청사에 해당 조직원들을 모두 체포할 명령과 병력을 부여한다! 이상!"

그는 들고 있던 서류를 들어 왕국의 도장이 찍힌 것을 주위에 확실히 보여줬다. 조직원들은 모두 경악하는 표정을 짓고 있었고 흑마를 탄 신사는 아무 말 없이 그 모습을 지켜보고 있었다. 공작은 고개를 살짝 숙이며 부드럽게 말했다.

"전 여러분을 해치지 않습니다. 이 도시의 행정장이니까요. 대신 범죄자들을 감옥에 넣는 일은 해야겠지요. 안 그렇습니까?"

스캇은 자신의 왼손으로 관자놀이를 눌렀다. 이 상태에서 힘을 써서 벗어나는 건 왕국을 적으로 돌리는 미친 짓이었다. 그렇다고 이대로 감옥에 들어가 버리면 완전히 놈의 술수에 놀아나는 격, 일단 들어가면 나올 길이 없었다.

더군다나 자신이 미리 로비를 벌여놓은 귀족들과 상인들마저 오지 않고 있었다. 분명 예정대로라면 이미 도착했어야 했다. 폴든이라는 녀석의 덫에 걸린 것이 확실했다. 그의 머리는 계산을 거듭하고 있었지만 답이 보이질 않았다.

폴든과 공작은 여유있는 표정으로 조직원들을 감옥까지

압송할 방법에 대해 이야기하고 있었다.

'제길… 전쟁터나 유적이면 마음껏 날뛰기라도 해볼 수 있을 것을…….'

그는 결국 능력을 사용하기로 마음을 먹었다. 아직 실전에서 사용해 본 적은 없지만 의지의 강화판인 기술이 몇 개 더 있었다. 도시에서의 심리전을 위해 카라포엔이 준비해 준 것이지만 아직 완성이 되지 않아 시도를 차일피일 미루고 있던 능력이었다. 스캇은 능력을 쓰기 위해 앞으로 나섰다.

하지만 다른 사람이 그의 앞을 먼저 가로막았다.

"내가 나서지."

그는 대부였다. 대부는 고개를 돌려 스캇을 바라봤다. 그리고 의미를 알 수 없는 미소를 지은 후 스스로 병사들의 창 앞으로 나섰다.

"여기서 자신의 죄를 인정할 친구는 한 명도 없겠지만… 말 좀 묻겠소. 정확히 스캇님이 지은 죄라고 밝혀진 게 어떤 것이 있소?"

"음… 지난달 말일 빈민구 상권 2번가에 위치한 보석상 '레 뉴오' 강도 사건의 유력한 용의자로……."

폴든은 그의 질문이 끝나자마자 준비해 둔 서류를 골라 읽기 시작했다.

"유력하다니? 증거가 확보됐다고 하지 않았소? 말이 조금 틀린 것 같은데."

대부는 귀찮다는 듯 그의 말을 잘랐다. 스캇은 그가 폴든과의 대담에서 승리할 수 있을 거라는 생각은 조금도 하지 않았다. 하지만 당장은 지켜보는 수밖에 없다.

"예, 확실한 증인을 확보했으며 저기 계신 스캇 씨가 범인으로 지목이 되었습니다."

"증인으로 사람을 감옥에 넣을 권한이 생긴다니 우습군. 그 증인이 거짓인지 사실인지는 어떻게 확인할 수 있소?"

분명 대부는 말장난 혹은 우기기를 할 생각이었다. 과연 폴든으로부터 승리할 수 있을까. 스캇의 걱정대로 폴든은 그의 말을 보란 듯 받아치고 있었다.

"그건 법정에 가서 말씀하시지요."

"또 다른 증인이 나오면 어떻게 되는지? 난 그날 스캇 씨와 하루 종일 같이 있었소. 그래도 스캇님을 감옥에 넣을 이유가 되오?"

명백히 눈에 보이는 거짓이었다. 하지만 그에 동조하듯 뒤에 있던 조직원들이 소리를 지르며 외치기 시작했다.

"나는 그 전날 같이 있었어!"

"나도 지난주 내내 같이 있었다구! 아침부터 밤까지!"

폴든은 눈살을 찌푸렸다. 자신의 논리가 통하지 않는 막무가내와 억지는 그가 가장 싫어하는 것 중 하나였다. 하지만 그는 여전히 여유있는 표정으로 대꾸했다.

"그게 사실이라는 증거가 어디에 있지요? 허위 사실 공표는……."

"그건 법정에 가서 말씀합시다. 아무튼 무고를 증명해 주는 증인이 있는데 스캇님을 감옥에 가둘 권리가 있소?"

대부는 그의 말을 멋지게 받아쳤다. 그 모습을 바라보는 공작은 중간에 나서지도 못한 채 안절부절못한 표정을 짓고 있었다. 폴든은 자신이 쓰고 있던 안경을 살짝 들어올렸다. 그는 다시 능수능란하게 서류들을 넘겼다.

"자, 그것 말고도 지난 14일……."

"그것도 이 사람들이 다 증명할 수 있소. 무슨 소린지 모르시나 본데 왕국의 도장 같은 게 찍혔다고 해서 있지도 않은 사실이 진실이 되진 않는다는 말이지."

"왕국에 대한 반역 행위로 간주될 수……."

"끝까지 들어라, 애송아. 어른이 이야기하시잖아."

이번에 폴든의 말을 자른 것은 스캇이었다. 그는 특유의 위압을 뿜어내며 폴든을 노려보고 있었다. 대부는 스캇을 한번 바라본 후 다시 이야기를 꺼냈다.

"결국 당신네들이 계속 데리고 가려 하는 감옥이나 법정이 정말로 공정하지 못하기 때문에 우리는 가지 못하는 것이오. 대답을 안 해주니 같은 질문을 반복하겠소이다. 정말 당신이 체포할 권한이 있는 건 맞소이까?"

어지간히 빈정대는 말투였다. 폴든은 안경을 내린 채 공작을 바라봤다. 저들이 저렇게도 살리고 싶어하는 스캇 한 명

정도 풀어주고 이야기 끝내면 안 되겠냐는 의미였다.

공작도 더는 귀찮았던지 고개를 저으며 네 맘대로 하라는 제스처를 취했다. 폴든은 안도의 한숨을 쉰 뒤 대부를 바라보며 체념한 표정을 지어 보였다. 물론 다 연기의 일환이겠지만.

"좋습니다. 그럼 스캇님은 압송 대상에서 제외시켜 드리지요. 이제 더 이상 말장난할 겨를이 없으니 출발하겠습니다."

"와아아아아!"

조직원들의 환호성이 울려 퍼졌다. 대부는 스캇을 보며 웃어 보였다. 스캇 하나만 몸을 빼내도 밖에서 자신들을 도와줄 커다란 조력자가 생기게 된 것이었으니 희망은 있었다. 하지만 거기서 끝나지 않았다.

다음 이야기를 꺼낸 것은 스캇이었다.

"자, 그럼 이제 우리 대부님에 관한 증인을 찾아볼까? 끝이라고 생각하지 말라고. 법은 평등한 거니까 나한테 적용되었으면 다른 사람들한테도 한 번씩 적용해 봐야지. 안 그래?"

순 억지였다. 창을 들고 있던 병사들은 한숨을 쉬고, 뒤에서 바라보는 제국의 병사들도 도저히 못 봐주겠다는 표정이었다.

폴든은 나약한 이 나라의 공권력을 탓해야 했다. 사실 공권력이 약하니 폴든이나 공작 같은 사람들이 득세할 수 있었다는 아이러니한 사실도 무시한 채 말이다.

"증거 확보에 왕실의 명령까지 내려진 이상, 더 왈가왈부할 필요 없어요. 병사들은 모두 각자 가지고 온 밧줄로 죄인들을 포박하십시오! 더 이상의 발언은 법정 위에서 하시길 바랍니다. 허튼짓을 했다간 뒤에 있는 제국병들의 총이 불을 뿜게 될 것입니다!"

조직원들은 뒤편에서 일렬로 도열해 있는 제국병을 바라보며 몸서리를 쳤다. 그들은 명령 한마디면 그 목소리가 끝나기 전에 사격을 할 수 있을 정도로 뛰어난 실력들을 가지고 있는 대륙 최고의 정예병들이었다.

그때 병사들에 옆에 있던 신사가 말을 이끌고 앞으로 나섰다.

"재미있었습니다. 개인적으로는 스캇 씨의 실력을 보고 싶었는데, 역시 웬만한 상황에선 손을 쓰시질 않는군요. 소개하지요. 전 제국에 귀속되어 있는 라이닌 팔오스트 백작이라고 합니다. 부족하지만 제국 왕립 도서관의 관장을 맡고 있습니다."

공작을 볼 때도 살짝 고개를 까닥거리던 그는 스캇을 향해선 모자를 벗어 품에 안고 깊게 허리를 숙였다. 제국의 귀족이 일반인한테 이만한 예우를 보인다는 것은 찾아보기 힘든 일이었다. 스캇은 그자의 진의를 알 수 없었다.

"나는 스캇. 보잘것없지만 이 동생들과 작은 공장을 꾸려가고 있다."

"좋습니다. 제가 몇 가지 여쭤보고 싶은 것이 있는데 이들을 물려주는 대가로 알려주실 수 있겠습니까?"

백작은 주위에 있는 병사나 공작, 폴든은 전혀 신경도 쓰지 않은 채 이야기를 하고 있었다. 마차 앞에 서 있던 공작은 갑자기 속이 끓기 시작했다. 분명 자신이 계획하고 직접 초대한 자인데 어째서 이런 소리를 하고 있는가.

"나야 괜찮지만, 한 가지 질문만 내가 먼저 합시다. 보아하니 당신이나 당신 병사들의 위세가 꽤 대단한 것 같은데 내가 이 주위에 있는 병사들을 좀 건드려도 괜찮을까?"

"이 작은 다리아렌 왕국은 결국 제국의 속국일 뿐이지요. 그리고 현재 공작에게는 명분이 없습니다. 제가 허락하지요."

"고맙군."

공작의 두 눈이 크게 떠졌다. 폴든은 이미 상황을 파악한 듯 알게 모르게 빠져나갈 준비를 하고 있었다. 제국이 공작에게서 등을 돌렸다면 답은 두 가지였다. 제국병을 지휘하는 저 사람과 스캇이 꽤나 중요한 관계이거나 혹은 자신과 공작의 치부가 제국에 알려졌다는 것. 어느 쪽이라 해도 그에게 불리한 상황이었다.

스캇은 그런 그의 메시지를 느끼며 웃었다. 역시 마음에 드는 인재였다. 그는 오랜만에 몸의 기운을 가득 펼쳤다.

"의지. 강압."

그의 몸에서 푸른색의 기운이 피어오르기 시작했다. 그의 몸 주위에는 푸른 빛줄기들이 마치 화로 곁 불나방처럼 날아다니기 시작했다. 그는 주위에 있던 조직원들을 살짝 밀어내고 자신들에게 창을 겨누고 있는 병사들의 앞으로 나섰다. 그의 목표는 그 병사들이었다.

스캇은 짧고 간결한 말을 내뱉었다. 그리 크지도, 위압적이지도 않은 평범한 목소리였다.

"놔라."

철컹!

순간 모든 병사들의 손에서 무기와 방패가 떨어져 내렸다. 저항하거나 소리 지르는 이들은 아무도 없었다. 그저 스캇의 말이 끝나자마자 아무 말도 하지 못한 채 들고 있던 모든 것을 손에서 놓았다. 백작은 흥미로운 표정을 지으며 그를 바라봤다.

"꿇어라."

쿵!

스캇이 다시 내뱉은 말이 끝나자 모두 약속이라도 한 듯 그 자리에 무릎을 꿇었다. 그를 중심으로 둘러싸고 있는 병사들의 모습은 마치 왕 앞에 고개를 숙인 병사들의 모습과도 같았다.

그것을 보고 있던 모든 사람들은 알 수 없는 전율을 느껴야 했다. 그가 다음 말을 내뱉었다.

"숙여라."

이번에는 그들의 머리가 일제히 바닥에 붙었다. 마치 그들이 스캇을 향해 절을 하고 있는 모습이었다. 병사들은 알 수 없는 두려움과 강압감에 사로잡혀 온몸을 떨고 있었다. 아무도 반항할 생각은 하지 못했다. 공작과 폴든도 경악에 찬 눈으로 스캇을 바라보고 있었다.

저것이 정녕 사람의 모습인가! 스캇의 거대한 체구는 무릎 꿇은 채로 고개를 숙이고 있는 병사들의 사이를 천천히 지나왔다.

"내 이름은 스캇이다. 나중에 어디 가서 나한테 창 겨눠봤다고 자랑해도 된다."

그는 몇몇 병사의 어깨를 토닥거리며 그 자리를 벗어났다. 그는 백작을 향해 걸었다. 곁에 폴든이나 공작이 서 있었지만 그는 관심도 없다는 투였다. 이윽고 스캇은 백작의 앞에 우뚝 섰다.

"보여주는 건 끝이야. 그런데 나는 보시다시피 평소에 고개를 들 일이 없어서 이렇게 고개를 들고 있는 걸 별로 안 좋아해."

"제가 내려가지요."

백작은 가벼운 몸놀림으로 흑마에서 뛰어내렸다. 스캇은 대수롭지 않다는 듯 귀를 후비며 또다시 요구를 했다.

"그리고 쟤네들 정리 좀 먼저 부탁해, 친구."

"예. 그렇게 하지요."

백작은 폴든과 공작의 곁까지 걸어갔다. 공작은 여전히 영문을 모르겠다는 표정이었다. 백작은 스캇과 이야기할 때와는 달리 싸늘한 표정으로 말을 시작했다.

"공작님의 부정행위는 너무 깊고 많아졌습니다. 제가 이곳에 온 것은 바로 공작님 때문이었지요. 어지간한 탈세와 담합이면 모를까, 제국과의 무역 거래도 잦은 이 도시에서 그렇게 일을 벌였으니… 제국에 얼마나 막대한 피해가 간 줄 아십니까."

"나, 나는… 아니오. 금액이 얼마가 되었든 그 이상의 것으로 제국에 헌납하겠습니다!"

"이미 제가 어떻게 할 수 있는 내용이 아닙니다. 사실 공작님은 삼 일 전 제국 10공적으로 이름이 오르셨습니다. 애초에 이렇게 오랜 시간 머물러 있었던 이유는 바로 공작님에 관한 증거를 확보하기 위한 것이었습니다."

제국 10공적! 제국 10용사의 반대라고 할 수 있는 악명의 존재들! 물론 대부분 이름이 올라오는 족족 용사들의 타깃이 되며, 말 그대로 정의의 적이 되었지만 일국의 공작이라는 귀한 신분이 10공적이 되었던 전례는 없었다.

폴든은 고개를 저으며 한숨을 쉬었고 공작의 얼굴은 말 그대로 까무러친 표정이었다.

"꺼… 꺼억… 10공적……."

"일단 공작님에게는 인장을 하나 붙여 드리지요. 제 곁에서 100m 이상 떨어지시면 생명이 달아나는 꽤나 지독한 저주입니다. 어차피 제국에서 처형당하는 것보다 여기서 인생을 마감하시는 것이 좋겠지만… 본인의 선택이겠지요."

반항할 방법도 없었다. 백작이 하얀 장갑을 낀 손을 휘두르자 공작의 볼에는 붉은색의 작고 귀여운 하트 마크가 붙었다. 취향이 조금 독특했지만 저주의 인장이 확실했다. 공작은 모든 걸 체념한 표정으로 그 자리에 주저앉았다.

백작은 다시 스캇에게 걸어왔다. 그는 고개를 돌리지도 않은 채 등 뒤에 있는 폴든에게 말했다.

"허튼 생각 하시는 비서님, 제국의 10용사로부터 도망칠 수 있다고 생각하면 오산입니다. 병사, 조준."

마치 인형처럼 말없이 도열해 있던 제국병들은 가지고 있던 머스킷 총을 일제히 들어 폴든을 노렸다. 그의 눈빛은 사라지지 않았지만 일단 더 이상의 움직임은 없었다.

"말에서 내려오세요. 공적의 공범입니다. 그냥 넘어가지 않습니다."

"좋군. 10용사. 당신은 몇 번째지? 라렛슈보다 강해 보이는군."

"다섯째 형님과 만나셨습니까? 그분이 저보다 훨씬 강합니다. 전 막내 자리를 차지하고 있습니다."

"믿을 수 없군."

백작은 자신의 옷에 묻은 먼지들을 털어내며 스캇의 앞으로 다가왔다. 강압에서 풀린 병사들은 하나씩 일어나고 있었고 조직원들은 이미 멀리 떨어진 곳에서 그들을 구경하고 있었다. 그리고 폴든이 땅으로 내려오자 제국병 중 몇 명이 조준 사격 자세를 취했고 나머지는 다시 원래의 모습으로 정렬했다.

스캇의 앞에 선 백작은 다시 한 번 허리를 숙이며 인사를 했다.

"다시 소개하지요. 제국 10용사의 No. 10, 라이닌 팔오스트입니다. 사람들은 '망령의 마술사' 라고 부릅니다."

"내 소개는 또 할 필요 없겠지. 그래, 제국 10용사가 나에게 원하는 질문을 들어볼까."

"예, 가장 중요한 질문부터 하지요. 스캇 씨, 당신에게 켈리라는 여자는 어떤 존재입니까?"

그 순간 스캇의 동공이 크게 확대되었다. 그리고 안구의 핏줄이 선명해지기 시작했다.

"당신이… 10용사가 왜 그런 것을 묻지?"

"대답해 주겠다고 약속하셨습니다."

백작은 이유를 알려줄 의향은 없어 보였다. 그는 무표정으로 그의 대답을 기다렸다. 스캇은 잠시 동요를 잃었지만 그뿐, 이미 오래전 정해둔 마음에 주저함은 없었다.

"좀 부끄럽지만… 그녀는 나의 첫사랑이다. 평생 지워지지 않을 사실이지."

"음."

"하지만 지금 내 가슴에 사랑이라는 감정은 결코 없다. 그녀의 존재는 잊어도 그녀가 했던 행동들을 잊을 생각은 없다. 내가 이 세계를 통째로 바꿔 버리겠다고 결심하게 만들어준 장본인이니까."

스캇은 부연 설명 없이 자신의 감정만을 설명했다. 그가 얼마나 자신의 연애사에 관심을 가지고 있는지는 모르겠지만 별로 신경 쓸 생각은 없었다.

"끝입니까?"

"아니, 사실… 인간으로서의 나는 우유부단하고 미련한 녀석이라 많은 미련이 남는다. 또 그녀를 보게 된다면 내 마음이 뭐라고 할지 나는 확신할 수 없어. 분명한 것은 지금의 나는 더 이상 개인적인 감정으로 흔들릴 처지가 아니라는 거다. 내 개인의 감정보다 내가 이 땅에 이루겠다고 다짐한 목표가 더욱 중요하지. 나는 뭔가 한 가지를 바라보기 시작하면 다른 건 안 보는 사람이야. 질문 또 있나?"

그는 다시 본래의 모습으로 돌아가 있었다. 이미 잠들지 못하는 밤들을 거치며 충분히 해왔던 생각들이었다. 그녀가 바로 앞에 나타난다 해도 자신있었다. 켈리는 이제 더 이상 자신을 옭아맬 수 없다. 방금의 대답으로 스캇은 확신을 내뱉었다.

"좋습니다. 한 가지 더 질문하지요. 스캇님이 나후리 평야에서 벌이고 있는 계획들의 최종 목표가 궁금합니다."

"10용사의 정보력이라는 건 생각보다 대단하다. 그 정도 사실들을 알았으면 내가 베른에서 벌이려는 일들이나 최종 목표도 알고 있을 것 같다만, 직접 묻는 이유가 뭐지?"

그런 일이라면 제국에서 궁금해할 만했다. 하지만 제국은 이미 모든 것을 알고 있다는 것인가?

"궁금해하시는 분이 계십니다. 직접 이야기한 것을 알려 드리면 더 좋아하실 것 같아서 말입니다."

"간단하다. 나는 아무도 살지 못했던 척박한 땅에 나라를 세울 거야. 제국의 위협이 될 생각은 없다만 나를 적으로 둔 다면 거절하지 않겠다."

"호기롭군요. 한번 붙어보고 싶습니다만……."

백작의 냉정해 보이는 눈빛 사이로 잠시 격정이 스쳐 지나 갔다. 스캇은 느낄 수 있다, 그가 진즉에 자신과의 대결을 원하 고 있었음을. 이길 자신은 없었지만 피할 자신은 더욱 없었다.

"오늘은 때가 아니네요. 당신의 목숨을 내 목숨보다 소중 하게 여기는 사람들도 많으니까요."

"잠깐, 가려는 분위기로 보이는데… 질문 하나만 하자."

"예?"

스캇은 자신의 바지를 찢어 허벅지에 있는 커뮤니티 칩을 보여주었다.

"혹시 10용사 중에 이런 모양의 칩을 몸에 달고 다니는 사 람이 있나?"

"글쎄요……."

가끔씩 떠오르는 기억 속에서 산적을 해치웠던 10용사들의 목소리가 남아 있었다. 스캇은 그 쪽지의 주인이 10용사 중에 있다고, 그렇게 막연하게 기대하고 있었다.

"잘 모르겠습니다. 처음 보는 것이고 본 적도 없네요. 다만 제국에 당신과 같은 머리 색을 가진 사람은 수백, 수천 명이 있습니다."

"그런가."

스캇이 고개를 끄덕이자 백작은 돌아갈 채비를 했다.

"제 질문은 끝났습니다."

"한 가지 부탁이 있는데……."

스캇은 그에게 다시 말을 건넸다. 그의 시선이 향한 곳에는 여전히 빠져나가기 위한 고심을 하고 있는 폴든이 있었다. 그는 이미 몇 개의 방법을 찾아놓은 듯 그리 어둡지 않은 표정으로 정황을 지켜보고 있었다.

"저 친구를 나에게 줄 수 없을까?"

"그거야 어려운 건 아니지만 왜 그러시는지?"

백작은 의아한 표정을 지었다. 폴든은 분명 스캇의 가장 곤란한 적 중 한 명이다. 자신이 데리고 가는 것이 그에게 더 이익이 아닌가. 스캇은 의외의 이야기를 꺼냈다.

"보다시피 영특한 구석이 있어서 내가 키우려고."

"뭐, 좋을 대로 하시지요. 병사, 제국 10공적 라엔델프 베르겐하임을 호송한다. 대열을 재정비하라."

제국병들은 빠른 동작으로 행동을 마무리 지었다. 두 명의 병사는 라엔델프의 양팔을 붙잡고 옮기기 시작했다. 그의 두 눈은 힘없이 풀려 있었지만 애써 다리를 땅에 긁으며 현실을 부정하려 했다.

"놔… 놔라… 난 이 도시의 행정장이다. 이 왕국의 공작이야! 어찌 제국이 간섭하는 거냐!"

"법정을 좋아하셨던가요. 우리 제국에도 법정은 많습니다. 이미 왕국에선 공작님을 포기하셨으니 승산이야 없겠지만요."

"그만! 저 녀석은… 저 녀석은 왜 안 잡아가! 스캇이라는 녀석도 이 도시의 암흑의 지배자란 말이다!"

무너질 대로 무너진 공작의 얼굴은 한 이십 년은 한꺼번에 늙어버린 듯했다. 그의 단정했던 옷매무새는 거칠게 풀어헤쳐져 있었고 그의 얼굴엔 온갖 흙먼지와 눈물이 뒤섞여 지저분하게 들러붙어 있었다.

무엇보다 항상 변함없던 그 목소리는 더 이상 평정을 유지하지 못했다.

"적을 결정하는 것은 제가 아닌 위에서 하는 일입니다. 전 지시받은 일만 합니다."

"너! 스캇! 내 손녀딸과 빈민가의 아이들이 똑같은 행복을 느끼게 해주겠다고?! 그런 세상은 없어! 당하는 사람이 있어야 그 사람들을 밟고 사는 사람들이 있는 거다! 지금 내가 더 강한 제국에 짓밟히듯! 이 세상엔 그딴 진리밖에 없어! 잊지 마!"

말없이 그를 지켜보던 스캇의 미간이 살짝 일그러졌다. 그는 천천히 공작을 향해 걸어갔다. 공작을 끌고 가던 제국병들은 그의 위압감에 눌려 더 이상 한 걸음도 움직일 수 없었다.

스캇은 허리를 숙여 공작을 내려다봤다. 공작의 두 눈은 독이 잔뜩 올라 있었다.

"내가 이 세상에 온 건 그런 생각밖에 할 줄 모르는 너희 같은 꼴통들 때문이다. 나는 그렇게 생각한다. 될 수 있으면 네가 끝까지 살아남아서 내가 만드는 새로운 세상을 봐줬으면 좋겠는데… 뭐 별수없지."

"웃기는 소리 하지 마라. 네가 그런 세상을 만든다 해도 너의 실력과 강함으로 너보다 약자인 사람들에게 너의 방식을 요구하고, 흉내 내게 하는 것뿐이야. 그게 진짜 행복이 될 수 있다고 생각하냐!"

오래전 스캇을 괴롭혔던 질문들. 단지 자신의 이상향을 다른 이에게 억지로 요구하는 것은 아닐까라는 고민. 하지만 이미 오래전에 해결했었던 것이다. 스캇은 미소를 지었다.

"나는 나라를 만든다고 했지, 억지로 사람들 데려온다고 안 했다. 이건 음식점 같은 거지. 내가 만들고 싶은 요리를 만들면 먹고 싶은 사람이 와서 먹는 거다. 싫다고 욕할 필요 없다. 너는 안 오면 되잖아."

"흥, 그래 봤자 쓸모없는 녀석들만 몰리겠지. 너에게 어울리는 거지, 부랑아, 건달들… 사회의 낙오자! 쓰레기! 하찮은 개들! 그런 것들만 몰리겠지! 크하하핫! 너한테 딱 어울리는 군! 개들의 왕!'

스캇의 눈썹이 잔뜩 주름이 잡히며 위로 올라갔다. 어떤 기분인지 알 수 없는 표정이었다. 지금 그들의 대화를 보고 있는 사람이 수백 명이었다.

제국과 왕국의 병사들, 양측의 조직원들, 그들은 모두 스캇의 표정 변화를 보며 어떤 생각을 하고 있는지 함께 궁금해하고 있었다.

"개들의 왕?"

"그래! 개들의 왕! 이 사회의 낙오된 녀석들의 왕! 그게 바로 너란 말이지! 크하하하!'

공작의 광소 사이로 스캇은 비릿한 미소를 지었다. 그 얼굴은 기뻐서 어쩔 줄 몰라 하는 아이와도 같았고 천하를 발아래에 둔 제왕의 모습과도 닮아 있었다.

"그래. 형은 개들의 왕이다. 너희! 빌어먹을 강자들이 개 취급하는 모든 이들의 왕이다. 너희! 빌어먹을 귀족들이 짓밟는 서민들의 왕이다."

스캇은 굽혀 있던 허리를 펴고 바로 섰다. 그의 목소리 한마디, 한마디가 그 자리에 있던 모든 사람의 마음을 울렸다.

"지금 왕관을 쓰고 있는 이 세계의 왕들이 사람 취급도 해주지 않던 모든 백성들은 이제부터 내가 데리고 간다. 세상

그 누구도 받아주지 않는 사람이 있다면 내가! 그리고 내가 만들 나라가 받아주겠다!'

귀족이든 병사든 건달이든 뭐든 간에 차이는 없었다. 그들의 마음을 흔드는 왕의 목소리가 지금 이 자리에서 울려 퍼지고 있었다. 모두가 같은 전율을 느껴야 했다.

지금 이 자리에서 왕이 외치고 있었다. 깃발을 흔들고 있었다. 그들의 눈앞에는 모두 같은 사람이 보였다.

왕이다. 이 자리에 왕이 계시다.

"그래! 나는 개들의 왕이다! 크하하하핫!"

그의 호탕한 웃음소리가 하늘을 잡아먹을 듯 퍼져 나갔다. 스캇이 달리 능력을 쓰지 않아도 그의 패도와 능력은 땅을 울리고 있었다. 바람은 그를 중심으로 휘몰아치고 있었고, 강물은 마치 폭풍 속 바다처럼 격렬한 파도를 일으켰다.

그 가운데 사람들이 느끼는 감정은 두 가지였다. 두려움, 그리고 경외감. 그 외엔 다른 어떤 말도 생각나지 않았다. 그의 웃음소리가 그칠 때까지 세상은 왕과 함께 요동쳤다.

"내가 처음에 가졌던 마음은 그렇게 크지 않았어. 그냥… 이 세상엔 너무 억울하게 고통당하는 사람이 많구나, 강해지면 되겠구나. 이 정도?"

그의 목소리가 다시 낮고 조용하게 시작되자 세상도 함께 고요해지기 시작했다. 그는 여전히 공작을 바라보며 말하고 있었지만 그곳에 있던 모든 사람들의 귀에 똑똑히 들려왔다.

"그런데 그건 방관이었다. 나한테 직접 피해가 오는 것이 아니니 그런가 보다 하고 살았던 거다. 하늘은 벌을 내렸지. 처음엔 잠을 뺏더니… 그 다음엔 차례로 배신과 외로움과 죽음을 선물로 줬다. 그것들을 한 번씩 겪어가고 이겨내면서 내 마음속에 든 생각은 하나였다. 이 세상은 제정신으로 도저히 살 만한 세상이 아니다. 맨정신으로는 이겨낼 수 있는 세상이 아니다. 그거였지."

그의 목소리에는 감정이 실려 있었고, 그의 메시지가 담겨 있었다. 듣는 사람들은 모두가 그의 아픔을 공유할 수 있었다. 그가 지금까지 겪어온 아픔들과 고난들, 그 괴로움들을 함께 느낄 수 있었다. 스캇이 실제 겪어왔던 아픔에 비하면 빙산의 일각이었지만 그것만으로도 충분했다.

"처음엔 돌아가고 싶었다, 맨정신으로 살아갈 수 있는 세상으로. 그런데 또 그게 아니더라. 이대로 피하면 나 같은 사람들이 매일같이 그렇게 아파하겠지. 힘과 능력이면 다 되는 이런 어이없는 공식이 존재하는 세상이라면 문명이 어떻게 발전하건 사회가 어떻게 발전하든 마찬가지겠지. 또 힘없는 자는 아파하고, 고통받고, 괴로워하고, 그러다 죽는 거다. 왜? 바로 내가 등을 돌렸으니까!"

그의 트라우마였다. 벗어날 수 없던 지난 과거가 자신의 고백을 통해서 사라진 줄만 알았던 상처를 긁어내고 있었다. 사실 그의 많은 상처들은 아물지 않은 채 구석구석에 숨어 있었다.

"나는 가능, 불가능, 그런 말 모른다. 또 누구는 내가 하려는 일들이 힘으로 밀어붙이는 것이니 모순이라더라. 그것도 잘 모르겠다. 형은 머리가 나빠."

스캇은 자신의 뒤통수를 긁적였다. 자신이 무던히 머리가 나쁜 것은 부인할 수 없는 사실이었다.

"죄인이 되어도 괜찮고, 욕을 먹어도 괜찮아. 다만 내가 잔뜩 노력해서 이 세상의 공식을 바꿀 수 있다면… 아니, 그런 마음이라도 후대에 전해진다면 말이지. 그런 약간의 가능성이라도, 방법이라도 세상에 전하다 갈 수 있다면 말이지……."

그는 잠시 여운을 두고 환한 미소를 지었다. 그리고 두 팔을 벌려 하늘로 뻗었다. 희망이 가득 담겨 있는 그의 목소리가 모든 이의 마음을 울렸다.

"세상은 바뀔 거다. 그러면 된 거 아니겠냐?"

그의 말에 사람들이 움직이고 있었다. 그는 여전히 공작을 바라보며 이야기하고 있었지만 모든 사람들은 자신이 직접 듣고 있는 그런 느낌을 받았다.

그의 진심이 느껴지고 있었다. 더불어 사람들의 마음 역시 스캇에게 전달되고 있었다. 그것은 곧 민심이요, 천심이었다.

"그래, 나는 개들의 왕이란 말이 참 좋다. 이 세상에서 개 취급받는 모든 불쌍한 사람들. 단지 내 욕심 하나로 전부 다 보듬어주고 싶다. 세상을 돌아다니면서 내가 만든 나라로 데려오고 싶어. 만약 내 생각처럼 세상이 바뀐다면 그래도 나는 개들의 왕이라 불리고 있을까? 아니, 나는 그때 사람의 왕으로 우뚝 서겠지. 세상의 왕으로 우뚝 서겠지. 그러니 형은 지금 이 빌어먹을 세상에게 개들의 왕이라는 소리를 들어도 기분이 참 좋다 이거다."

스캇은 몸을 돌렸다. 그의 눈앞에는 광활한 대지가 펼쳐져 있었다. 이 세상에 온 지 몇 년이나 지났음에도 자신은 도시 하나도 마음대로 할 수 없었다. 이 세계에 오기 전 황운으로서 예상하던 판타지와는 너무 다른 모습이었다.

하지만 지금의 스캇은 그때의 황운과는 비교도 안 될 정도로 자신감에 차 있었다. 그것은 확신이었다.

"형은 충분히 운명의 장난에 시달려 왔다. 그러니까 이젠 내가 운명을 가지고 놀 차례지. 동생은 나이도 먹을 만큼 먹었으니까 이제 그만 저 세상에 가서 먼저 쉬는 거다. 곧 따라갈 테니 그때 같이 한잔하자. 형은 이런 말 잘 안 하거든. 운 좋은 거야. 나중에 보자."

그는 공작의 머리를 거칠게 쓰다듬었다. 공작은 아무 말도 하지 못한 채 멍하니 그를 바라보고 있었다.

스캇은 걷기 시작했다. 그리고 항상 그래 왔듯 주머니에서 담배를 하나 꺼내 물고 불을 붙였다. 그가 내뿜는 연기는 시원한 밤바람에 날려 금세 흩어져 버렸다.

Chapter 18

뿌 리

공장은 해도 뜨지 않은 새벽부터 바쁘게 돌아가기 시작했다. 생산부터 유통까지 도맡아 하던 기존의 라인에서 다른 생산업체로부터 물품을 받아 매장에 유통하는 라인으로 바꿨기 때문이다.

조직이 통합된 후로 베른에서 판매되는 모든 담배의 유통은 조직을 거쳐 가고 있었다. 보스가 마음만 먹는다면 얼마든지 가격 인상이나 시장 담합도 가능했다.

스캇은 공장의 옥상에서 직원들을 내려다보고 있었다. 바쁘게 움직이는 직원들과 담배 상자들. 스캇은 다른 것에 관심이 쏠려 있었다. 사업을 확장시키고 베른을 자신의 손아귀에 넣어야 한다. 방법은 많았다.

자신이 돈을 벌기 위해서 할 수 있는 일들은 그야말로 무궁무진했다. 하지만 그는 머리가 좋은 편은 아니었고 사업적 수완이 있는 것도 아니었다. 빈민가에서 아무리 사업을 확장시켜도 귀족들이나 거상들을 누를 힘은 생기지 않았다. 지혜가 필요했다. 그는 한 남자를 떠올렸다.

"폴든. 삼고초려라도 해달라는 말이냐."

그는 이미 몇 차례 폴든을 찾아갔다. 하지만 항상 술에 절어 있던 그에게 설득다운 설득을 할 수 있는 기회는 없었다.

흐리멍덩한 두 눈과 알코올에 찌든 코.

어째서일까. 그날, 공작과의 사건 이후 폴든은 항상 그런 모습이었다. 그의 메시지 역시 형편없었다는 것은 당연한 사실이다. 하지만 스캇은 포기하지 않았다.

그는 생각난 김에 지금 당장 찾아가 봐야겠다고 결정한 뒤 자리를 나섰다.

스캇이 도시에서 누군가를 찾는 일은 어렵지 않았다. 그의 능력은 밀도를 자유롭게 다룰 수 있을 정도로 숙련되어 있었고 그의 정신력은 도시 한가운데에서 최대한의 감응을 펼쳐내고 능히 감당할 수 있었다. 그는 곧 폴든의 기운을 찾을 수 있었다.

중절모를 깊게 눌러쓴 그는 점잖은 걸음으로 그곳을 향해 갔다. 베른 시에서 몇 손가락 안에 꼽히는 유명 인사인 그의 행동은 예전처럼 자유롭지 못했다.

"안녕하시우."

지나가는 할머니가 그를 향해 고개를 숙이며 인사했다. 스캇 역시 정중하게 중절모를 들어 화답했다. 빈민가는 예전처럼 술과 타락에 찌들어 있지 않았다. 겉보기에는 여전히 그 모습 그대로였지만, 지금 이곳은 삶의 기회와 도움을 얻은 이들이 열심히 살아보기 위해 노력하는 생명의 거리였다.

이제야 해가 뜨기 시작했지만 벌써부터 가게를 열고 청소를 시작하거나 바삐 뛰어다니는 청년들이 보였다. 그는 이런 메시지들이 너무나도 좋았다. 살고 싶은 사람들이 열심히 살 수 있는 그런 느낌이 너무 좋았다.

그는 구두 굽으로 땅을 튀기며 신나게 걸어갔다.

"어떻게 오셨습니까."

"아는 동생이 안에 있는데 잠깐 인사나 할까 해서 왔다네. 출입이 안 되겠는가?"

그가 도착한 곳은 베른 시의 몇 안 되는 고등 교육 기관 중 하나인 '모래와 그림자' 학원이었다. 아침부터 정문을 지키고 있던 경비병은 스캇을 바라보며 잠시 고민하는 듯했다. 원래는 출입이 안 되지만 대부분의 상류층 인사들은 자신을 무시한 채 당연하다는 듯 입장했다.

그래서일까. 경비병은 이런 예의 바른 신사를 막는 것이 과연 옳은 일인지 고민해야 했다.

"실례지만 성함이 어떻게 되십니까."

"스캇이라고 한다네."

"아, 그럼… 예! 얼마든지 들어가십시오."

경비병은 어쩔 줄 몰라 하며 허리를 숙여댔다. 스캇은 멋쩍은 표정을 지으며 격려의 의미로 경비병의 어깨를 두어 번 두들겼다.

"고맙네."

그의 이름이 이 도시에서 꽤 유명해졌다고 하지만 그것이 좋은 것만은 아니었다. 말 한마디로 수백 명의 무릎을 꿇게 한 어둠의 보스는 꽤나 과장된 소문으로 주위에 알려져 있었다.

학원의 창들은 지난밤부터 켜져 있는 듯 환한 불길이 새어 나오고 있었다. 학자들은 시대와 공간을 불문하고 어디서나 매력적인 존재들이다. 그런 것과 자신이 거리가 멀다고 생각했던 스캇은 학자들을 동경하며 존경하고 있었다. 자신이 만들어 나갈 나라에서도 가장 중심이 되어야 할 이들이다.

그는 천천히 원 내 정원을 걸어갔다. 폴든이 있는 곳은 건물이 아닌 정원의 한가운데였다.

"멋지군."

정원은 마치 작은 숲처럼 펼쳐져 있었다. 곳곳에 있는 오솔길과 벤치들. 특이한 것은 벤치 앞에 독서나 공부를 할 수 있게끔 간이형 테이블이 준비되어 있는 것이다. 그다지 넓지 않은 공간에 빽빽이 들어차 있는 나무들 때문인지 이곳은 햇살조차도 쉽게 들어올 수 없는 또 다른 방이었다.

숲 특유의 넘쳐 나는 공기가 스캇의 폐를 자극했다. 벤치 옆마다 비치되어 있는 작은 키의 가로등은 하나씩 꺼지고 있었다.

"학자를 위한 쉼터… 라는 것인가."

숲의 중앙에는 작은 인공 호수가 있었다. 그 가운데에는 역시 인위적으로 만든 바위산과 소형 폭포가 흐르고 있었다. 스캇은 물이 흐르는 소리가 너무나 듣기 좋다고 생각했다.

스캇은 역시 도시보다는 자연이 체질에 맞았다. 그는 호수의 앞까지 다가가자 누워 있는 한 남자를 발견할 수 있었다. 몇 권의 책을 베개 삼아 누워 있는 그는 바로 폴든이었다.

"실례한다."

스캇은 근처에 있던 너른 돌을 골라 편하게 앉았다. 폴든의 얼굴에는 책 한 권이 덮여져 있었지만 스캇은 그가 잠들어 있지 않다는 것을 잘 알고 있었다. 하지만 그는 말없이 조용히 기다렸다.

"그냥 이야기하고 싶을 때 하면 된다. 너무 고민하지 마라."

그는 딱히 폴든의 생각을 읽을 생각은 없었다. 그저 눈에 자연스럽게 들어올 뿐이다. 마치 시계탑의 내부가 움직이듯 수많은 메시지들이 서로 맞물리고 돌아가는 그 아름다운 광경은 아무 데서나 볼 수 없는 것이었다.

오직 스캇만이 그의 아름다움을 알 수 있었다. 그는 또다시 한참을 감상에 빠졌다.

"조사해 봤습니다. 완전한 지각 능력이라 했나요. 꽤나 대단한 능력을 가지고 계시더군요."

폴든은 누운 상태로 얼굴을 덮은 책도 들어올리지 않은 채 말했다. 스캇이 자리에 앉은 지 두어 시간은 지난 후였다.

"그게 있어도 보잘것없는 사람이지."

"몇 번이고 날 찾아왔습니다. 날 어디에 쓰고 싶어하는지 모르지만 난 이미 권력의 단맛을 맛본 사람입니다. 이미 부패할 대로 부패했지요."

"그 소리를 들으니 더욱 희망이 보이는군."

정말로 썩어버린 녀석이라면 자신을 그렇게 표현하진 않는다. 스캇은 기분 좋은 표정을 숨기지 않았다.

"원하는 게 뭡니까. 내 머리? 이미 한 번 무너져 내린 철저한 계략? 아니면 연기력?"

"꿈이 있는 청년, 아는 것과 행동하는 것이 일치하는 학자, 그리고 돈을 벌어다 줄 상인을 찾는다."

"당신에게 없는 것이군요. 그 모든 게 주어지면 뭘 하실 생각입니까, 개들의 왕."

그의 칭호는 이미 알게 모르게 도시에 퍼져 있었다. 그날의 사건도 마찬가지였다. 서민들은 그를 더 가깝게 여기거나 경외하게 되었고 상류층은 하나같이 그를 두려워했다. 하지만 그 누구도 그의 면전에서 그 칭호를 부르진 않았다.

스캇은 미소를 지었다.

"나라를 만들어야지. 알잖나."

"이미 썩을 대로 썩어버린 나 같은 녀석을 이용해 세우는 나라라면 오십 년도 못 가 무너지고 말 겁니다."

"한 가지 질문하지. 나라를 이루는 것 중에 가장 중요한 녀석을 한 가지 꼽아보라면 어떤 것을 고르겠나. 학자 친구?"

"흥."

폴든은 관심없다는 듯 코웃음을 쳤지만 그의 머릿속은 빠르게 움직이기 시작했다. 그는 자신도 모르는 사이 그 질문에 대해 고민하고 있었다. 그리고 오래지 않아 그가 말했다.

"국민. 당신이라면 그렇게 생각하겠지요."

"물론 그것이 정답일 수도 있다. 하지만 나는 국가관에 대해 조금 다른 방식으로 접근했다. 그랬더니 다른 답변이 나오더군."

스캇은 자리를 털고 일어났다. 폴든은 무척이나 궁금해하는 눈치였지만 겉으로는 아무 움직임도 보이지 않았다. 하지만 스캇은 그의 생각을 지나칠 정도로 잘 알고 있다.

"오늘 저녁에 다시 오겠다. 내가 아까 말했던 원하는 사람에 적합한 인물들을 모아주겠나? 그 자리에서 이것에 대해 진지하게 이야기하고 싶군."

"내가 당신의 뜻에 따라야 할 의무가 있습니까?"

"바닥 끝까지 썩었다 하더라도 학자는 학자야. 오늘 저녁, 한번 자네와 내가 천하를 놓고 뜻을 논해보자."

그는 옆에 벗어뒀던 중절모를 들어 능숙하게 썼다. 돌의 냉기가 꽤나 차가웠는지 그의 몸이 식어 있었다. 스캇은 두 팔을 들어 기지개를 켜곤 정원의 밖으로 걷기 시작했다.

대화의 내용이 거의 끝나면 그 마무리를 남겨두고 자리를 떠나는 것이 스캇의 방식이었다. 하지만 폴든은 다른 이들과는 달리 더 이상 말을 걸지 않았다. 스캇은 콧노래를 흥얼거리며 자리를 벗어났다.

스캇은 저녁까지 눈코 뜰 새 없이 바빴다. 점심 약속만 세 번을 거쳤고 공장과 아지트의 확장 건으로 조직의 간부들과 긴 회의를 해야 했다. 기업화되고 있는 조직의 특성상 내부의 체계적인 변화는 물론이고 시스템 자체를 바꿀 필요가 있었다. 현재 네파드에게 모든 걸 일임하고 있었지만 그것만으로는 한계가 있었다.

그는 벨에게 베른의 장악을 요구받았었다. 당장은 국가 건설을 방해할 수 있는 요인을 제거하라는 의미였지만 장기적으론 나라의 두 번째 도시로 삼을 계획이었다. 다리아렌 왕국으로부터 베른이라는 금싸라기를 넘겨받기 위해선 지금 정도의 성장으로는 수십 년이 지나도 불가능할 것이었다.

그에게는 인재가 필요했다. 그런 의미에서 저녁의 대담은 큰 의미가 될 것이다. 아직 이 나라는 학자를 중용하고 있지 않다. 그들에게 실천할 수 있는 계기를 부여한다면, 그들을 인정해 줄 수 있는 나라를 만든다면 더할 나위 없이 큰 힘이 될 것이 분명했다.

그리고 그들의 머리 위에 있어야 할 리더가 필요했다. 폴든 이야말로 적격이었다.

스캇은 해가 지자 '모래와 그림자' 학원으로 향했다. 그곳은 그가 정보원을 통해 알아본 결과 학원생 수는 많지 않지만 베른에서 가장 체계적인 교육 환경과 오래된 역사를 가지고 있는 곳이었다. 무엇보다 순수한 학구열을 목표로 하고 있는 다른 학원에 비해 학문의 실천을 중점으로 두고 있는 곳이라는 것은 무척이나 중요한 정보였다.

그가 학원의 정문에 도착하자 학생으로 보이는 한 남자가 달려나왔다. 스무 살을 갓 넘은 듯 약간 앳되어 보이는 인상에 짙은 눈썹을 가지고 있는 남자였다.

"스캇님이시군요."

"누구신지?"

스캇이 정중하게 묻자 그 학생은 고개를 숙이며 자신을 소개했다.

"오늘 선생님의 강연을 들을 학생입니다. 제가 대표로 나와 기다리고 있었습니다. 전 해밀튼이라고 합니다."

강연이라… 그런 식으로 이야기를 해뒀던 것인가. 그가 감응으로 살피자 유독 한 건물에 많은 학생들이 몰려 있는 것을 느낄 수 있었다. 해밀튼의 표정을 보아하니 한참 전부터 기다리고 있던 것이 분명했다.

스캇은 쓴웃음을 지었다. 그리고 해밀튼의 안내를 받아 강연장으로 향하기 시작했다.

'이거, 오크 도시에서의 데뷔전이 생각나는군.'

"저희 학생들은 스캇님에게 관심이 많습니다."

"어떤 부분 때문인지 궁금하군요."

해밀튼은 자신의 커다란 눈을 빛내며 스캇을 돌아봤다. 대부분의 시민들은 스캇을 좋게 생각하면서도 가까이 가진 않았었다. 그에 비해 이 학생은 거침이 없었다.

"소문이 파다합니다. 모르세요? 저희 학생들은 모두 스캇님이 만드시려 하는 '나라'에 관심이 있어서 왔습니다."

"좋은 소식입니다. 내가 관심이 있는 건 내가 만들 '나라'에 관심을 가지고 있는 학자들이니까요."

스캇은 해밀튼의 말을 부드럽게 받아넘기며 함께 걸어나갔다. 그들이 도착한 곳은 수업의 용도로 쓰일 만한 반원형의 강연장이었다. 뒤로 갈수록 높아지는 내부 구조가 앉아 있는 모든 학생들과 눈을 마주치는 것이 어렵지 않도록 설계된 전형적인 수업 장소였다.

학생들은 이미 빽빽이 들어차 있었고 개중에는 자리가 없어 바닥에 앉아 친구와 함께 이야기를 나누는 학생들도 있었다. 학생들은 모두 몇 명씩 모여 열띤 토론을 벌이고 있었다.

"멋지군."

"강연장이 말입니까?"

"아니요. 학생들의 뜨거움이 멋집니다. 안내해 주셔서 감사했습니다, 해밀튼 군."

입구에서 학생들을 지켜보던 스캇은 앞으로 천천히 걸어 나갔다. 그는 이만한 열기를 본 적이 없었다. 그의 눈에는 모두 자신을 써달라고 아우성치고 있는 펜과 종이처럼 보였다.

폴든과 같은 인재들이 이곳에는 바글바글했다. 그는 경쾌한 걸음으로 강단으로 올라갔다. 하지만 그가 도착한 것을 알아보는 사람은 없었고 모두 각자의 이야기에 열중해 있었다.

그는 미소를 지은 채 계속 그들의 모습을 지켜봤다.

"스캇님이다!"

얼마 지나지 않아 한 학생이 그를 발견하며 소리쳤다. 그로 인해 강연장 내부가 더욱 소란스러워졌다. 스캇은 말없이 그런 모습을 보고 있었다. 한참이 지나서야 침묵이 찾아왔다.

침묵 속에서 모든 학생들이 스캇을 바라보자 그는 그제야 모자를 벗으며 자신을 소개했다.

"반갑습니다, 실천의 학자들. 나는 스캇이라고 합니다."

또다시 실내가 웅성거리기 시작했다. 스캇은 예전처럼 능력을 써서 효과를 의도하는 것이 아니라 순수한 자신의 기질로 말하고 있었다.

하지만 그것이야말로 스캇이 학생들에게 보여주고자 하는 본모습이었다.

"나는 이곳이 강연이 아닌 대담(對談)의 장소가 되길 원합니다. 여러분 모두 내가 만들려고 하는 나라의 모습과 나라는 사람에 대해 궁금한 것이 많겠지요. 그만한 소문이 퍼졌으니까요. 맞습니까?"

"예에에!"

학생들은 모두 한목소리로 대답했다. 스캇은 고개를 끄덕였다. 그는 자신의 상의를 벗어 땅에 내려놓은 후 셔츠의 단추를 풀었다. 소매는 팔뚝 위로 걷어 올렸고, 그의 앞섶은 가슴이 훤히 드러났다.

학생들은 영문도 모른 채 수군거리며 그의 행동을 지켜봤다. 스캇은 그대로 강단 앞에 걸터앉았다. 그의 얼굴에 웃음이 가득했다.

"좋아. 나는 너희 선생님도 아니고 예의 범절에 익숙한 명문가 태생도 아니다. 소문대로 암흑가의 보스고, 개들의 왕이라 불리고 있지. 썩 괜찮은 나라를 하나 만들려고 하는 사람이다. 앞으로 스캇님이라는 닭살 돋는 소리 하지 말고 그냥 형이라고 불러라. 알겠냐."

그의 갑작스러운 변화에 학생들은 동요하고 있었다. 쉽게 대답하는 이는 아무도 없었다. 뭐, 스캇으로선 예상했던 반응이었다. 그는 자신의 호탕한 기백을 실어 다시 한 번 물었다.

"알았냐!"

"예에에!"

엉겁결에 몇 명이 대답하자 뒤따라 다른 학생들도 대답하기 시작했다. 다수의 심리를 휘어잡는 것이야말로 스캇의 주특기가 아닌가.

그는 만족스럽다는 듯 고개를 끄덕이며 학생들의 집중을 위해 크게 박수를 쳤다.

짝!

"자, 시작할까. 오늘 밤 저 멍청한 세상을 어떻게 요리하면 좋을지 목이 타도록 떠들어보자! 평소에 가슴이 담아둔 의견이 있는 동생이 있으면 손 들고 말해봐. 자, 어서!"

스캇은 두 손으로 일어나라는 제스처를 보이며 학생들을 선동했다. 벌써부터 미소를 짓거나 따라서 박수를 치는 학생도 있었다. 그중 참 할 말이 많아 보이는 한 학생이 가장 먼저 손을 들어올렸다.

"좋아, 첫 번째 시도라는 것은 학자에게 가장 중요한 자질 중 하나지. 동생이 한번 말해봐라!"

"형님! 개들의 왕이라는 칭호에 대해서 어떻게 생각하세요?"

학생들이 수군거리기 시작했다. 손을 든 학생은 그만한 용기에 걸맞는 질문을 던졌다. 하지만 스캇에게는 다행이었다.

학생들이 자신에게 가지고 있는 막연한 두려움을 없앨 수 있는 좋은 질문이었기 때문이다.

"세상에 대해서 이야기를 하자고 했더니 형의 속이 얼마나 좁은지 궁금했나?"

"아하하하하!"

주위의 다른 학생들은 스캇의 농담에 큰 소리로 웃었고 질문을 한 학생은 뒤통수를 긁적이며 자리에 앉았다.

"하지만 동생들이 궁금해할 만하지. 형을 개들의 왕이라 부르는 사람들은 흔히 두 가지 부류로 나눌 수 있지. 나의 보호를 받기 원하는 예비 백성들, 그리고 나의 적이 되고 싶은 이 뻔한 세상의 백성들. 그것이 반감이든 호감이든 나는 중요하게 생각하지 않는다. 그게 귀족이든 서민이든 나는 중요하게 생각하지 않는다. 내가 중요하게 생각하는 것은 그들이 뭐라고 하든 나라는 사람이나 내 길이 바뀌진 않는다는 거야. 답변이 됐나?"

"예!"

"다음 질문!"

웅성거리던 학생들은 하나 둘씩 손을 들기 시작했다. 그들의 열기가 스캇에게도 느껴져 왔다. 학생들은 그의 거칠 것 없는 태도에 반하기 시작했지만 스캇이야말로 그들의 뜨거움을 보며 만족하고 있었다.

나라를 만들기 위해선 이런 젊은이들이 필요하다.

"좋아, 너!"

"왕국으로 치면 지금 형님의 행위는 공공연한 반역 행위나 선동으로 규정될 수 있지 않나요?"

"좋은 지적이다. 하지만 나는 딱히 선동한 적이 없다. 내가 나라의 이익을 갈취하거나 피해를 준 것도 아니지. 이 나라를 먹으려 하는 건 아니잖나. 뭐, 대외적으로는 그렇다. 이 나라에서 형이 역모자인가 아닌가를 결정할 수 있을 만한 사람들은 형한테 관심이 없거나 형의 친구거나, 이렇게 둘 중 하나겠지. 다음 질문!"

스캇은 분위기를 주도하며 계속 학생들의 대답에 답변해 나갔다. 간혹 어려운 질문도 있었지만 그런 경우는 되레 다른 학생에게 대답을 요구했다. 그런 식으로 대화를 진행해 가던 중 스캇은 구석에 앉아 있는 폴든을 발견했다. 그는 팔짱을 낀 채 관심없다는 투로 앉아 있었다.

스캇은 그에게 소리쳤다.

"폴든, 나와라! 넌 여기서 이야기해야 한다."

스캇의 손짓에 모두의 시선이 폴든을 향했다. 그는 대담에 낄 생각은 없었지만 주위의 시선을 의식했는지 결국 앞으로 걸어나왔다.

"쳇."

최근 그는 공작의 몰락과 함께 좋지 않은 평가를 받아왔다. 그것이 폴든에게 패배감을 주고 일어날 수 없게 만드는 주요인이었음은 말할 것도 없었다. 스캇은 폴든이 자신의 앞까지 나오자 자신의 옆자리에 그를 앉혔다.

"형은 이 녀석을 좋아한다. 여기 있는 사람들 중에서 가장 명철한 두뇌를 가지고 있는 친구지. 너희도 잘 알지? 하지만 하나같이 나쁜 평가를 내리고 있을 거야. 왜? 수없이 많은 죄가 폭로된 공작의 수하였으니까."

폴든은 고개를 숙이고 있었다. 학생들 중에는 야유를 하는 이도 있었고 스캇이 왜 불러냈는지 궁금해하는 이들도 있었다. 공작이 얼마 전까지 스캇의 라이벌이었다는 사실은 공공연하게 퍼졌으니 다들 좋지 않은 목적으로 폴든이 나왔으리라 생각했다.

"너희도 이렇게 될 수 있다는 거야. 세상 살다 보면 누군가의 밑에서 일해야 할 상황은 얼마든지 있다. 만약 너희가 잘못된 선택을 하게 된다면 세상은 너희를 싸잡아서 욕하겠지, 지금 너희가 그러는 것처럼. 내 눈엔 어떻게 보이냐고? 공작 그 녀석 아주 몹쓸 녀석이다!"

스캇은 고래고래 소리를 지르며 공작을 비난했다. 폴든의 어깨는 더 처졌다. 아니, 이런 일이 있을 것이라는 걸 예상이라도 한 듯했다.

스캇은 그의 어깨를 더욱 강하게 감쌌다.

"하지만 형은 너희와는 다르다. 나는 인재를 아껴. 구십구 번의 죄를 지어도 백 번의 회개를 한다면 나는 그를 용서하고 싶다. 그리고 이 친구한테 약속하고 싶다, 내 밑에 있으면 적어도 죽기 전까지 세상에서 가장 떳떳한 사람으로 남을 수 있게 해주겠다고."

스캇은 자리에서 일어났다. 학생들의 구미를 충분히 당겼으니 이제 자신이 할 이야기를 해야 했다. 모두의 시선이 집중된 순간, 그의 허스키한 목소리가 정적을 갈랐다.

"나는 너희 같은 학자들이 필요하다. 이놈의 도시만 해도 지혜의 보고인 학자보다 이름 높은 귀족이나 돈 많은 상인들을 우대하고 있어. 제국에 가도 다를 건 없다. 10용사가 있을 뿐이지, 10학자가 있는 것은 아니잖아! 내가 만들고 싶은 세상은 머리, 이 머리가 없으면 되는 게 없다. 왜? 내가 지금 그 머리가 없어서 나라를 못 만들고 있거든!"

그는 학자들의 답답한 마음을 두들기고 있었다. 이 시대의 학자들 역시 높은 프라이드에 비해서 단순한 능력치 이상의 대우를 받고 있지 못했다. 검의 세계답게 지혜와 지식이 직접적인 영향력을 발휘하지 못하는 것이다.

스캇은 그런 부분을 간파하고 있었다. 스캇은 폴든을 향해 말했다.

"폴든, 기억하겠지."

폴든은 스캇이 했던 말을 토씨 하나 안 틀리고 그대로 읊었다.

"꿈이 있는 청년, 아는 것과 행동하는 것이 일치하는 학자,

그리고 돈을 벌어다 줄 상인."

분명 마음에 두고 있었을 터. 스캇은 미소를 지으며 만족스러워했다. 그는 더욱 자신있는 목소리로 좌중을 주도했다.

"들었나. 나에게는 사람이 필요하다. 나라를 세우기 위해 가장 중요한 것이 빠졌어! 그게 뭘까, 폴든?"

"당신은 영토, 주권, 국민 중 가지고 있는 것이 하나도 없어⋯⋯."

"그중 두 가지가 있다면 빠진 한 가지는 무엇일까."

"주권이겠지. 주권은 당신이 필요로 하는 인재들이 없다면 그리 쉽게 생기지 않아."

처음엔 관심없는 투로 일관하던 폴든도 그의 계속되는 질문에 좀 더 적극적으로 반응하기 시작했다. 어느새 학생들은 폴든과 스캇의 이야기를 듣고 있었다.

스캇은 연이어 질문을 던졌다.

"나 같은 평범한 사람이 빈 땅과 머리없는 백성들 위에 주권을 세우기 위해선 무엇이 필요할까."

"권력. 국민을 강제할 수 있는 힘이 필요하지."

"그게 전부인가?"

폴든은 자리에서 벌떡 일어났다.

자신의 지혜를 시험해 보기 위한 것이라면 상대해 주겠다. 이런 떨거지들과는 차원이 다르다는 것을 보여주지. 그의 머릿속은 자신감에 가득 차 있었다.

모든 학생들이 자신을 바라보고 있다는 것을 느낀 폴든은 더욱 자신감있게 앞으로 나섰다. 바로 스캇이 노렸던 부분이다.

"물론 아니지. 주권은 정통성을 가지고 있어야 한다. 다른 나라가 인정해 주지 않는 나라는 그저 조금 더 큰 산적 패거리와 다를 바 없다."

"옳거니! 하지만 나는 역사없고 보잘것없는 태생인데?"

스캇은 박수까지 쳐가며 그의 말을 받아치고 있었다. 흐름은 스캇이 굳이 유도하지 않아도 폴든을 중심으로 흐르기 시작했다. 스캇의 눈에는 그 어느 때보다 격정적이고 세찬 폴든의 메시지가 보였다.

"민심을 얻어야 한다. 다른 나라의 귀족들이나 국왕이 인정하지 않아도 백성들이 인정한다면, 서민들이 인정한다면 스스로가 정통성의 뿌리를 만들면 된다."

"좋다! 그렇게 정통성을 세운 주권이 나라의 중심이 되기 위해선?"

"간단하지. 백성과 주권의 사이에 있는 중간 권력들을 만들면 돼. 귀족들이든 돈 많은 녀석들이든 혹은 자칭 머리가 좋다 하는 이런 이들을 세우거나."

"으하하하핫!"

폴든은 이야기를 경청하는 학생들을 손가락으로 가리키며 이야기했다. 역시, 똑똑하기만 한 것이 아니라 도량부터 남달랐다.

스캇은 손을 펼쳐 보이며 질문을 던졌다.

"하지만 그런 녀석들이 있다고 해서 어떻게 주권이 주축이 될 수 있는지 이해가 잘 가지 않는데?"

"법과 군사력, 그리고 자금이 필요하다. 법으로는 국민을 다스리고 군사력으로 영토를 지킨다. 그리고 그 모든 일에 경제력이 빠질 수 없지. 지금 이 나라만 해도 세금으로 그 모든 것을 충당하고 있다. 하지만 정말 국민들이 행복하길 바란다면 그 터무니없는 세금은 뒤로 밀어두고 나라가 직접 대규모 사업을 벌이고 공격적인 투자를 해야 한다."

"내 머리로는 조금도 생각하지 못한 것들뿐이다. 과연 그렇군!"

물이 오를 대로 오른 폴든의 말은 청산유수처럼 흘러나왔다. 그의 말에 반박할 거리나 의문점이 없는 것은 아니었지만 이미 분위기는 다른 이가 나설 수 없는 자리가 되고 있었다.

한참을 말하고 있던 폴든은 반대로 스캇에게 질문을 던졌다.

"당신은 분명 이 도시를 삼킬 계획을 가지고 있다. 이곳에 당신이 원하는 나라가 세워질 수 있다고 생각하는가?"

"전혀 아니지. 하지만 내 나라를 만들기 위해선 젊은 인재들만큼이나 바로 이 도시도 필요하다. 나는 왕국으로부터 이 도시를 통째로 넘겨받을 생각이다."

학생들 사이에서 탄성이 터져 나왔다. 무력 진압이나 정복이라면 모를까, 왕국으로부터 양도를 받을 생각은 아무도 못한 것이었다. 그만큼 가능성이 낮기도 했지만 국제 외교상으로도 적을 남기지 않는 최고의 방법이도 했다.

"충분히 가능성이 있는 이야기지. 하지만 한마디 하지 않을 수 없군."

폴든은 강단 위로 걸어 올라갔다. 그의 뒤에는 강의용 칠판이 펼쳐져 있었다. 폴든은 분필을 들어 빠르게 대륙의 지도를 그리기 시작했다. 무척이나 빠르고 정교한 솜씨였다. 그는 지도를 그리며 동시에 외쳤다.

"당신의 이상 국가라는 것은 본디 몬스터나 타 종족을 가리지 않는 생명 윤리와 국민 보장권으로 이루어진 것, 현재 제국의 관점으로는 분명 적국이 될 것이 분명하다!"

딱!

지도를 모두 그린 폴든은 분필을 칠판에 찍었다. 그의 눈빛이 빛나고 있었다.

"어차피 적국이 될 것이라면 먼저 치고 들어간다. 애초에 제국으로부터 인정받지 못할 것이라면 이쪽에서 인정시킨다."

학생들의 웅성거림이 거세졌다. 엄밀히 따지자면 지금의 대화는 이 대륙의 절대 권력에 대한 반역 토론이다. 개중에는 머뭇거리거나 다른 사람들의 눈치를 살피는 학생도 있었다.

그중 한 학생이 폴든에게 소리쳤다.

"말도 안 되는 소리! 가능성이 10%도 안 된다!"

"그래, 알고 있다. 5% 미만이지. 하지만 기존의 국가를 변화시키는 것이 아닌 이 대륙에 만들 신생 국가의 건국을 논하는 자리라면 5%도 많다. 애초에 그런 이야기를 하고 있었던 것이 아닌가?"

폴든은 5%도 과하다는 듯 인상까지 써가며 대답했다. 그역시 자리가 더운지 자신의 셔츠 단추를 한 개 더 풀어헤쳤다.

스캇은 다시 자신이 나서야 할 차례라 생각하고 박수를 두어 번 치며 일어났다.

"나는 원하지 않는 사람까지 이만한 일에 끌어들일 생각은 없다. 더 깊은 이야기는 다음 기회에 하자. 자, 내 말을 들어봐라."

그는 폴든이 있는 강단에 올랐고 폴든은 눈치를 보며 밑으로 내려갔다. 아직 하고 싶은 이야기가 남은 듯했지만 스캇에게는 이 정도가 딱 좋았다.

항상 아쉬움이 있는 만남이 다음 만남을 부르는 법. 그는 칠판에 그려진 지도의 몇 지점에 분필로 표시를 했다.

"내가 만들 나라는 이런 나라들처럼 영토를 중심으로 이루어진 것이 아니다. 혹은 제국같이 강력한 군사력이나 주권에 의하여 다스려지는 나라도 아니다. 그렇다고 백성들에게 모든 것을 맡길 생각은 없다. 형은 분명 폴든에게 나라를 이루는 가장 중요한 요소에 대한 이야기를 한 적이 있다."

스캇은 자신만의 국가론을 펼치기 시작했다. 그 대답이 궁금했던 폴든은 어느새 맨 앞자리에 앉아 그의 이야기를 경청하고 있었다.

"내가 지금 물어본다면 여기의 대부분은 주권이나 영토에 관한 이야기를 하지 않을까 싶다. 그중 내가 만들 나라의 청사진이 약간이나마 그려진 이들이라면 국민에 대한 이야기를 하고 싶겠지. 형이 하려는 이야기는 '뜻'에 관한 것이다, 뜻."

고개를 갸우뚱거리는 이들도 있었고 약간의 미동도 없이 그의 이야기를 듣는 것에 몰두하는 학생도 있었다. 그들의 모든 기운은 스캇을 향해 움직이고 있었다. 그는 거침없이 말했다.

"십만의 병사, 아니, 백만의 병사를 가지고 있는 왕이 있다. 하지만 그는 그 어떤 적군도 물리칠 수도 없었고, 그 어떤 적군으로부터 나라를 지킬 수도 없었다. 왜 그럴까? 왜 그랬을까?"

대답을 요구하고 있는 질문은 아니었다. 그가 예상하고 있었던 침묵만이 질문의 여운을 남기고 있었다.

"그 이유는 백만의 병사가 싸울 의지가 없기 때문이다. 백만의 병사가 나라를 지킬 의지가 없기 때문이다. 의지, 목표,

꿈. 이 모든 것이 나라의 초석이 되는 가장 중요한 요소인 '뜻' 을 세우기 위한 필수 조건이다."

그는 한마디, 마디를 거듭할 때마다 자신의 주먹을 불끈 쥐고 흔들었다. 스캇에게서 퍼져 나오는 기백이 그의 부족한 설명을 보충했다.

"광활하고 비옥한 땅이 있는 것이 다가 아니다. 그 대지에 펼칠 뜻이 필요하다. 대륙을 통째로 살 수 있을 만한 재력과 제국도 누를 수 있는 군사력이 있다고 다가 아니다. 그것을 펼칠 뜻이 필요하다. 뛰어난 인재가 수천이 모인다고 해서 다가 아니다. 나라를 위해, 자신을 위해 펼칠 뜻이 필요하다!'

스캇은 오른손을 펼쳐 앞으로 뻗었다. 그의 쭉 뻗은 손가락 끝에서 마치 불길이 일렁이는 듯했다. 스캇의 등 뒤에선 태산과도 같은 파도가 몰아치고 있었다.

그것은 다름 아닌 그의 뜻이었다.

"자신의 능력과 인생을 아낀다면, 정말 자신의 뜻을 펼치길 원한다면 스스로 일어나라! 또한 뜻이 있는 왕을 섬기길 원한다면 직접 나와 무릎을 꿇어라! 참으로 지혜있는 자는 스스로 거할 자리를 찾아라!"

"5%도 안 되는 당신의 뜻에 우리의 인생을 걸란 말인가?!'

소리를 지르며 자리에서 일어난 것은 다름 아닌 폴든. 그의 표정은 격앙되어 있었다. 하지만 보는 이들로선 그것이 화가 난 것인지 아닌지는 알기 힘들었다. 스캇은 이를 가득 드러냈다.

"이 왕은 선택하지 않는다. 너에게 선택받겠다."

"약하다! 나의 뜻과 모든 행동을 책임질 주군으로는 당신은 너무나 약한 기질이다!"

폴든은 자신이 스캇의 본질을 꿰뚫고 있다고 생각했다. 그의 강한 외면 속에 숨겨진 또 다른 이면에 대해서 알고 있었다. 많이 상처 입고, 아파했기 때문에 그런 이들을 위해 희생하려 하는 나약한 왕의 모습을 보고 있었다.

결코 제국과 맞서 싸울 수 있는 패왕(覇王)의 기질은 아니다. 그의 앞에 선 스캇이라는 자는 너무나 착하고 온유했다. 어찌 왕으로서의 그릇을 논할 수 있겠는가.

"내 영혼의 패기를 논하지 말라! 누군가를 정복하거나 빼앗는 마음만이 강한 것인가. 나는 지키는 마음이야말로 더욱 강하고 굳세다고 믿는다. 패기의 날카로움보다 뜻의 드높음을 바라보라!"

스캇의 뜻은 범인이 우러러볼 수도 없는 지경에 달해 있었다. 폴든은 스캇의 당당한 외침을 듣고 나서야 그가 여태껏 볼 수 없었던 스캇의 뜻이 보이기 시작했다.

패(覇)마저 감싸 안는 덕(德)! 하지만 덕왕(德王)의 모습과는 또 달랐다. 그것은 바로 의(義)!

의왕(義王)이 그의 앞에 서 있었다. 스캇의 뜻이 담긴 그 나라의 모습이 폴든에게도 보이기 시작했다. 그는 법치(法治)나

덕치(德治)가 아닌 의치(義治)를 논하고 있었다. 그는 스캇의 그 드높은 뜻 앞에서 고개조차 들 수 없었다.

"나, 나는… 용기도 없고, 확신도 없습니다."

폴든은 그의 앞에서 너무나도 보잘것없는 스스로를 이제야 깨달았다. 이 거침없는 젊은 왕에 비해 자신은, 자신은 모든 현실로부터 도망쳐 온 나약한 패배자였다. 자신이야말로 나약하고, 부족했다.

스캇은 그의 오른손을 들어 폴든을 향해 펼쳤다.

"내가 너를 세상 가운데 세우겠다. 그 누구의 앞에서도 떳떳할 수 있는 사람으로 세우겠다. 일어나라!"

거역할 수 없는 왕의 목소리가 폴든의 귀에 들려왔다. 그의 나약함을 꾸짖는 거대한 울림이 들려왔다. 그는 더 주저할 것 없이 홀로 떳떳하게 일어났다. 좌중은 모두 침묵하고 있었다. 그 누구도 이 시간에 개입할 수 없다.

왕의 목소리가 다시 들려왔다.

"내가 너를 세상으로부터 지키겠다. 그것이 창이든 비난이든 모든 것으로부터 너를 지키겠다. 내 앞으로 나오라! 당당하게!"

폴든은 힘껏 가슴을 펼치고 성큼성큼 스캇의 앞으로 걸어 나갔다. 그의 눈빛의 날카로움은 예전과 같았고 굳게 쥐어진 두 손은 확신을 말하고 있었다. 방금 전 말까지 더듬거렸던 나약한 그의 모습은 온데간데없었다.

오직 주군의 말에 복종하는 충신이 있을 뿐.

"내가 너를 영원히 다스리겠다. 너의 육신과 정신, 그 영혼까지도 내게 복종하라. 무릎을 꿇어라!"

쿵!

왕의 명령이었지만 그보다 앞선 스스로의 선택이었다. 폴든은 한쪽 무릎을 꿇고 주군에게 보일 수 있는 최고의 예를 표했다. 몇 번을 거절했지만 몇 번을 다시 찾아왔던, 그리고 자신의 뜻까지 보여줬던 사람이다. 세상이 폴든을 비난할 때에도 오직 자신을 선택해 줬던 사람이다. 적의 수하였던 자신을 받아준 주군이다.

그는 가능하다면, 왕께서 명령하신다면 이보다 더한 것도 얼마든지 할 수 있었다.

"이제 고개를 들고 맹세하라! 내 뜻이 네 안에 있음을, 네 뜻이 나를 좇는 것임을!"

폴든은 고개를 들었다. 그의 의기와 눈빛은 마치 기사의 것과도 같았다. 한없이 절제되어 있지만 또한 거침없는 그의 눈빛이 왕을 바라보고 있었다. 그의 의기는 뜨겁고, 또한 차가웠다.

진심이 담겨 있는 그의 목소리가 강연장에 울려 퍼졌다.

"왕이여, 내가 당신을 섬기길 원합니다. 나를 받아주옵소서."

왕은 기다렸다는 듯이 그에게 대답했다. 거역할 수 없는,

떨칠 수 없는 목소리. 확고한 진실을 내뱉는 그의 주군!

"이제 너의 모든 것이 곧 내게 있으니 너는 나를 따를지어다."

폴든은 흐르는 눈물을 참을 수 없었다. 내가 이런 사람을 약하다 말했는가! 내가 이런 사람을 비웃었는가! 내가 이런 사람을 보잘것없다 생각했는가! 그는 자신의 지난 과오를 몇 번이고 후회해야 할 것이다.

진짜 왕이 그의 눈앞에 서 있었다. 혈통이나 힘으로 만들어진 것이 아닌, 세상 가운데 스스로 일어난 진짜 왕이 있었다.

그는 무릎을 꿇은 채 일어날 생각도 하지 못했다. 그저 그 자리에 그 모습으로 있을 뿐이었다.

"너는 이제 나와 함께 나라의 뿌리가 되자. 뻗어나갈 줄기를 위해, 벌어질 꽃송이를 위해, 맺어질 열매들을 위해 뿌리가 되자."

"…예!"

"왕이시여! 저 역시 당신을 섬기길 원합니다!"

맨 뒤에서 달려오는 것은 다름 아닌 해밀튼이었다. 그의 두 눈가는 젖어 있었고 그의 목소리는 무척이나 격앙되어 있었다. 스캇은 아무런 대답 없이 그를 바라보며 고개를 끄덕였다.

해밀튼은 그의 앞까지 달려나와 폴든의 옆에 부복했다. 그러자 학생들이 하나 둘씩 따라 달려나오기 시작했다. 그들은 모두 눈가에 흐르는 눈물을 훔치고 있었다.

스캇은 그들의 끓어오르는 기상과 뜻을 느낄 수 있었다.

"누구든지 나와 함께 새 나라의 뿌리가 되길 원하는 사람은 앞으로 나오라! 나와 함께 뜻을 펼치길 원하는 사람은 앞으로 나오라!"

아무도 거절하거나 떠나는 이가 없었다. 모두가 왕을 부르며 앞으로 달려나왔다. 스캇은 자신의 지경으로 모든 뜻을 받아들였다. 세상 그 어떤 곳보다 엄숙하고, 진중한 의식이 바로 이 자리에서 펼쳐지기 시작했다.

훗날 이 순간은 '49인의 맹세'로서 많은 역사가들의 입에 오르내리게 된다.

그들은 이 순간을 이야기할 때 항상 한 가지를 더 덧붙였다. 이 순간이야말로 곧 새로운 나라의 시작이며 '뜻'의 탄생이라는 것을.

『개들의 왕』 3권에 계속…

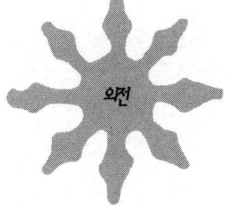

외전

벨이 말하는 그녀의 이야기

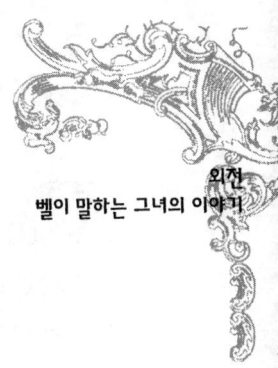

그래, 마침 좋은 시간에 잘 왔어. 오빠는 지금 베른에 가 있거든. 언니 고향도 그쪽이지? 오빠에게 말할 수 없지만 우리는 어찌 보면 운명 공동체니까 알게 모르게 서로 도와가야 해.

음, 그래. 내가 먼저 말하는 게 좋겠다.

내가 그 언니를 만나게 된 것을 설명하려면 우선 다른 한 남자에 관한 이야기를 해야 해. 그와 난 친구였어. 그 사람 키가 딱 나만 할 때 처음 만났거든. 지금이야 멋지게 자라 버렸지만 말이야. 내가… 좋아하는 감정을 느꼈던 유일한 남자야.

아냐! 나는 고백 같은 거 할 줄 몰라. 평생 아이로 살아갈

나 같은 그래스런너와 이미 다 커버린 그가 맺어질 리 없지. 일찍이 포기했어. 정말! 더군다나… 에휴! 됐다구.

하여간 어느 날 그 녀석이 나한테 그 언니를 소개해 줬지. 그냥 누나 동생의 관계였을 것이 확실했어. 그 언니야 다 컸고 그 녀석은 딱 내 키만 한 꼬마였으니까 말이지. 하지만 난 알고 있었어. 걔가 언니를 바라보는 눈빛이 나를 바라볼 때와는 많이 다른 걸 말야.

그때는 보물을 뺏긴 기분이었다구. 난 모험이니 싸움이니 하는 것들은 잘해도 이쪽으로는 쑥맥… 이니까. 아무튼! 나는 언니와도 가깝게 지내게 됐어. 내가 여태껏 봐온 사람들 중에서 가장 착하고, 예쁜 언니였지.

그 언니는 몸이 많이 아팠어. 기침을 하거나 곧잘 쓰러지기도 하고 아무도 없는 뒷마당에 가서 혼자 울면서 가슴을 움켜잡고 있었지. 그 녀석은 몰랐지만 나는 지상 최고의 모험가니까 모든 걸 보고 있었어.

밉기만 했던 언니가 불쌍해 보였어. 그래서 그 녀석 몰래 내가 이것저것 물어봤어. 그에게는 미소만 지은 채 말 한마디 없던 언니였는데 이상하게 나한테는 뭐든지 이야기를 잘했어. 그때 난 정말 많은 이야기를 들었지.

알고 보니 언니는 자신이 곧 죽을 것이라는 걸 알고 있었던 것 같아. 언니는 자신이 꼭 만나고 싶은 사람이 있는데 이렇게 죽어가는 모습으로 만났다가 그 사람에게 아픔을 주기 싫다고 했어.

그러면서 계속 아이처럼 울었지. 나보다 더 아이 같았어. 콧물도 잔뜩 흘리고 우에엥거리며… 음. 아무튼 나도 그때 처음으로 내 마음을 이야기했던 것 같아. 그 꼬맹이가 내 마음에 든다고, 뭐 그때는 그냥 인간 꼬맹이한테 느끼는 감정이 별거있겠냐 싶어서 그렇게 이야기했는데 그 언니는 내 마음을 다 알고 있던 것 같아.

눈물을 딱 그치더니 자기 이야기는 접어버리고 내 고민 상담을 하기 시작하는 거야. 으유!

그때부터 우리는 그 녀석 모르게 제일 친한 사이가 되었어. 죽을 날이 정해져 있지 않은 나 같은 괴물에게는 3개월밖에 살 수 없는 언니의 모습이 얼마나 불쌍해 보였는지 몰라. 언니와 이야기하는 것도 좋았지만 언니를 살리는 것이 더 중요하잖아.

그때부터 나는 대륙의 모든 유적을 헤집고 다녔어. 그 녀석 역시 방법을 찾기 시작했지. 이름 모를 그 병을 고치는 방법이 있을 거라고 생각하진 않았어. 하지만 어떤 식으로든 해결 방법은 있기 마련이니까.

결국 오래된 친구에게 약을 하나 얻는 것에 성공했어.

그래, 맞아. 나도 예전에 먹어봤었고 우리 오빠도 먹은 적이 있던 'MK' 물약이야.

부작용에 대한 언급을 듣긴 했지만 곧 죽을 사람에게 앞뒤 가릴 일이 없었지. 다른 방법은 없었냐고? 내 친구라고 말했던 그 꼬마 녀석은 제국의 세 번째 황태자야. 마법, 약, 신성력. 그의 권력으로 얻을 수 있는 모든 것을 동원했다고.

결국 병상에 누워 더 이상 움직일 수도 없었던 그 언니는 내가 준 물약을 받아 마셨어. 리치라도 되게 할 수 있다면 나는 그렇게 했을 거야. 그랬다면 오빠를 볼 면목이 없어지긴 하겠네.

나에게 약을 줬던 친구는 그 병이 뭐건 간에 진행을 멈추게 할 수 있다고 했어. 그때만 해도 MK—6의 능력은 뭔가 멈추거나 빠르게 할 수 있는 것이라고만 알고 있었지. 언니가 어떻게 됐냐고? 그래, 살았어. 살긴 살았지.

그 언니의 몸속을 헤집고 다니는 죽음의 세포들은 더 이상 커지지 못했어. 그래도 살아서 다행이라고? 좀 더 빨리 마셨다면 다행일지도 모르겠다. 언니는 그 후로 죽을 것 같은 고통을 안고서 살아가기 시작했어. 그 약은 세포의 성장을 정지시킬 순 있어도 되돌릴 수는 없었어.

언니는 죽기 직전의 고통 속에서 병마와 싸우기 시작했어.

엎친 데 덮친 격이라고, MK 시리즈 특유의 저주가 나타났어. 사물의 시간을 통제할 수 있는 그 능력에 어울릴 만한 저주였지. 언니의 곱고 아름다웠던 얼굴은 마치 십 년은 한꺼번에 늙어버린 듯 세월의 흔적이 가득했고 머리카락은 백발이 되었어.

겉으로 내색은 안 했지만 얼마나 마음의 상처가 심했을까! 그 언니의 온몸은 살아온 세월과 무관한 변화를 보였지. 때로는 젊은 시절의 그녀가 되기도 했지만 항상 어딘가의 노화로 고생해야만 했어.

'암'이라는 그 지독한 세포와 맞서 싸우면서 그런 저주까지 겪고 있던 언니지만 조금도 삶에 대한 의욕을 포기하지 않았어. 어떻게 해서든 살아남겠다고, 어떻게 해서든 이 저주받은 운명을 이겨내겠다고 다짐했지.

나와 그 녀석은 또다시 여행을 떠났어. 진행을 멈추게 했다면 낫게 할 수 있을 거라고 생각했지. 병마와 싸우고 있는 그 언니를 홀로 놔두고 떠나는 것이었으니 걔 기분이 오죽하겠어? 곁에 있던 나로서도 죽을 맛이었다구.

결국 우리는 '헤렘의 달'에서 마법 식물을 얻어왔어. 아우리미라는 이름의 담쟁이 넝쿨이었지. 이건 평범한 녀석이 아냐. 의지가 있는 식물이고, 영혼이었어. 뿌리를 사람의 몸에 내리고 살며 에너지를 흡수하는 기생 식물이었지. 우리는 이것을 언니의 몸에 심어서 그 암세포를 빨아들이게 하려고 했어.

엄청나게 위험한 일이었지. 암세포가 아닌 다른 생명력을 빨아들이기라도 하면 언니는 생명의 위협을 느끼게 될 테고, 그렇게 약한 몸으로 이겨내기 쉽지 않을 테니까. 우리는 막상 아우리미를 구해갔지만 그녀의 앞에서 몇 번이고 고민을 해야 했어.

결국 언니가 스스로 선택했어. 견디기 힘든 그 고통 속에서 차라리 벗어났으면 했는지도 몰라. 죽게 된다면 그것이 자신의 운명이라고. 하지만 그 녀석과 나는 알고 있었지. 다른 세계에서 온 사람이 이대로 죽어버리면 어디로 가게 되는지도 알고 있었어.

우리는 그녀를 억지로 10용사에 넣었어. 그녀의 업적이나 경과가 없었기에 아무리 황태자라고 해도 그것이 쉬운 일은 아니었지만 내가 언니와 함께 들어갔지. 그리고 기존의 용사들에게 실력 행사를 하고 가지고 있던 마법 무구를 제국에 헌납하면서 공적을 인정받았어.

그렇게라도 한다면, 만약 죽어서라도 우주 한복판에서 떠도는 그런 비극적인 일은 없을 수 있으니까. 그럴지도 모르니까.

마치 죽을 사람을 위해 준비한 것 같지? 정말 그랬어. 다들 언니가 언제 죽어도 이상할 게 없다고 생각하기 시작했지. 결국 언니와 나는 10용사에 들어갔고 그게 인정이 됐는지는 모르겠어. 언니는 아우리미를 자신의 몸에 심었지.

그 녀석과 나는 이를 악물고 모든 과정을 지켜봤어. 그 넝쿨이 언니의 몸을 휘감고 뿌리 내리는 과정까지 전부 다! 그 녀석이 쥔 두 주먹에선 손톱이 살을 파고들어 피가 흘렀어. 대륙 최고의 모험가라 자부하고 다녔던 나 역시도 언니의 손을 잡아주는 일 외에는 할 수 있는 게 아무것도 없었어.

다행히 결과는 성공적이었어. 아우리미의 뿌리는 암세포를 조금씩 흡수하기 시작했고 생령은 언니를 주인으로 인정했지. 더디긴 했지만 차도는 있었어. 나는 북유적의 친구에게 찾아가 사정을 설명하고 언니의 회복에 도움을 줄 방법을 찾아왔지.

그 후 조금씩 건강해진 언니는 은혜를 갚기 위해 10용사로서 일하기 시작했어. 그런 몸으로 밖에서 싸울 수는 없잖아? 그 언니는 제국의 의료 기관을 돌아다니며 자신의 경험을 이용해 다른 사람의 병의 진행을 멈추게 했지.

언제까지고 가능할 리는 없었지만 고통을 없애거나 치료를 돕기 위한 최고의 방법이었어. 그 언니는 제국에서 성녀로 추앙받기 시작했지. 그럴 때마다 언니의 저주는 점점 심해지고 있었어. 결국 암세포가 아닌 노화 때문에 다시 몸져눕게 됐지. 그 녀석은 결국 언니의 모든 활동을 강제적으로 중단시켰어.

결국 그 언니는 더 이상 능력을 자유롭게 사용하지는 못했지만 몇 번이고 환자들을 위해 밖으로 나갔어. 그것마저도 말릴 수는 없었지. 언니는 간호사들과 함께 병원에서 생활하며 환자들을 도왔어. 자신이 누구보다도 병의 아픔에 대해서 알고 있었기 때문일까? 언니의 사랑과 정성이 담긴 활동은 또다시 사람들의 귀감이 되었지.

그렇게 몇 년이 금방 흘러갔어. 나는 나 나름대로 바쁜 일이 많았으니까 더 이상 걱정하지 않고 세상을 돌아다녔지. 언니는 몇 번 만나러 갔었지만 그 뒤 10용사의 소집은 모두 거부했어. 애초에 나는 그런 것에 관심없었으니까.

그리고 나만 알고 있는 사실이 있었잖아? 그 언니의 암세포가 모두 사라져 갈 무렵 언니가 찾던 남자가 나타났다는 정보를 얻게 되었지. 그걸 알려준 것은 다름 아닌 그 녀석이었어. 이미 제국의 황태자로 멋지게 자라 버렸지만 어린 시절부터 해왔던 마법 수련을 계속해 온 터라 나랏일에는 전혀 참여하지 않고 있었어. 회색산맥 문파 특유의 수련이지.

그리고 가장 중요한 것은 그의 마음이나 나의 마음이 조금도 변하질 않았다는 거지. 둘 다 고백하지 못한 것도 똑같았어. 젠장!

그 녀석은 그 남자에게도 MK 시리즈가 필요하다는 이야기를 했어. 그래, 맞아. 그 남자가 바로 우리 스캇 오빠야. 그 녀석은 제국의 세 번째 황태자인 메르부 힐리안이지. 아마 언니도 이름은 여러 번 들어봤을 거라 생각해.

지금 생각하면 그때의 스캇 오빠에게 MK 시리즈가 정말 필요한 것이었을까… 하는 생각이 들어. 내 생각에는 그 녀석이 언니 때문에… 음, 넘어가자. 아무튼 그 녀석은 다른 10용사들을 유적으로 호출했어. 그 언니가 빠질 리 없었지. 아픈 몸을 이끌고 다른 용사들과 함께 유적으로 달리기 시작한 거야.

그 와중에 언니와 오빠가 만났었다고 하는데 언니가 자세히 이야기를 해주지 않아서 모르겠어. 결국 오빠 역시 MK 시리즈를 마시게 되었지. 물론 그것이 지금의 오빠를 있게 한 가장 중요한 인연이라는 사실은 변함이 없어.

그 언니를 주인으로 모시고 있는 아우리미의 생령은 대륙의 곳곳을 다니는 것이 가능해. 물론 영체이기 때문이지만 언니는 생령을 이용해서 우리 오빠를 바라보기 시작했어. 오빠가 하는 일들과 오빠가 겪는 기쁨, 슬픔, 고통과 성장을 모두 지켜봤지.

무리한 모험을 거친 뒤 하루의 대부분의 시간을 침대 위에 앉아 있어야 했던 언니에게는 그토록 가슴 아픈 일도 없었을 거야. 보기 싫어하면서도 결국은 그 모든 것을 보고 있었지.

맞아. 켈리 언니도 생각나지? 언니와 오빠가 함께 지내고 있을 때에도 그 언니는 그저 지켜보고 있었던 거야. 자신의 침대 위에서 말이지. 그 뒤에 내가 언니와 만났었잖아. 레어에 달려가고. 그래, 여러 일들이 있었지. 그 뒤에 내가 켈리 언니를 그 언니에게 데려다 줬잖아? 어떻게 됐는지 이야기 좀 해봐.

청어람 판타지의 재도약!!

혁신과 참신함으로 무장한
새로운 판타지 전문 브랜드의 탄생!

「알바트로스」
Albatros

판타지계의 커다란 근간을 이뤄온 청어람 판타지 소설!
새로운 브랜드 「알바트로스」라는 커다란 날개를 달고
거대한 웅비를 시작합니다.

알바트로스는 판타지의, 판타지를 위한 개척자이자 도전자로 존재하겠습니다.
알바트로스는 형식적이고 나태해진 판타지계의 구습을 벗어나겠습니다.
알바트로스는 판타지계의 도약을 위한 든든한 날개 역할을 묵묵히 수행합니다.
알바트로스는 변화와 혁신을 통해 새롭게 태어날 환상 공간입니다.
알바트로스는 판타지를 아끼고 사랑하는 이들을 향한 청어람의 굳은 약속입니다.

2006년 7월 개봉 예정인 영화 다세포 소녀의
인터넷 원작 만화 전격 출간 결정!
300만 다세포 폐인을 열광시킨 상식을 뒤엎는 엉뚱한 만화 세계!!

다세포 소녀

'다세포 소녀'는 인터넷에서 300만 명의 '다세포 폐인'을 양산한 인기만화다.
'무쓸모 고등학교'를 배경으로 '뽀샤시한' 순정만화 주인공 같은 외모의 남녀 고교생들이 펼치
는 엽기적이고 황당한 내용과 성(性)에 관한 발칙한 상상력을 보여주면서 네티즌들로부터 폭발
적인 반응을 얻고 있다.
"제 또래들과 함께 나누고 싶은 성, 사회 문제 등을 짚어보고 싶었다"는 작가의 변에서 볼 수 있
듯 만화 속 이야기의 절반가량은 주변에서 전해 들은 '실화'를 참고했다. 작품에서 보여지는 비
꼬는 패러디와 냉소적인 유머에서 삶에 대한 진지한 성찰이 엿보이는 것은 그 때문이 아닐까!

외눈박이의 일기

오늘 영어 선생님이 성병으로 결근하셔서 담임 선생님이 대신 수업을 하셨다. 담임 선생님
은 "뭐, 원조교제 하다 보면 그럴 수도 있으니 이해하라"고 말씀하시더니 여자 반장한테도 병
원에 가보라고 하셨다. 반장은 눈물을 글썽이며 외쳤다. "너무해요! 선생님! 전 원조교제 같
은 건 안 했어요!" 그러나 매독이라는 담임 선생님의 말을 듣곤 벌떡 일어나 후다닥 짐을 챙
겼다. 그러더니 남자 부반장 면상에 욕과 함께 주먹을 날렸다. 부반장은 "습진인 줄 알았다"
고 변명했다. 그걸 본 다른 아이들도 병원에 간다며 서둘러 교실 밖으로 나갔다. 결국 교실
엔… "제… 제길! 나만 남았다. 그래, 나만 숫총각이다. 제기랄!" 담임 선생님은 자책하지 말라
며 "세상은 용모로 살아가는 게 아니잖아"라며 화를 돋우셨다. "뭐라구요? 지금 놀리시는 겁
니까? 선생님! 그래! 나 외눈박이다! 그래서 한번도 못해봤다! 크아악!!"

잘나가고 싶은 사람은 읽어라!

**그에게 한눈에 반했다! 그것은 분위기 탓?
애인과 나란히 걸어갈 때 당신은 좌, 우 어느 쪽에 서는가?
이성은 왜 서로 끌리는 걸까? 그 심층 심리를 해명한다!**

30초의 심리학

■ **30초의 심리학**
아사노 하치로우 지음 / 계일 옮김 | 값 8,500원

처음 본 사람인데 와 닮는 느낌이
너무나도 강렬한 사람이 있다.
흔히 하는 말로 '필이 꽂힌 사람',
그래서 잊혀지지 않는 사람,
한눈에 반했다고 하는 것이 바로 그것이다.
이런 인간의 감정을 논하는 데
남녀의 구분이 있을 수 없다.
사랑하는 그, 혹은 그녀를
생각하는 것만으로도 가슴이 두근거린다.
이상할 것 없다. 당연히 그럴 수 있는 것이다.
그렇기에 인간을 감정의 동물이라 하지 않는가.
그러나 그렇게 좋아하는 그 사람이
어느 날 갑자기 싫어지는 경우는 왜일까?

Psychology